DIOSES ARDIENTES

KATEE ROBERT (ella/elle) se dedica a escribir novelas románticas y eróticas que se sitúan habitualmente en las listas de libros más vendidos del *New York Times* y *USA Today*, y de las que ha vendido ya más de un millón de copias. *Dioses ardientes* y el resto de títulos de la serie Dark Olympus han causado sensación en todo el mundo, en parte gracias al entusiasmo que sus lectoras han compartido en TikTok.

Katee vive con su marido, su hijo, un gato que cree que es un perro y dos grandes daneses que piensan que son perros pequeños.

KATEE ROBERT

DIOSES ARDIENTES

Traducción de Ana Robla Vicario

mr ediciones martínez roca

Obra editada en colaboración con Editorial Planeta - España

Título original: *Radiant Sin*

Bajo el sello editorial MARTÍNEZ ROCA M.R.
Avenida Presidente Masarik núm. 111,
Piso 2, Polanco V Sección, Miguel Hidalgo
C.P. 11560, Ciudad de México
www.planetadelibros.com.mx

Primera edición impresa en España: julio de 2025
ISBN: 978-84-270-5428-8

Primera edición impresa en México: septiembre de 2025
ISBN: 978-607-39-3315-5

Impreso en los talleres de Litográfica Ingramex, S.A. de C.V.
Centeno núm. 162-1, colonia Granjas Esmeralda, Ciudad de México
Impreso en México – *Printed in Mexico*

LAS FAMILIAS QUE GOBIERNAN

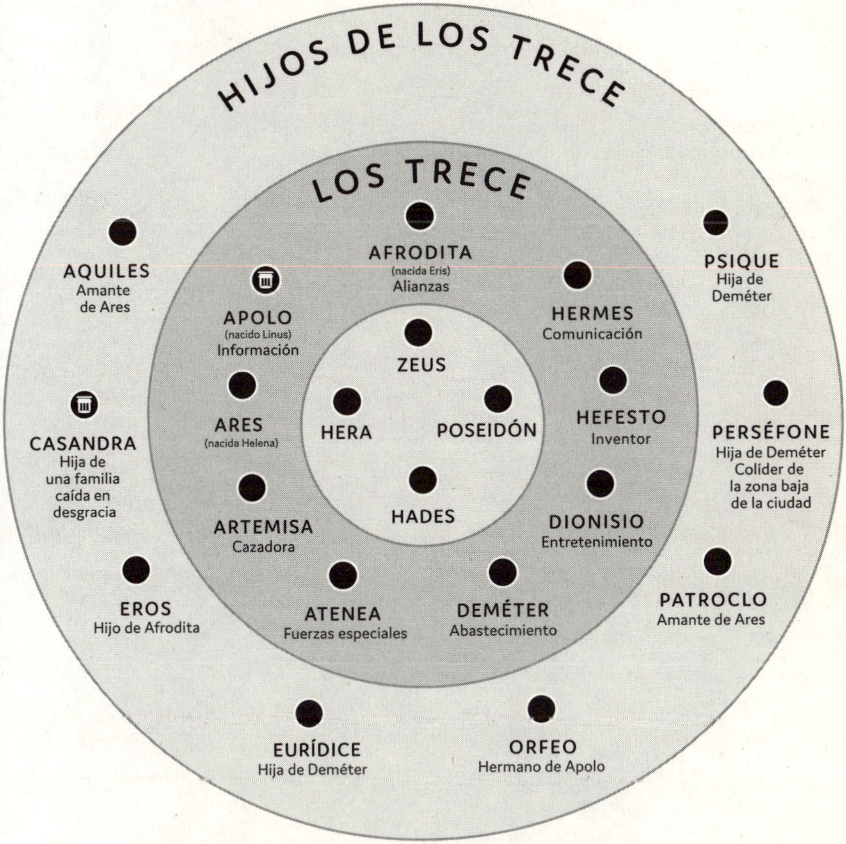

EL NÚCLEO

HADES: Líder de la zona baja

HERA (nacida Calisto): Esposa del Zeus en el poder protectora de las mujeres

POSEIDÓN: Líder del puerto al mundo exterior, importaciones y exportaciones

ZEUS (nacido Perseo): Líder de la zona alta y de los Trece

Olimpo

Zona alta
Universidad
HEFESTO
POSEIDÓN
DEMÉTER
Zona agricultura
Astillero
AFRODITA
ARTEMISA
APOLO
ATENEA
EROS
Torre Dodona
ZEUS
ARES
Puente Eléboro
Polígono zona alta
Puente Ciprés
DIONISIO
Mercado de invierno
HERMES
Río Estigia
Mercado de verano
Puente Enebro
HADES
Zona baja
JULIETTE
Polígono zona baja

1

CASANDRA

Odio las fiestas, odio Olimpo y odio la política... no necesariamente en ese orden.

Si tengo suerte, puedo evitar dos de esas tres cosas durante una jornada entera, pero hoy el panorama no es muy alentador. Todo empezó esta mañana, cuando le tiré el café encima a Apolo y le dejé la camisa empapada. Un error tontísimo, que me habría costado mi trabajo si tuviera a cualquier otra persona de jefe. Apolo, en cambio, se limitó a esbozar una pequeña sonrisa, me aseguró que no fue culpa mía, sino suya, y se cambió el traje por otro que guarda en su despacho para imprevistos.

Debería haberme gritado.

Ya llevo cinco años trabajando para él, y ni así dejo de pensar que en algún momento va a estallar. Apolo no es para nada perfecto —al fin y al cabo, es uno de los Trece que gobiernan Olimpo, y ninguno de ellos es un santo—, pero sin duda es el mejor del grupito. Jamás ha abusado de su poder sobre mí, nunca ha usado su posición de jefe como excusa para ser un déspota, ni siquiera me levanta la voz por mucho que de vez en cuando me equivoque.

Es exasperante.

Me echo el pelo hacia atrás, consciente del sudor que me recorre la espalda mientras subo el último tramo de escaleras. El elevador de la torre Dodona, por razones que me parecen sospechosas, solo llega hasta la mitad del edificio. Miro con furia la carpeta que llevo en la mano. Debí hacerme la tonta cuando me di cuenta de que Apolo lo había olvidado en la mesa al salir corriendo a su reunión con Zeus. Es un hombre adulto, capaz de lidiar con las consecuencias de sus actos.

Pero es que... no me ha gritado.

Nadie que me conozca diría que soy una blanda (más bien soy dura como una piedra), así que no tiene ningún sentido que haya tomado un taxi al centro de la zona alta para subirme en un elevador que solo hace la mitad del recorrido y subir los quince pisos restantes a pie.

En tacones, por si fuera poco.

Me pasa algo en la cabeza, sin duda. A lo mejor tengo fiebre.

Me llevo la mano a la frente y me siento estúpida de inmediato: claro que la tengo caliente; acabo de hacer más ejercicio del que estaría dispuesta a hacer de forma voluntaria a menos que tuviera que huir para salvar la vida. E incluso en ese caso, creo que preferiría pelear antes que correr.

Maldigo por enésima vez entre dientes mientras empujo la puerta que da al pasillo donde se encuentra el despacho de Zeus. Al salir, veo mi reflejo en el enorme espejo que hay al lado del ascensor.

—No, no.

Tengo el cabello pelirrojo aplastado, y hay una línea de sudor claramente visible bajo mis pechos (lo cual significa que debe de haber otra bajándome por la espalda). Estoy chorreando. Sin pensar, me seco la frente con el puño de la blusa, pero me arrepiento de inmediato, pues dejo un manchón de base de maquillaje en la tela. Debo de tener toda la cara hecha un cuadro. Parece como si me hubiera sorprendido un aguacero, solo que no es lluvia, es sudor, y además estoy roja como un tomate.

—A la mierda. Tampoco necesita tanto la carpeta. —Me giro hacia el ascensor, y justo entonces recuerdo que para huir tengo que bajar a pie los quince pisos que ya subí. Me tiemblan los muslos de solo pensarlo. ¿O quizá me tiemblan por la subida?

¿Cuenta como accidente laboral si me caigo por las escaleras haciendo un recado que técnicamente no me han pedido hacer? Seguro que Apolo acabaría sintiéndose culpable de algún modo y pagándome las facturas médicas, pero, si me lesiono y no puedo trabajar, entonces no cobraría mi sueldo, y sin mi sueldo mi hermana pequeña no tendría dinero para comprar libros o material escolar o lo que sea que necesitas cuando vas a la universidad. No puedo arriesgarme a eso, aunque me cueste un rato de humillación.

—¿Casandra?

Maldigo entre dientes una vez más y me giro hacia la preciosa mujer blanca que recorre el pasillo hacia mí.

Ahora se llama Ares, pero solíamos conocerla como Helena Kasios. No diría que somos amigas, pero asistí a varias de las fiestas que daba antes de convertirse en parte de los Trece. Para mí era un poco como ver a los animales en el zoo: me apostaba en una esquina, apoyada contra la pared, y observaba a los integrantes de las familias originales de Olimpo criticando y fanfarroneando. He aprendido mucho desde los márgenes, casi lo suficiente para mantenernos a mi hermana y a mí a salvo de los lobos que acechan en esta ciudad.

Aunque, a decir verdad, Helena no es tan mala. Nunca es cruel si la amabilidad puede llevarla más lejos, y ha perfeccionado una fachada alegre y extrovertida que hace que la gente la tome por frívola, pero que yo he sabido interpretar como una advertencia para no acercarme demasiado. Es imposible controlar los menesteres políticos como ella si no se tiene una inteligencia muy por encima de la media.

Pero eso era antes de que se convirtiera en Ares. Ahora no puedo dar nada por hecho. No estamos en el mismo nivel, por mucho que ambas seamos de alta alcurnia; después de todo, mi familia cayó en desgracia y la suya gobierna Olimpo.

Ahora ella pertenece a los Trece, mientras que yo sigo siendo yo.

—Helena. Quiero decir, Ares. —Intento mantener un tono uniforme, pero aun así pronuncio su nombre con cierta aspereza—. ¿Qué haces aquí?

—Reunirme con mi encantador hermano. —Se encoge de hombros.

Es delgada, igual que su difunta madre, pero su vestido entubado negro deja a la vista unos brazos claramente definidos. Tiene un aspecto distante, profesional e intocable, con el pelo castaño claro peinado a la perfección.

Me siento hecha un adefesio a su lado. Llevo más de una década sin desear tener un cuerpo delgado —he aprendido a amar mis curvas para contrarrestar el desánimo de toda esa gente que actúa como si su cuerpo no fuera más que la foto del «antes»—, pero cuesta no compararse con ella estando ambas tan cerca.

Reprimo sin piedad el impulso de salir corriendo, de esconderme. No hay forma de arreglar el aspecto que tengo, y tratar de hacerlo no hará sino exponer lo incómoda que me siento ahora mismo. Así que, en su lugar, alzo la barbilla y me centro en relajar mi expresión facial.

—Entiendo —contesto.

Ella se me queda mirando unos segundos.

—Apolo está dentro con él ahora. Dudo que supiera que estabas de camino; te habría esperado.

Creo que no me voy a librar. Ya estoy aquí, ¿no? Pues solo falta cumplir con el resto de la misión. Levanto la carpeta y la sostengo como si fuera un escudo.

—Dejó esto.

—Ah. —Echa un vistazo por encima del hombro al pasillo—. Bueno, pues te acompaño a la puerta.

—No es necesario, de verdad.

—Sí, claro que lo es. —Gira sobre sus talones y comenzamos a caminar en la misma dirección—. Así como están las cosas ahora mismo, tuve que redoblar los refuerzos de seguridad. A decir verdad, no sé ni cómo llegaste hasta aquí. Mi gente debería estar vigilando la entrada a los pisos superiores.

Eso explica lo del elevador y por qué el tipo de la planta baja fue tan rudo. Encojo un hombro y respondo:

—Soy bastante persuasiva.

—Más bien terrorífica —replica ella. La risa que suelta se me antoja tan feliz que hace que sienta una punzada de envidia en el pecho. No quiero lo que tiene Ares (el título, el poder, la responsabilidad), pero debe de ser agradable sentirte tan cómoda moviéndote por el mundo, con el convencimiento de que este cederá ante todos tus deseos.

No soy tan ingenua como para pensar que todo le llega con la facilidad que parece, pero es que yo las he pasado difícil toda la última década de mi vida. Cuando la gente me mira, no ve a una persona inocente. Me veo salpicada por la deshonra de mis padres, aunque no me lo merezca.

Tampoco importa demasiado. No me importa lo que piensen de mí estos estirados.

Incluyendo a Ares.

—Tu gente ha recibido un entrenamiento especial para este tipo de ocasiones —repongo—. Si no pueden conmigo, creo que tienes un gran problema.

—Totalmente —conviene sin reparo alguno—. Por cierto, ¿Orfeo sigue molestándote?

Frunzo el ceño al oír el nombre del hermano de Apolo. ¿Qué tiene que ver Orfeo con nada? Pasa un buen rato hasta que al fin entiendo: se refiere a la fiesta aquella en la que se portó como un imbécil arrogante. Pero eso fue hace meses. Sinceramente, me sorprende que se acuerde siquiera.

—No me preocupa Orfeo. —Puede que sea más alto que yo, pero es un flojo. Podría destrozarlo sin mover un dedo.

—Si tú lo dices... Sé que es un tema sensible, al tratarse del hermano pequeño de Apolo.

Me río por la nariz. No puedo evitarlo.

—Apolo ya se desentendió de él, más o menos. —Todo lo que puede desentenderse de alguien de su familia, vaya. Lo cual se traduce en que ha dejado de arreglar los desastres que provoca Orfeo y le cortó el financiamiento. Con lo mimado que lo tiene su madre, una intervención así habría sido imposible si Apolo no fuera... bueno, Apolo—. Cuando se ponga las pilas, podrá hacer de hijo pródigo y recuperar toda la atención de la que le privan ahora. Tiene cosas más importantes de las que ocuparse como para ir detrás de una mujer que no le hace caso.

—Bueno, si en algún momento eso cambia, no dudes en llamarme.

—Claro —miento. Ni de broma voy a fiarme de nadie en esta ciudad dejada de la mano de los dioses. Si las cosas se pusieran feas, Ares aseguraría su bienestar y sus intereses mucho antes que ir a ayudar a nadie. Esperar otra cosa es como esperar que a un pez le salgan alas y eche a volar—. Lo haré.

—No, no lo vas a hacer. —Me dirige una sonrisa—. Pero la oferta sigue en pie. Ya estamos. —Se detiene frente a una enorme puerta oscura con una placa dorada con el nombre de Zeus.

El Zeus actual es el hermano de Ares; el último fue su padre. Me cortaría las venas antes que tener que lidiar con alguno de los hombres que han ostentado el título desde que tengo uso de razón, pero aquí estoy. Ya es demasiado tarde para echarse atrás.

Me esfuerzo por evitar contener el aliento delante de Ares y llamo a la puerta.

Apolo es quien abre, así que me preparo mentalmente por otro motivo muy distinto: odio mirarlo. Es demasiado perfecto, fruto de su padre sueco y la modelo coreana que tiene por madre. Alto, ancho de espaldas, con el pelo negro cortado a la perfección y unos amables ojos oscuros. Estos últimos son los que siempre me sientan como una patada en el estómago.

Debería haber dimitido hace mucho tiempo.

Al ser su asistente ejecutiva, tengo acceso a una red de información que abarca todo Olimpo y más allá. Soy yo quien recopila los informes de las diversas fuentes y los analiza antes de pasárselos a Apolo con mis reflexiones al respecto. El trabajo es complejo, pero lo cierto es que lo disfruto. Aunque no lo admita nunca en voz alta.

Pero, por mucho que me guste lo que hago, esta atracción empieza a ser demasiado. Preferiría tener un trabajo de oficina que detestase antes que seguir teniendo... sentimientos... por mi jefe. Aunque los sentimientos en cuestión se resuman en puro deseo. Eso solo complica las cosas.

Sé de sobra lo que te acaba pasando cuando te relacionas con los Trece.

Mueres.

Le estampo la carpeta contra el pecho.

—Lo dejaste. —Mi voz sale demasiado áspera, demasiado tosca. Él no me pidió que viniera hasta aquí, pero me da vergüenza y es mucho más fácil refunfuñar que admitirlo—. No soy tu chica de los recados, y esto cuenta como horas extra.

Apolo alza una ceja oscura.

—No hacía falta que vinieras hasta aquí, Casandra. Me las puedo arreglar sin esto.

No me cabe la menor duda. Es competente a niveles que asustan y se acuerda casi a la perfección de todo lo que ha leído. No habría tenido problema alguno para transmitir la información de los archivos sin tenerlos delante. Lo más probable es que solo los recopilara para Zeus.

Pero ha sido amable conmigo esta mañana.

Y yo soy una necia.

—De nada. —Me doy la vuelta—. Hasta luego.

—Casandra.

Lo ignoro y sigo caminando. Si los elevadores no van más allá del piso quince por motivos de seguridad, está claro que sí bajan desde aquí. Quieren evitar que la gente entre, no que salga. No voy a tener que quedarme sin respiración a mitad de la escalera ni rezar a los dioses para no toparme con nadie. Menos mal, mi orgullo no podría con ello.

—Casandra —repite Apolo, esta vez más cerca. Mierda, debería haberme imaginado que no iba a dejarlo pasar.

Suspiro y me detengo. Sería deshonroso para ambos

que siguiera persiguiéndome por el pasillo delante de Ares.

Apolo tiene las piernas más largas que yo, así que no tarda en llegar a mi lado. Hace una pausa antes de hablar.

—Gracias por traerme la carpeta. Si puedes esperar unos minutos, yo ya estoy acabando. Te llevo a casa.

La tentación de decir que sí casi hace que me flaqueen las piernas. Ya he ido bastantes veces en coche con él de una reunión a otra a lo largo de estos años, por lo que sé de qué se trata. Se acomodará en el asiento y se deshará el nudo de su corbata negra. No mucho. Lo suficiente para distraerme. Luego sacará el teléfono y me dejará sola con mis pensamientos.

Apolo no habla por hablar como hacen algunos. Tampoco es el típico hombre serio y callado, solo es que no necesita llenar los momentos de silencio con parloteo insustancial. El trayecto a casa será cómodo y agradable, así que de ninguna manera puedo acceder. Una cosa es tener que sufrirlo durante la jornada laboral, cuando puedo decirme que no me queda otra, pero ¿en mi tiempo libre?

Ni en sueños.

—No hace falta —contesto.

Él me observa como si supiera que estoy siendo una terca sin motivo, pero es un hombre que respeta los límites, así que se conforma con asentir.

—Guarda el recibo del taxi y cárgalo como gasto laboral.

Odio la ternura que me hace sentir lo considerado que es siempre. Apolo sabe de sobra lo justa de dinero que voy —al fin y al cabo, su trabajo se basa en la información— y al mismo tiempo me conoce lo suficiente como para intuir que no acepto limosnas de ningún tipo. Ni de él ni de nadie. Porque un acto así nunca es desinteresado, siempre viene con condiciones.

Pero ¿un gasto laboral?

Mi orgullo puede aceptarlo.

—Está bien.

—Nos vemos mañana, Casandra. —La calidez de su tono de voz casi hace que frene en seco antes de forzarme a recordar que así es como le habla a todo el mundo.

Alguna que otra vez contesta cortante, pero lo cierto es que se toma muy a pecho aquello de «Más moscas se cazan con miel que con hiel». Sobre todo conmigo, como si pudiera ablandarme a base de puro encanto.

No es nada personal, y desde luego no es interés.

Mi inapropiada atracción es unilateral, por suerte.

Es cuestión de tiempo para que me vaya de esta condenada ciudad de una vez por todas. Lo último que necesito es verme enredada con uno de los Trece —otro de los Trece— antes de hacerlo.

APOLO

Tengo que esforzarme por no quedarme embobado mirando el enorme y perfecto trasero de Casandra mientras recorre el pasillo alejándose de mí. Tampoco ayuda su predilección por las faldas entubadas y los tacones, pues no hacen sino resaltar aún más sus generosas curvas. No puedo pedirle que cambie de estilo solo por este deseo que siento. Es un problema mío, no suyo. ¿Que he tenido que bañarme con agua fría desde que la contraté hace cinco años? Bueno, resulta un pequeño precio que pagar por mantener a raya este anhelo.

Ese es justo el problema.

Que yo la contraté.

Trabaja para mí.

Hacerle saber el interés que siento por ella sería tremendamente inapropiado. Ya no solo por la dinámica de poder jefe-empleada: soy uno de los Trece, lo cual conlleva unos privilegios desorbitados. Si le pidiera salir y ella sintiera que no puede decir que no...

Sacudo la cabeza y me giro en la otra dirección. En ese

momento me doy cuenta de que me quedé mirando a Casandra delante de la nueva Ares. Me observa con una expresión inocente que no creo para nada.

—No se calla una, ¿eh?

Sé a la perfección que me está provocando, pero aun así no puedo evitar defender a Casandra.

—¿Te extraña, después de todo lo que ha tenido que pasar? La gente de esta ciudad la trata como si acercarse a ella fuera peligroso. —Lo malo es que no andan del todo desencaminados, aunque no por las razones que creen.

Hace doce años, la familia de Casandra era una de las más poderosas de la ciudad... hasta que, de un día para otro, dejó de serlo. Por lo que respecta a la mayoría de la población, sus padres hicieron algo que enojó al anterior Zeus y los mandaron al exilio, pero murieron en un accidente de coche antes de que pudieran cumplir con su castigo.

La verdad es mucho más siniestra. Sus padres trataron de aprovecharse de una antigua y bestial cláusula de las leyes de Olimpo y se les borró del mapa en consecuencia.

Según esta cláusula, si alguien se las arregla para asesinar a un miembro de los Trece, esa persona se hace con el título, a excepción de los hereditarios de Zeus, Hades y Poseidón. Nuestra historia está repleta de lagunas, pero hasta donde yo sé, esta cláusula inmutable se añadió para proteger a la ciudad en el caso de que alguno de los Trece ejerciera un abuso de poder constante e injustificado.

Por razones evidentes, su existencia es un secreto bien guardado. A efectos prácticos haría que diez de los Trece fueran blancos perfectos, y sería un caos si todo el mundo lo supiera. Sin embargo, si los padres de Casandra hubieran conseguido su propósito, su papel en Olimpo sería muy distinto. Sería la hija de uno de los Trece en lugar de la de una familia caída en desgracia.

Sus padres seguirían vivos.

Ares se encoge de hombros.

—Así es Olimpo.

Una afirmación vaga e insuficiente. Esta ciudad es nuestro hogar, pero muy poca gente diría que es un lugar íntegro y justo. Sobre todo cuando el poder recae de forma tan evidente en un lado de la balanza. Tal vez eso cambie con nuestros nuevos líderes...

Vuelvo mi atención hacia la puerta cuando Ares se despide con un gesto de cabeza y me deja con mis asuntos. Lo cierto es que para Zeus está siendo toda una prueba de fuego ejercer el título. Para empezar, no se esperaba heredarlo tan pronto, y luego, entre que su hermana se hizo del título de Ares y el exilio de la antigua Afrodita, la transferencia de poderes no ha sido nada fácil. Bajo la vista a la carpeta que llevo en las manos. La información que contiene es preocupante, por no decir alarmante.

Olimpo está en problemas.

Aunque ni con todos los recursos que tengo a mi disposición puedo decir con seguridad hasta qué punto.

Hasta ahora, Olimpo ha existido a grandes rasgos en su propia burbuja, como en una bola de nieve. El mundo de más allá nos dio por perdidos hace mucho tiempo, consciente de que éramos un premio inalcanzable. Todos dimos por hecho que siempre sería así, que la barrera que nos separa del resto del mundo se mantendría intacta eternamente.

Pero ahora se está desmoronando. Y nadie sabe por qué.

Sacudo la cabeza. Ya me ocuparé de eso en otro momento. Ahora mismo tengo bastante de lo que preocuparme.

Entro de nuevo en el despacho de Zeus y cierro la puerta tras de mí.

—Siento la interrupción.

Zeus, un hombre blanco con el pelo rubio y un traje hecho a medida, está sentado tras el enorme escritorio que hay en medio de la habitación. Es el vivo retrato de su difunto padre, aunque dudo que se lo tomara como un halago. Eso sí, las semejanzas se acaban ahí. Este Zeus no tiene el carisma volátil que caracterizaba al anterior, y eso ha hecho que le haya resultado aún más difícil ostentar el título.

A decir verdad, yo lo prefiero. Puede que en ocasiones sea algo complicado trabajar con él, pero al menos no tengo que preocuparme por sorpresas desagradables. Es un alivio, después de haber lidiado con su padre.

Zeus hace un gesto con la cabeza y yo vuelvo a mi asiento frente a él. Solo entonces habla.

—Prosigue.

Dejo el archivador a un lado. No lo necesito, aunque aprecio que Casandra se haya tomado la molestia de traérmelo. Esa mujer tiene un humor espantoso, pero es sorprendentemente encantadora cuando se le olvida estar a la defensiva.

—Aun habiendo repasado toda la información que pude obtener, sigo sin saber de dónde salió Minos. Él y su gente son fantasmas. A todos los efectos, aparecieron de la nada hace unas semanas para participar en el torneo por el título de Ares. Ni siquiera hemos logrado dilucidar cómo se enteraron de la existencia de este, para empezar.

Zeus junta las yemas de los dedos delante de su cara.

—Pagaron un precio desorbitado para entrar en la ciudad. Esa cantidad de dinero no aparece así porque sí solo con desearlo.

—Lo sé. Quizá Poseidón debería haber hecho más preguntas antes de organizar su transporte.

—Eso es cosa suya. —Se reclina contra el respaldo—. Si lo atosigo con preguntas, dirá que me extralimito.

No le falta razón. A Poseidón no le gusta meterse en las discusiones políticas, pero no es ningún tonto.

—Se trata de algo muy importante —insisto—. Seguro que lo entiende.

—Tal vez. —Zeus se encoge de hombros—. Pero para él es menos importante que proteger su territorio y su autoridad. Con saber que fue él quien trajo a Minos y su gente nos basta. Estaba autorizado a hacerlo, por el torneo: todo el mundo podía participar.

Dudo mucho que con eso nos baste, pero permito que tome las decisiones que crea convenientes. A fin de cuentas, lo que importa es que Minos y los suyos siguen aquí a pesar de que el torneo ya finalizó.

—No es casualidad que Minos aprovechara la oportunidad para entrar en la ciudad y que ahora esté intentando vendernos información secreta sobre los posibles enemigos de Olimpo para quedarse.

—Lo sé —suspira Zeus—. Era su plan desde el principio. Si uno de los suyos se hubiera hecho con el título de Ares, tendríamos aún menos margen de maniobra, pero aun así no estamos en posición de ignorar la información que afirma disponer.

Si de veras hay un enemigo capaz de invadir la ciudad, debemos enterarnos antes de perder nuestra principal medida de defensa, y, hasta ahora, Minos ha compartido más bien poco de lo que supuestamente sabe.

—Llevo semanas buscando y no encuentro nada —replico—. O Minos está alardeando o nuestros enemigos son tan diestros que a efectos prácticos son invisibles.

—Mierda. —Zeus se aprieta las sienes con los dedos—. No podemos arriesgarnos. Lo que ha dado a entender hasta ahora me hace pensar que realmente hay una amenaza.

—Estoy de acuerdo —convengo.

Yo, mejor que nadie, sé que el conocimiento es poder. Es imposible predecir con exactitud cuánta información sobre nosotros puede tener este enemigo en las sombras. Si bien Olimpo no va aireando a los cuatro vientos todos sus secretos, siempre están los exiliados, y me imagino que la mayoría de ellos estarían dispuestos a hablar por un precio. O por puro rencor.

—Tenemos que suponer lo peor y partir de la base de que saben mucho sobre nosotros —sostengo.

—Mientras que nosotros no sabemos nada sobre ellos. No sin la ayuda de Minos.

Minos es perfectamente consciente de la posición en la que nos ha puesto, y se aprovecha de ello con todas las de la ley. Por eso nos hemos reunido hoy. Nos ofrece contarnos todo lo que sabe sobre este supuesto enemigo. A cambio, quiere dinero, una casa y la ciudadanía olímpica para todos los miembros de su familia.

Las dos primeras cosas son fáciles. La última es más complicada porque el hecho de que Zeus les conceda la ciudadanía es como elevar a la familia a los estratos más altos de la sociedad. Hará que cambie el equilibrio que hay entre la *jet* de la ciudad, lo cual puede precipitar una revuelta.

Olimpo odia el cambio más que ninguna otra cosa, y ya hemos tenido bastantes cambios en el último año.

—Tenemos que darle lo que quiere —concluye Zeus, y maldice entre dientes—. Más vale que esto merezca la pena, porque no podremos echarnos atrás sin provocar un desastre aún mayor.

Eso es lo que me da miedo. Decidamos lo que decidamos hacer hoy, las consecuencias van a ser trascendentales.

—Si me das un poco más de tiempo...

—No es posible —me corta, y se pone en pie con lentitud—. Ahora mismo cada día cuenta, y ya hemos perdido demasiado tiempo intentando encontrar otra solución. Una semana o dos más no cambiarán nada.

Me resulta imposible no sentir una punzada de dolor ante una afirmación tan franca. Es mi trabajo como Apolo estar pendiente de flujos de información a los que nadie más tiene acceso. Soy básicamente el jefe de espías de Olimpo, y, aun con todos los recursos y los activos que tengo a mi disposición, fracasé. Entre esto y mi incapacidad de entender por qué la barrera se está desmoronando, no puedo evitar exasperarme.

—Tiene que haber otro modo.

—Ya lo hemos buscado. No lo hay.

—No me puedes negar que tiene toda la pinta de ser una trampa. Puede ir a cualquier parte del mundo, ¿por qué asentarse aquí?

Zeus suspira, y de repente parece envejecer una década, asemejándose aún más a su padre. En ocasiones me pregunto cómo habrá sido crecer sabiendo que algún día serías Zeus. El título lleva perteneciendo a un miembro de la familia Kasios desde la fundación de la ciudad. He tenido parientes lejanos ocupando los puestos de Artemisa, Apolo, Hefesto e incluso Atenea, pero nunca se sabe quién va a ser el sucesor de los títulos salvo en el caso de los hereditarios. En mi familia no hubo miembros de los Trece durante la generación de mis padres, así que se congratularon mucho cuando me nombraron Apolo hace trece años.

Cada puesto se cubre de maneras distintas. Deméter, por votación ciudadana. Afrodita nombra a su sucesora al dejar el cargo. Yo, como Apolo, fui designado por votación de los Trece.

He estado intentando estar a la altura de las expectativas del nombramiento desde entonces. Supongo que en esto nos parecemos Zeus y yo.

—Tiene que haber otro modo —repito.

—Lo mires como lo mires, pinta mal. Necesitamos la información que tiene, y no podemos obtenerla sin ceder a sus demandas. No ha hecho nada para justificar medidas más... extremas.

—No, eso es cierto —admito. Me he coordinado con Atenea para tener controlados a Minos y los suyos en todo momento. Entre los agentes encubiertos y mi acceso a diversas corrientes de información, los tenemos bien controlados.

Y ese es el problema: que no hemos sacado nada en claro. Ninguno de ellos ha hecho nada digno de mención desde que terminó la competición para ser Ares. Debería resultar un alivio, pero no hace sino avivar mis sospechas.

—Es una trampa —insisto.

—Si es una trampa, vamos a caer en ella —replica Zeus—. No hay alternativa. No nos queda otra que confiar en que seremos capaces de lidiar con las consecuencias de lo que nos pueda decir.

No soporto verme obligado a seguir un rumbo con el que no estoy de acuerdo. La existencia de Olimpo no es precisamente un secreto, pero sí que nos esforzamos en dificultar el acceso a la información sobre los secretos de la ciudad. Minos está demasiado familiarizado con nuestras costumbres para mi gusto.

Casi como si alguien le hubiera dado un aviso.

Pero, aunque no pueda seguir la pista de sus pasos, sí que tengo un ojo puesto en los exiliados de Olimpo. Hasta donde sé, Minos no ha contactado con ninguno de ellos. Por desgracia, no puedo fiarme de esa información. No puedo fiarme de nada.

—Si tan solo...

—Apolo —me interrumpe Zeus. No alza la voz, pero la severidad de su tono hace que me calle de inmediato. Me sostiene la mirada unos segundos—. Tenemos que concederle la ciudadanía. Sea lo que sea que vaya a pasar, es lo primero que debemos hacer. Pondré en marcha el proceso para que podamos llegar al fondo de todo esto de una vez.

Me pongo en pie y me aliso el traje.

—De acuerdo. Seguiré indagando mientras tanto.

—Convocaré a mi gente a ver qué se nos ocurre. Hasta ahora las reuniones han sido infructuosas, pero trabajo con los mejores. Seguro que encontramos algo. Debemos hacerlo.

Pensar en mi equipo me trae a la mente a una persona en concreto. Ojalá Casandra me hubiera esperado. Sabe cuidarse solita, pero vive a las afueras del polígono de la zona alta, un lugar bastante inseguro incluso yendo en taxi. Al menos si hubiera ido con ella, habría podido acompañarla hasta la puerta...

Esbozo una leve sonrisa solo de imaginarme su reacción. No le gustaría para nada. Pero, bueno, por algo existen los límites, y así está bien. No vería con buenos ojos mi interés. De hecho, puede que incluso me lanzara a la carretera para que me atropellaran. Casandra ha dejado siempre bien claro lo que opina de los Trece y de la gente que aspira a ser uno de ellos. ¿Quién puede culparla, después de lo que les hicieron a sus padres?

El único motivo por el que aceptó trabajar conmigo es porque le pago casi el doble de lo que le ofrecían en cualquier otro lugar. No voy a mentir: claro que lo hice en parte por pena. Vi como la rechazaban de todos los trabajos durante semanas hasta que llamó a mi puerta. Desde que sus padres fallecieron, ha estado manteniendo ella sola a su hermana. No podía dejar que se murieran de hambre.

Y resulta que ahora me parece indispensable en mi día a día. Es inteligente y ve cosas que a mí se me pasan. Sus informes son siempre inmaculados. A decir verdad, debería subirle el sueldo de nuevo.

—Apolo. —Por su tono de voz entiendo que no es la primera vez que me llama.

Por desgracia, mi fascinación por Casandra tiende a tener este efecto secundario. Por eso no suelo permitirme pensar en ella durante las horas laborales.

—¿Sí?

—Mantente cerca de Minos. Tenemos que averiguar qué trama.

Una vida entera de práctica es lo único que hace que mi expresión no revele el desagrado que me provocan sus palabras. Es una orden totalmente lógica, pero eso no quiere decir que me encante la perspectiva de una proximidad con Minos. El tipo es astuto y tiene un brillo en los ojos que no me gusta nada. Es de esas personas que se creen más listas que los demás.

Pues conmigo no será fácil.

CASANDRA

Dos semanas después

—Llegas tarde. ¿Todo está bien?

Me desplomo en la silla frente a mi hermana y me reclino contra el respaldo.

—Lo siento, estaba enfrascada en un informe y perdí la noción del tiempo —me excuso.

Apolo me tiene revisando todos los informes de la zona baja. Allí manda Hades, y no le hace ni pizca de gracia que el resto de los Trece se entrometan en su territorio, así que la información escasea. Aun así, desde que se casó con Perséfone ha habido cierta mejora en la comunicación.

A decir verdad, la vida en la zona baja no suena para nada mal. Si no estuviera decidida a largarme de Olimpo en cuanto tenga la oportunidad, me plantearía cruzar el río Estigia y ver si allí la cultura de la toxicidad y las políticas despiadadas están tan a la orden del día como en la zona alta.

Mi hermana, Alejandra, me sonríe con dulzura. Toda ella es un encanto. Cualquiera que nos mire sabría al instante que somos familia —ambas tenemos el pelo rojo, una piel a la que parece que el sol aborrece y cuerpos «con curvas», como dice la gente de forma eufemística—, pero sus labios se curvan de manera natural hacia arriba en lugar de hacia abajo. Nuestro padre solía bromear diciendo que yo vine al mundo con un grito de guerra y ella con una risita juguetona. Alejandra se inclina hacia delante con un brillo en los ojos oscuros.

—Eso pasa bastante desde que empezaste a trabajar para Apolo... Me alegra que te guste el trabajo.

—Bueno, decir que me gusta me parece un poco exagerado. —Mi voz suena áspera, pero siento que se me enciende la piel—. Es interesante. No tiene nada que ver con él.

—No, claro que no.

Abro la boca para responderle airada, pero me he desvivido para protegerla de las peores partes de Olimpo, como ese tipo de comportamientos. Tiene siete años menos que yo, y todavía era menor cuando mis padres trataron de cometer el funesto atentado. Me preocupaba que sufriera el mismo escarnio y recelo que sufrí yo cuando fueron condenados al exilio... Así que me esforcé por convertirme en el blanco de las críticas. No me resultó difícil. Soy bastante ruda de modo natural. No me costó nada hacer que se centraran en mí en lugar de en ella.

Casi siempre.

Le doy un sorbo a mi vaso de agua.

—Pero basta de hablar de mí. ¿Qué tal van las clases?

—Cass, nunca hablamos de ti.

—Porque no hay nada que decir. Trabajo y vuelvo a casa. Lo más emocionante de toda la semana es cuando como contigo. —Y mejor que sea así. La mayor parte del tiempo la gente se olvida de que existo, lo cual significa que no se me quedan mirando ni se ponen a cuchichear sobre la mentirosa de Casandra, que se atrevió a afirmar que los Trece habían asesinado a sus padres.

Y es la verdad. Por mucho que nadie me crea.

Alejandra sonríe, ajena a los pensamientos sombríos que me rondan.

—Pues las clases van de maravilla. En un par de semanas acabamos el trimestre de verano y empezamos con el de otoño.

Mi hermana me entretiene durante toda la comida con anécdotas sobre su grupo de amigos. Cuando se empeñó en inscribirse en la universidad en lugar de aprovecharse de las escuelas profesionales gratuitas que hay en Olimpo, no pude evitar preocuparme. Tendría que vérselas con los vástagos de las familias originales de la ciudad, y soy plenamente consciente de lo horrible que puede llegar a ser eso.

Pero ella no es como yo; no ha tenido que sufrir para abrirse camino en esta vida, pues me he asegurado de ello. Es inconcebible lo egoístas que fueron nuestros padres al poner sus ambiciones y sus deseos por encima de la seguridad de sus hijas.

Yo jamás cometeré ese error.

Es todo un milagro que Alejandra haya sido capaz de mantener esa actitud bondadosa y alegre a lo largo de los años. Me preocupa que eso cambie cuando se gradúe. Da igual que se las haya arreglado para evitar el acoso y las burlas hasta ahora; en cuanto se ponga a buscar su trabajo ideal, se va a dar de bruces con el hecho de que todo el mundo con una pizca de poder en la zona alta odia a nuestra familia y se muere por vernos acabadas.

Debo encontrar una forma de sacarnos de aquí antes de que eso ocurra.

El mesero nos trae la cuenta y yo le echo un vistazo al teléfono.

—Tengo que irme ya si no quiero llegar tarde —digo. A Apolo no le importa que estire un poco las comidas semanales con Alejandra, pero ha estado un poco raro desde la reunión aquella con Zeus.

—Esta vez pago yo —afirma mi hermana.

Esbozo una sonrisa mientras agarro la cuenta.

—Guarda el dinero para la universidad.

—Tú me pagas la universidad —replica.

Saco la tarjeta de crédito y la pongo encima del *ticket*.

—Idea loca: ¿por qué no lo gastas en hacer algo divertido?

Mi hermana frunce el ceño.

—Ya soy adulta, Cass, no hace falta que me trates como a una niña. Somos iguales.

—Claro que somos iguales. —Pero eso no quita la responsabilidad que siento hacia ella. Hace doce años me vi obligada a ser su tutora legal, y sigo convencida, por desgracia, de que aún necesita mi protección.

Se dé ella cuenta o no.

El mesero vuelve con la terminal, pago y me levanto.

—¿La semana que viene a la misma hora?

—Tienes un hueco reservado permanentemente en mi agenda —responde, y me envuelve en un fuerte abrazo—. Cuídate, vamos, Cass. Prométeme que harás algún plan increíble.

—Te lo prometo. —Y es verdad, aunque dudo que Alejandra considere un baño de espuma nocturno con un libro y una generosa copa de vino «un plan increíble». Pero es que a mi hermana le gusta estar con gente. A mí, no.

—Nos vemos la semana que viene.

La acompaño a la parada del autobús que la llevará de vuelta al distrito universitario y espero a que llegue. Solo cuando se sube miro la hora, maldigo entre dientes y salgo corriendo.

Pasan varios minutos desde que llego a la oficina hasta que me doy cuenta de que hay algo raro, y luego unos pocos segundos hasta que localizo la fuente de mi sensación de extrañeza.

La puerta de Apolo está cerrada.

Me quedo mirándola. Nunca está cerrada. Jamás. Sinceramente, preferiría que lo estuviera, porque Apolo tiene la manía de cantar en voz baja, pero, como todo lo demás en él, su voz de barítono es encantadora. Y me distrae, mucho. En ocasiones tengo que repasar los informes dos o tres veces porque me sorprendo en la inopia, tratando de identificar la canción que tararea.

Si la puerta está cerrada, puedo trabajar sin distracciones. ¡Debería alegrarme de que lo esté!

La escruto con el ceño fruncido y los brazos cruzados

bajo el pecho. No puedo sin más llamar a la puerta y ver qué pasa. No solo podría malinterpretarlo, sino que además no es asunto mío.

Puede que ni siquiera esté dentro. A lo mejor se fue y la dejó cerrada con llave. Eso tiene bastante más sentido que pensar que la cerró por privacidad.

Para ser una especie de espía, da pena su discreción. Si fuera una romántica pensaría que es porque confía en mí, pero solo es que se despista con extraña frecuencia cuando no está centrado en algo. Y cuando está centrado en algo, a veces murmura para sí. Al menos cuando no canturrea.

Dioses, soy un desastre. ¿Por qué dedico tanto tiempo a pensar en este hombre? Tengo mucho trabajo que hacer.

Me dirijo hacia mi escritorio, el único otro mueble que hay en el pequeño despacho de Apolo. El edificio entero es suyo, por supuesto, pero dice que no se le da bien tratar con la gente —y una mierda, todo el mundo lo adora—, así que prefiere que yo lleve toda la comunicación con cualquiera que no sea de los Trece. Supongo que, por tanto, a efectos prácticos soy una especie de mánager, pero mi puesto oficial es «asistente ejecutiva». El trabajo es complejo, y no hay nada como la emoción de juntar dos piezas de información aparentemente inconexas y ver de repente todo el rompecabezas completo.

La puerta se abre a mis espaldas con tal fuerza que rebota contra la pared. Doy un respingo y me esfuerzo por controlar la expresión de mi rostro y mantener un gesto de desinterés. Justo a tiempo.

El hombre que sale cojeando del despacho de Apolo es una bestia. Debe de medir uno noventa y tiene una complexión robusta: espalda enorme, pecho enorme, cuerpo enorme en general. La piel morena, el pelo rojizo rapado casi al cero, una barba recortada con esmero y unos ojos oscuros, vacíos. Me ve y me recorre el cuerpo de arriba abajo con una mirada que no debería resultarme amenazadora... pero ocurre.

Sé quién es. Lo vi competir —y perder— en el torneo para ser Ares. Fue la propia Helena quien lo eliminó, destrozándole la rodilla en la segunda prueba antes de ganar la tercera y hacerse con el título. La pelea entre ellos fue brutal, tanto que no estaba segura de que Helena fuera a salir victoriosa. Vi en su cara las ganas de matarla. Si no se hubiera acabado imponiendo ella, creo que lo habría hecho.

Teseo.

—¿Qué haces aquí? —No pretendía hablar, pero las palabras se escapan de mi boca ásperas y agitadas.

Olimpo está repleto de oportunistas, lo sé mejor que nadie, pero suelen fingir que son como el resto. Más ricos, más glamurosos, más guapos, quizá, pero normales y corrientes, fáciles de subestimar.

A este hombre no hay forma de subestimarlo.

Teseo no responde. Me desestima casi tan rápido como registra mi presencia, y pasa por mi lado en dirección a la puerta con pasos violentos e irregulares.

No me paro a pensar. Entro corriendo al despacho de Apolo, casi convencida de que me voy a encontrar su cadáver en lugar de a él.

Pero está... bien.

Sentado en su escritorio, con la vista fija en un punto

que parece estar a kilómetros de aquí, sano y salvo. Me detengo, pero ya es tarde. Se vuelve hacia mí.

—Casandra. Pasa y cierra la puerta.

Enojada conmigo misma por haberme preocupado. —Y, peor, por haber mostrado esa preocupación ante él—. Cierro la puerta cuidadosamente tras de mí y me desplomo en la silla frente a su escritorio. El despacho de Apolo es elegante, con el típico estilo sofisticado de los hombres ricos: una mesa gigante de madera oscura, una pared entera repleta de estantes en los que descansan unos cuantos libros y adornos que cuestan más de seis veces la renta de mi departamento, y un ventanal que da a la calle. Estamos en el tercer piso, por lo que es muy fácil ver a los transeúntes; en las manzanas que rodean la torre Dodona, la gente se pasea con el fin de observar y ser observados.

Apolo se reclina en su silla y suspira cansado.

—Estás al corriente de que Minos y su gente son ahora ciudadanos de Olimpo, ¿verdad?

—Difícil no estarlo. —Las páginas web de chismes se han vuelto locas con la noticia. No es de extrañar; llevan escribiendo sobre los mismos personajes y las mismas familias desde que se fundó la ciudad. Y si ya es raro poder hablar de alguien nuevo, no digamos ya de una familia entera. La última vez que pasó algo similar fue cuando la familia Dimitriou se mudó al centro porque su matriarca se convirtió en Deméter, pero no dejaban de ser gente de Olimpo, si bien de las afueras.

Minos y los suyos sin duda no lo son.

—Me invitaron a una fiesta en su casa. —La boca de Apolo se contrae en una mueca—. Para celebrarlo.

—Vaya, parece que lo vas a pasar increíble. —El sarcasmo aflora de mi lengua sin pensar. Aunque ¿qué se supone que debo decir? Es Apolo. Parte de su trabajo consiste en codearse con idiotas con poder y acercarse a gente a la que odia para conseguir la información que necesita. Que Zeus necesita.

Él eligió aceptar el puesto. Nadie lo obligó. No me da ninguna pena, por muy desgraciado que parezca ahora. Siempre podría decir que no. No lo hará, pero podría, que ya es más de lo que puede decir la mayoría de la gente en esta ciudad cuando los Trece se inmiscuyen en sus vidas.

—Tengo que pedirte un favor.

—No —contesto al instante.

Se me queda mirando unos segundos.

—¿Puedes, por favor, escucharme antes de decir que no?

—Deja que lo piense... —Levanto la vista al techo y luego la clavo en sus ojos—. No. Tienes cara de estar tramando algo, y no quiero tener nada que ver.

—Casandra. —Percibo un matiz inusual en su voz. Debe de estar realmente desesperado con el tema de Teseo—. Escucha lo que tengo que decir. Por favor.

Podría marcharme. Negarme a escuchar una palabra. Podría..., pero no lo hago. Mi segundo error del día, del que no me cabe duda de que me acabaré arrepintiendo.

No tarda en demostrar que no me equivoco.

—Minos se trae algo entre manos, pero no consigo descubrir qué.

—Lo sé. —Apolo lleva semanas quejándose de ello,

desde que llegó el grupito de Minos y dos de ellos se presentaron al torneo para ser Ares.

—Hizo un trato con Zeus para intercambiar información a cambio de la ciudadanía, pero hasta ahora todo lo que ha compartido con nosotros es demasiado difuso para ser útil. Estoy seguro de que es a propósito.

—Probablemente. —Si es lo único que tiene para negociar, querrá sacarle todo el provecho posible. A mí me parece una temeridad hacer que los Trece centren su atención en ti, pero ¿qué sabré yo?

—La fiesta esta es una oportunidad de oro para encontrar respuesta a nuestras preguntas. Va a durar una semana, con lo que en teoría tendré tiempo de sobra para husmear en busca de pruebas. Alguien financió su viaje a Olimpo, y si puedo averiguar quién fue, ya no necesitaremos a Minos.

A Apolo se le da de maravilla todo lo relacionado con la información. Su título técnicamente es el de «guardián del conocimiento», y, en efecto, parte de su trabajo es conservar los archivos de la historia de Olimpo. Pero también es, a efectos prácticos, una especie de espía, pues se dedica a obtener información para los Trece y para él mismo a diario. Incluso después de llevar cinco años trabajando para él, aún sigo sin saber de dónde saca algunos de los datos que encuentra. Pero siempre son certeros.

Una semana en la casa de Minos debería ser tiempo más que suficiente para llegar al fondo de este asunto. Frunzo el ceño.

—¿Por qué tengo la sensación de que ahora se viene un *pero*?

—Pero... —dice con otro suspiro—. Has trabajado para mí lo suficiente para saber cuáles son mis fuertes. Me siento más cómodo entre datos y documentos que descifrando las motivaciones de la gente.

Cierto. Si Apolo tiene un defecto —y no estoy segura de que se le pueda llamar así— es que es demasiado sincero. Su cerebro no tiene los procesos mentales retorcidos y engañosos que hacen falta para entender las capas y capas de tramas que se urden en esta ciudad. No es un ingenuo, sabe perfectamente lo que se cuece aquí; solo que no es capaz de percibirlo instintivamente.

—Te las has arreglado para llegar hasta aquí, estoy segura de que te irá bien.

—Casandra. —Esboza una sonrisa culpable que me provoca una punzada en el pecho—. Tú lo sabes bien. Mi fuerza reside en el equipo que me rodea, y no me van a permitir llevarlos a todos conmigo. Si solo puedo llevar a una persona, te quiero a ti.

«Te quiero a ti.»

No voy ni a pensar en cómo me hacen sentir esas palabras. Ni medio segundo.

—Bueno, pues yo no puedo ser. Pídeselo a Hermes; a ella se le da bien este tipo de cosas.

—Hermes va a lo suyo, ya lo sabes. —Niega con la cabeza—. Y, además, no estoy a su nivel. Yo no puedo aparecer y desaparecer de cualquier parte como por arte de magia.

Lo que hace Hermes no es magia, aunque cualquiera que haya entrado en una habitación cerrada con llave y se la haya encontrado revolviendo entre sus cosas pueda pensar lo contrario. La mayoría de la gente no se para a pensar que el allanamiento de morada es su forma de demostrar amor y que solo lo hace con la gente que le cae bien; pero, si dijera eso, tendría que explicar por qué lo sé, y no quiero entrar en detalles sobre mis ex con nadie, y mucho menos con Apolo.

—Te sale muy bien lo que haces, pero nadie está al nivel de Hermes —replico—. Vas a tener que buscarte a otra.

—Coincido. Y ya la tengo. —Me clava los ojos—. Ven conmigo. Haz como si fueras mi cita. Ves cosas que yo no veo, y necesito ese enfoque para llegar a buen puerto.

«Ven conmigo.»

«Haz como si fueras mi cita.»

En una fiesta que va a durar una semana.

Se me desconecta el cerebro unos segundos y luego me enderezo.

—No —respondo—. Olvídalo.

Ya bastante tengo con pasar tanto tiempo cerca de él mientras trabajo. Ir a una fiesta en una casa... Seguro que dormiríamos en la misma habitación. ¡Incluso en la misma cama! Tendría que... tocarme. Apolo ha salido con unas cuantas personas desde que ostenta el título. El soldado Jacinto. La modelo Coronis. Suficiente para que todo el mundo sepa que es bastante físico con sus parejas. Si no se portara así conmigo, levantaría sospechas.

No puedo hacerlo.

No voy a hacerlo.

—Estás fatal de la cabeza, Apolo. No puedo creer que me estés pidiendo esto —sigo hablando con un tono cortante, esta vez fruto del pánico—. Sabes perfectamente las implicaciones que tendría sobre lo que la gente ya piensa de mí. Sería como darles la razón, y solo yo tendría que lidiar con las consecuencias. —No hay nadie en Olimpo que crea que no tengo ninguna ambición de poder. Cuando me miran solamente ven los pecados de mis padres.

Lo complicado de todo esto es que si mis padres se hubieran contentado con su poder y su privilegio, a nadie le parecería mal que Apolo saliera conmigo. Éramos una de las familias originales de la ciudad, así que yo sería una opción de matrimonio aceptable para uno de los Trece.

Sin embargo ahora, claro está, todo el mundo se espera que en algún momento vaya a intentar recuperar lo que perdimos. Me han estado observando con lupa como a un insecto durante doce años, y lo que me pide Apolo me pondría en el centro del ojo público, donde no me espera nada bueno.

Hasta Hermes sabría que algo así es pasarse de la raya.

Creía que Apolo entendía por qué evito llamar la atención. Es él quien me ofreció este trabajo, quien me paga demasiado por lo que hago y quien parece preocuparse constantemente por mi bienestar. Que venga ahora y me pida ser el chivo expiatorio... Duele. Es injusto que duela tanto.

—No —repito—. No pienso hacerlo.

—Está bien. —Levanta las manos con una expresión de culpa—. Lo siento. Creía que era lo más inteligente, y confiaba en que serías capaz de sobrellevarlo. Pero entiendo perfectamente que no sea posible. —Su voz se torna suave de una manera que me hace flaquear—. Casandra, lo siento. Debería haber tenido en cuenta todo lo que implicaba para ti.

No puedo permitir que se ponga blando conmigo, porque si él se pone blando, entonces yo también me pongo blanda y puedo acabar accediendo a algo que va totalmente en contra de lo que me conviene. Me cuesta lo que no está escrito erguirme y ofrecerle frialdad cuando él solo me ha brindado calidez.

—Sí, deberías haberlo pensado. ¿Eso es todo?

Suelta un suspiro apenas audible.

—Eso es todo.

Salgo de su despacho a toda prisa para huir de él. Ojalá fuera tan sencillo escapar también del sentimiento de culpa que me carcome.

4
APOLO

Lo arruiné.

Estaba con los nervios crispados por que se hubiera presentado Teseo sin previo aviso ordenándome asistir a la fiesta de Minos. Porque fue una orden. Puede que Minos no sea uno de los Trece, pero es consciente del poder que tiene, y lo está aprovechando como si su vida dependiera de ello. Dudo que vaya a durar mucho, pero no deja de ser un dolor de cabeza mientras tanto.

Aun así, no tengo excusa. No debería haberle propuesto algo tan inapropiado a Casandra. Si hubiera sido cualquier otra persona, podría haberse visto forzada a aceptar aunque no quisiera...

Solo pensarlo hace que se me revuelva el estómago.

Sé perfectamente qué clase de lugar es Olimpo. El poder es la única ley que importa, y, como miembro de los Trece, tengo para dar y tomar. He visto casos brutales de abuso de poder, tanto por ambición como por puro vicio. No puedo fingir ser diferente. Yo también he usado mi influencia para sacar a mi familia de apuros más veces de las que recuerdo. Sobre todo a mi hermano pequeño.

Presionar a Casandra, con todo lo que ha sufrido ya a manos de nuestra sociedad...

«Mierda.»

Me paso las manos por la cara. Era un buen plan, al menos en apariencia, pero voy a tener que buscar otra solución. No mentía cuando le dije que es la única que podría acompañarme. Es una de las personas más inteligentes que conozco. Puede que piense que la contraté solo por pena, pero lo cierto es que se ha convertido en un recurso indispensable para mí. Y confío en ella, aunque jamás me creería si se lo dijera.

Una opción sería Héctor, claro, pero está tan embelesado y feliz en su matrimonio que, si me acompañara a un evento así, daría mucho de que hablar. No aceptará. Su relación ya ha capeado tormentas peores en lo que a los medios se refiere, pero no pondría a su familia en esa situación. Ni siquiera por Olimpo y el bien mayor.

El resto de mi equipo es competente, pero ninguno está al nivel de Héctor y Casandra.

—Apolo.

Me pongo en pie tan bruscamente que la silla sale disparada rodando hacia atrás.

—¿Sí?

La preciosa cara de Casandra es un muro de piedra. Suele tener los labios curvados hacia abajo de forma natural, pero ahora los acompaña un ceño perpetuamente fruncido. Aparta la vista a un lado.

—Zeus ha venido a verte.

«Mierda, otra vez.»

Debería haberlo previsto. Le mandé un mensaje cuando llegó Teseo, pero esperaba que me llamara para que le contara cómo me había ido. No me imaginaba que vendría en persona. Relajo la expresión del rostro.

—Hazlo pasar.

Zeus, por supuesto, no espera a que Casandra transmita mi invitación. Entra con brusquedad en mi despacho sin apenas darle a ella la oportunidad de hacerse a un lado.

—Cuéntame —ordena.

Reprimo un suspiro y lo pongo al día. No me doy cuenta de que debería haberme guardado para mí la petición que le hice a Casandra hasta que veo que se pone pensativo. Se reclina en su asiento y dice:

—Es un movimiento inteligente llevarla contigo.

—Da igual, dijo que no, y no me siento cómodo obligándola a exponerse a una situación así.

Sus labios esbozan una sonrisa retorcida.

—No hace falta que asumas el papel del malo, Apolo. Eso es cosa mía. —Antes de que pueda pronunciar una respuesta, alza la voz—: Casandra.

Pasan unos cuantos segundos hasta que aparece en el marco de la puerta, con un gesto de justificada sospecha.

—¿Sí?

Zeus mueve la silla para poder vernos a los dos. Se le queda mirando unos instantes.

—Quieres marcharte de Olimpo y llevarte a tu hermana contigo.

Ella se cruza de brazos y amusga los ojos.

—Eso no es ninguna novedad.

—No tienes dinero para hacerlo.

—De nuevo, ninguna novedad —replica.

Más tarde me asombrará el hecho de que sea una de las pocas personas a las que no parece importarles estar delante del gobernante de Olimpo. Ahora mismo estoy demasiado ocupado tratando de contener esta sensación de desasosiego. Sé adónde quiere ir a parar con esto, y no me gusta por muchos motivos.

—Zeus... —empiezo a protestar, pero me ignora.

—Si nos haces este favor, te daré dinero de sobra para empezar de cero. Sin preocuparte por nada. Setecientos mil.

Casandra se vuelve hacia mí, y, aunque a estas alturas la conozco bastante bien, no soy capaz de descifrar la expresión de su rostro. Luego se dirige a Zeus.

—¿Lo dices en serio?

—Sí. —Le sostiene la mirada—. Esta fiesta es una oportunidad única. Trabajas para Apolo, eres consciente del peligro al que nos enfrentamos. Necesitamos esa información. Y haría cualquier cosa para proteger Olimpo. —No se mueve—. Di una cifra. Siempre y cuando cumplas con tu parte del trato, si está dentro de lo que puedo darte, lo haré.

Ella permanece callada un buen rato, con la vista fija en un punto indeterminado. Nosotros esperamos su respuesta en silencio, aunque me tengo que morder la lengua para no protestar. Los argumentos de Zeus son correctos, pero Casandra ya se negó. No está bien ponerla en esta tesitura. No forma parte de los Trece; no pidió tener este tipo de responsabilidad.

Al final, asiente para sí misma y se vuelve hacia Zeus.

—¿Cualquier precio? Pues el doble de lo que me ofreces y una forma segura de salir de la ciudad. Si aceptas las condiciones, lo haré.

Él no duda ni un instante.

—Hecho.

Me atraganto con la saliva. Casi un millón y medio de dólares. Ese es su precio. No puedo culparla, pero, carajo, qué valor. Lo suyo es impresionante. Aun así, no puedo pedirle que lo haga. Sé que no quiere hacerlo, y ninguna cantidad de dinero cambia lo incómoda que se va a sentir fingiendo que es mi novia.

—Seguro que podemos encontrar...

—Se te pagará una vez finalizada la misión. —El tono tajante de Zeus no flaquea ni un mínimo—. Aunque no se te pedirá hacer nada de índole sexual con Apolo, su relación debe parecer creíble, por lo que tendrán que actuar en público como si realmente estuvieran enamorados. —Hace una pausa—. Tampoco será obligatorio que seas amable con la gente.

—No lo sería ni aunque me lo pidieras —replica, todavía sin mirarme—. Seré una buena noviecita y espía, eso es lo que has contratado.

Zeus esboza una sonrisa sombría.

—En efecto. —Se levanta y por fin se dirige hacia mí—. Ponla al corriente de todo lo que necesita saber. Y empieza ya con el cuento para que a nadie le sorprenda verla en la fiesta contigo la semana que viene. —Se queda callado unos segundos, repasando a Casandra de arriba abajo con una mirada que me crispa, y frunce el ceño—.

Tienes estilo, pero es evidente que lo que llevas es ropa barata. Las apariencias importan, no puedes plantarte allí así, como si...

—Como si Apolo se estuviera tirando a su secretaria —completa ella con indiferencia.

—Exacto. Mi mujer se pondrá en contacto contigo para lidiar con el tema del vestuario. —Luego se vuelve hacia mí de nuevo—. Encuentra las respuestas que necesitamos, Apolo. No podemos permitirnos otro fracaso.

—Lo sé —consigo decir.

Sigo tratando de procesar lo que ha pasado cuando sale de mi despacho, dejándome solo con el desastre que acaba de crear. Una de las ventajas de ser Zeus, supongo. Me aclaro la garganta.

—No tienes por qué hacerlo —murmuro.

—Lo sé —contesta ella antes de cerrar la puerta y sentarse frente a mí. La expresión de su rostro no suelta prenda, pero noto una tensión en su lenguaje corporal que antes no estaba. Me sostiene la mirada—. No lo hago por el bien de Olimpo. Por mí que se incendie la ciudad entera; es lo que se merece. Pero ¿una forma de escapar que no conlleve perderlo todo? —Encoge un hombro—. Es un precio que estoy dispuesta a pagar para sacar a Alejandra de aquí antes de que este lugar aniquile su inocencia.

—Si necesitabas dinero...

—No sigas hablando, por favor —me interrumpe alzando una mano—. Los dos sabemos que me diste este trabajo porque te daba pena, y me pagas casi el doble de lo que se cobra en puestos similares al mío. Ya me estás dando dinero, Apolo. No pienso pedirte nada más. —Sus ojos oscuros se tornan afectuosos durante unos segundos—. Puede que no lo parezca, pero de veras agradezco todo lo que has hecho por mí.

—El dinero de Zeus sí lo aceptas. —La frase sale de mi boca como una acusación sin que pueda hacer nada por evitarlo. No entiendo su lógica. A veces tengo la sensación de que la conozco mejor que nadie en esta ciudad, y otras siento que estoy hablando con una completa desconocida.

Ella suelta una risita amarga.

—Pues claro que lo acepto. Ese cabronazo tiene más dinero del que se va a gastar en toda su vida. Si va a forzarme a hacer esto, más le vale pagarme una fortuna.

—Casandra... —Tengo tantas cosas que no puedo decir en la punta de la lengua... «Déjame ayudarte.» «Déjame protegerte.» «Déjame cuidarte.» Me las trago todas igual que cada vez que me surge la tentación de insistir.

Siempre he sabido que acabaría encontrando un modo de irse de la ciudad. Creo que lo único que la ha atado a este lugar ha sido este trabajo bien pagado y su hermana. La gente de Poseidón no le dice que no a un buen soborno para dejar salir a las personas, pero cuesta bastante dinero. No lo haría hasta no haber ahorrado lo suficiente para estar segura de poder mantenerse a flote con Alejandra sin problemas. Después de lo de la semana que viene, tendrá dinero de sobra y además se ahorrará el soborno.

Qué poco tiempo queda. Solo de pensarlo me pongo mal. No sé qué voy a hacer cuando se vaya.

Ella niega con la cabeza despacio.

—Ya está hecho, Apolo. Acepté. Puedes seguir sintiéndote culpable si te apetece, pero sería mejor que me fueras poniendo al día para que me prepare para la fiesta.

Tiene razón. Claro que la tiene. Solo es que me cuesta hacerme a la idea de todo lo que ha pasado y va a pasar. Cierro los ojos e inspiro hondo, calmando mis pensamientos. Cuando los abro, estoy casi centrado.

—Minos nos ha informado de una posible amenaza contra Olimpo.

—Estoy al corriente. Eso sí, no entiendo muy bien por qué estamos siguiéndole la corriente en lugar de sacarle la información por la fuerza. No sería lo peor que se ha hecho en aras de la seguridad de la ciudad. —Casandra amusga los ojos—. Además, también está la barrera. ¿Qué va a hacer el enemigo? ¿Montar un campamento a unos cuantos metros de la linde de Olimpo y ponerse a dar gritos?

Compruebo que la puerta esté cerrada antes de contestar. Es improbable que alguien nos esté escuchando, pero murmuro:

—La barrera está desmoronándose.

—¡¿Qué?!

—Lo que oyes. No es muy evidente todavía, pero hay partes debilitadas. Poseidón nos informó al respecto hace meses. —Meses de infructuosa búsqueda de respuestas.

Nunca en mi vida he estado tan frustrado. Tengo la historia entera de Olimpo al alcance de mi mano y, aun así, hay una laguna enorme en lo que se refiere a todo lo relacionado con la barrera. Intenté hablarlo con el último

Zeus cuando obtuve el título, pero no le interesaba en lo más mínimo dedicar más recursos a encontrar respuestas. Por si fuera poco, me prohibió hablar de ello para no causar un revuelo. Ahora está muerto y no nos queda otra que lidiar con las consecuencias de habernos pasado años mirando para otro lado.

Casandra me observa fijamente.

—No sabes cómo arreglarla, ¿verdad?

—No. —Admitirlo en voz alta es como confesar el más oscuro de mis pecados—. He buscado por todas partes, pero alguien se deshizo de los documentos en algún momento. —Alguno de los anteriores Apolos, seguro. Solo Apolo tiene permiso para acceder a los registros, por no hablar ya de eliminarlos. Lo que no entiendo es por qué...

La barrera es el mayor misterio de Olimpo. La gente de a pie no se cuestiona su existencia, la atribuyen a algún tipo de magia o de tecnología avanzada que, para el caso, bien podría ser brujería. Dan por hecho que los que están en el poder conocerán todos los detalles.

Pero no.

Si fuera así, sabríamos cómo arreglarla ahora que se está rompiendo.

—Carajo —suspira Casandra—. Pero ¿qué tan probable es una guerra o lo que sea? La mayor parte del mundo de más allá no sabe de nosotros. ¿Por qué ahora?

—No lo sé. —Otra admisión de culpa. Me froto la cara con las manos—. Por eso no podemos rechazar la oferta de Minos, e incluso si alguien estuviera dispuesto a recurrir a la tortura, no es la mejor forma de conseguir la información que necesitamos. Nos encontramos en una posición más vulnerable que nunca, y él sabe más de lo que deja caer.

—Entiendo. —Se da golpecitos en el muslo con una uña pintada de negro—. Bueno, Zeus me va a dar un pastizal. Supongo que no me cuesta nada ayudarte a salvar Olimpo. —Alza la vista y me mira a los ojos—. Vamos.

CASANDRA

Pospongo en la medida de lo posible contarle a Alejandra lo de mi nuevo «novio», pero no puedo ocultárselo para siempre. Lo último que quiero es que mi hermana pequeña se entere por las revistas del corazón.

Aun así, espero hasta el final del almuerzo juntas para decírselo.

—Tengo que contarte una cosa, pero necesito que no te hagas ilusiones.

Ella suelta una risita y dobla con cuidado su servilleta de tela.

—Dios mío, por cómo hablas casi parece que me fueras a decir que no me equivocaba la semana pasada y que estás locamente enamorada de tu jefe.

Sería mucho más sencillo si le dijera la verdad, pero si le cuento lo que está pasando realmente, se preocupará. Además, me cuido mucho de que no sepa cuántos sacrificios hago para asegurarme de que tenga todo lo que necesita. Ya bastante mal lo ha pasado después de lo de nuestros padres; solo me faltaba añadir leña al fuego.

Seguro que empezaría a sacrificarse por mí, y eso no lo voy a consentir.

Si supiera que acepté la oferta de Zeus para poder ayudarla, se sentiría mal y me diría que no tengo por qué hacerlo. No, mejor será que le suelte la mentira que Apolo y yo hemos decidido presentarnos ante toda la ciudad.

Al final, cuando todo acabe y pueda explicarle por qué lo he hecho, le confesaré la verdad.

Respiro hondo antes de hablar.

—Bueno, algo así.

Mi hermana abre mucho los ojos.

—No bromees.

—No, no es broma. —Me arde la piel—. Quería contártelo a ti primero. Ya sabes cómo es Olimpo. Nos sacarán fotos y dirán cosas horribles sobre mí, así que... ya estás avisada.

Su sonrisa se desvanece.

—Ojalá no fuera así. Tú no eres como nuestros padres. Parece mentira que después de doce años no se hayan dado cuenta aún.

—No les importa lo más mínimo, Álex. La muerte de nuestros padres no fue suficiente. Necesitan alguien a quien castigar, y aquí estamos nosotras. —No por elección propia. No sé si nuestros padres habrían intentado escapar de la ciudad después de que su plan fracasara. No tuvieron la oportunidad de hacerlo. Murieron la misma noche que intentaron poner en práctica la cláusula de asesinato, y nosotras nos quedamos solas pagando los platos rotos—. Van a seguir castigándonos mientras estemos aquí.

—Lo siento —murmura, y alarga el brazo por encima de la mesa para tomarme la mano—. No deberías dejar que te arruinen algo tan increíble. Me alegro mucho por ti, Cass. Parece un buen tipo.

Intento tragarme el nudo que se me forma en la garganta. Odio mentirle a mi hermana, pero es lo mejor.

—Lo es.

Durante el trayecto de vuelta a la oficina, me pregunto si he hecho lo correcto no contándole a Alejandra la verdad. Llevo siendo su tutora legal casi un tercio de mi vida; a estas alturas, solo puedo ocultarle los detalles menos agradables.

Sí, he hecho lo correcto. Estoy segura. Se alegrará cuando le explique todo lo que ha pasado y tenga por fin la solución a los problemas que nos han estado asolando durante estos doce años. Una escapatoria real.

Al fin y al cabo, fingir estar con Apolo para poder investigar a Minos es un pequeño precio que pagar.

Estar de nuevo sentada en mi escritorio me resulta surrealista. Todo está igual y al mismo tiempo todo ha cambiado. No sé cómo explicarlo. Apolo sigue siendo mi jefe, al menos hasta que cobre el dinero de Zeus. En ese momento, todo acabará. Tampoco puedo parar de pensar en cómo vamos a hacer para fingir una relación delante de todo Olimpo. Y no en citas en público planeadas con meticulosidad de antemano, sino en una fiesta, en una casa. El nivel de intimidad que se espera en un entorno así hace que me cueste respirar y que se me revuelva un poco el estómago.

No sé qué estoy haciendo.

Levanto la vista y me encuentro a Apolo de pie en el umbral de la puerta de su despacho, con el pelo adorablemente despeinado y una expresión de ligera incomodidad.

—Casandra. —Se aclara la garganta—. Tenemos menos de una semana hasta que empiece la fiesta. Deberíamos... eh... aparecer en público este fin de semana. —No me mira a los ojos—. Me tomé la libertad de reservar mesa para cenar en la Dríade.

Por supuesto.

Es adonde lleva a todas sus primeras citas, así que debería haberme imaginado que esta relación falsa seguiría los mismos pasos de las anteriores. Solo que hay un problema.

La Dríade es uno de los restaurantes más exclusivos de la zona alta. Hay una lista de espera para apuntarse a la lista de espera. Que haya conseguido mesa tan rápido ya es un milagro, pero eso no cambia el hecho de que hay un código de vestimenta muy estricto y no tengo ni una sola prenda que sirva.

Llevo cinco años conformando concienzudamente un armario cápsula del que no me avergüence mientras trabajo para Apolo. Parte de mi trabajo consiste en ponerme en contacto con miembros de los Trece y varias familias poderosas, y podrán odiarme por principios, podrán soltar comentarios sarcásticos sobre mi cuerpo fingiendo creer que no los oigo, pero no pueden decir nada de mi estilo. Es una de las cosas de las que más orgullosa estoy.

Se me enciende la piel por la vergüenza, y la sola idea de sentirme abochornada por algo que se escapa tanto a mi control hace que la ira que siempre habita en mi interior salga a la superficie.

—Sí, pues no creo que pueda ir.

La sorpresa se asoma a sus ojos oscuros.

—¿Y eso?

Si fuera cualquier otra persona, le contestaría de malas maneras, pero es Apolo, y ni siquiera yo soy tan desalmada como para castigar así su inocencia. Aparto la vista, perfectamente consciente del insólito color encarnado que está adquiriendo mi pálido rostro.

—No tengo ropa adecuada.

—Ah, ¿solo es eso?

Me vuelvo hacia él bruscamente.

—¿Perdona? ¿Cómo que «solo es eso»? Si voy con uno de los vestidos que tengo, no me dejarán entrar y todo el restaurante se reirá de ti. ¿Y eso qué bien hará? Igual tú tienes un fetiche con la humillación, pero yo no.

—No me esperaba de ti estos prejuicios hacia los fetiches, Casandra.

La piel me arde, y no sé si es por el bochorno o por el pequeño infarto que me ha dado al oír la palabra *fetiche* de boca de Apolo.

—¿Qué? No, no quería decir eso.

—Ya sé lo que querías decir —repone, y se me queda mirando—. Pero has accedido a seguir el plan.

El repentino cambio de tema me desconcierta.

—Eh... Sí, ¿y?

—Por lo tanto, entenderás que cualquier medida que tome para asegurar el éxito de la misión será algo lógico y no fruto de la caridad, ¿verdad?

Veo de inmediato adónde quiere ir a parar y frunzo el ceño.

—Sí, pero no me gusta.

—Lo sé. —Sus labios se curvan hacia arriba, y casi me da un vuelco el corazón—. Se te pagarán las horas extra, por supuesto, pero tengo que hacer una llamada.

—Pero... —Demasiado tarde. Se mete en su despacho y cierra la puerta con firmeza tras él.

Le echo un vistazo al reloj. Ya son casi las tres. No sé a qué o a quién va a recurrir para conseguirme un fondo de armario nuevo en veinticuatro horas, pero es evidente que eso es lo que pretende hacer. Me trago con dificultad el orgullo, que amenaza con asfixiarme. Tiene razón: es algo necesario para seguir adelante con el plan, no lo hace por pena. Y, ahora que lo pienso, Zeus hizo un comentario vago sobre mi ropa en la última reunión, solo que estaba demasiado aturullada como para darle importancia.

Da igual. Ya sé lo que va a pensar la gente de Olimpo cuando me vea al lado de Apolo con prendas evidentemente recién estrenadas. Me llamarán «cazafortunas» y dirán que estoy dispuesta a acostarme con quien haga falta con tal de medrar, de recuperar la posición de poder de mi familia.

No es cierto, pero a Olimpo nunca le ha importado la verdad. Y menos aún cuando hay chismes de por medio. O cuando una mentira fácil tapa una realidad espantosa.

«No pasa nada», me digo. Ya sabía que esto iba a suceder. Por eso le avisé a Alejandra antes.

Apoyo las manos en la mesa y me concentro en la respiración para aplacar la ira. Da igual lo que piensen las pirañas esas de la zona alta. Mi relación con Apolo no es real y es solo algo temporal. Llevo doce años aguantando comentarios desagradables y miraditas de reojo. Un par de semanas más no son nada.

Cuando todo esto acabe, Alejandra y yo nos iremos de aquí.

Podría resistir lo que fuera con tal de conseguirlo. Siempre y cuando no trate de seguir los pasos de mis padres, lo peor que pueden hacerme los idiotas de Olimpo es hablar de mí. No tengo la piel tan fina como para dejar que eso me impida alcanzar mi objetivo. Con el dinero de Zeus podremos irnos muy lejos, por lo que no pienso hacer nada que le pueda servir de excusa para romper el trato.

A las cinco en punto exactas, dos mujeres blancas con el pelo oscuro entran por la puerta. Reconozco de inmediato a Psique Dimitriou y a su hermana mayor, Hera. Bueno, Hera solía responder al nombre de Calisto, pero, al casarse con Zeus, se hizo con un puesto entre los Trece como la nueva Hera. Las dos hermanas no podrían parecerse menos. Hera es alta y esbelta, como una espada con patas y con una actitud igual de acerada. Al fin y al cabo, puede ser todo lo ruda que desee y mirar mal a cualquiera que se le acerque si así le place; ya me gustaría a mí tener ese poder.

Psique, en cambio, es bastante más bajita y con un cuerpo con curvas como el mío, engalanado en un vestido muy lindo estilo *pin-up* con cerezas estampadas en la tela. He coincidido con ella unas cuantas veces desde que apareció en una fiesta del brazo de Eros, recién casada y desenvolviéndose con aparente gracia por las altas esferas de Olimpo. Es un encanto, pero bajo esa superficie tan dulce debe de ocultarse una fiera, o la zona alta de la ciudad se la habría comido con papas a estas alturas.

—Casandra —me dice mientras se dirige hacia mí—. Qué alegría verte de nuevo. Estás guapísima, como siempre.

—Psique —la saludo, y miro de reojo a la esposa de Zeus—. Hera.

Esta me analiza de arriba abajo.

—Bueno, al menos tienes estilo. Ya es una mejora con respecto a la anterior.

—Calisto —sisea su hermana—. Sé amable.

—¿No vas a decirle a ella también que lo sea? —repone esta.

—Las estoy oyendo —digo mientras arqueo las cejas.

—Lo sé. —Hera se pasa el pelo por detrás del hombro—. Pero tú eres una mujer de las que ya no quedan, que aprecia la sinceridad, así que seguro que no te importa.

—¡Calisto!

Ella ignora a Psique y se dirige a la puerta de Apolo, a la que llama un par de veces antes de entrar. Psique suelta un suspiro profundo que reconozco a un nivel celular y hace que mis labios esbocen una sonrisa reticente.

—Hermanas, ¿eh?

—Lo mejor y lo peor del mundo. —Se acerca a mí—. Hay mucho secretismo alrededor de todo esto, pero tengo entendido que necesitas ropa nueva.

Tengo que concentrarme para evitar ponerme roja. Funciona mucho mejor en presencia de Psique que en la de Apolo, la verdad. Creía que estaba preparada para que me juzgaran, pero todo va demasiado deprisa.

—Es por una cosa de trabajo.

—No hace falta que te pongas a la defensiva —contesta ella con suavidad—. Ya sabes cómo soy. Si me preguntas a mí, nadie necesita una excusa para querer ropa nueva. —Me repasa de la cabeza a los pies. Al contrario de lo que me ocurre con la mayoría de la gente de esta ciudad, no me siento ni un poco juzgada; es más bien como si estuviera analizando qué me iría mejor—. Hay una diseñadora de moda en la que confío ciegamente que hace poco ha empezado a sacar prendas específicas para tallas grandes. Tiene unas cuantas cosas que cumplirían los criterios que nos pasó Apolo. Irá todo a cuenta de Zeus, así que te recomendaría aprovechar la ocasión, porque es ropa tremendamente cara.

Psique Dimitriou es una de las hijas de Deméter. Puede que se criara a las afueras de la ciudad, pero, incluso antes de que su madre se hiciera con tal título, su familia tenía más dinero que casi cualquier persona de Olimpo. Para que ella diga que es cara... Casi me da un escalofrío el pensar en gastarme todo ese dinero en ropa.

—Tú lo has dicho, paga Zeus. Vamos a vaciarle la cuenta —sonrío.

Muy astuto por parte de Apolo prever que sería más difícil convencerme si fuera él quien pusiera el dinero. Debe de haberse imaginado que me importaría un pimiento dejar a Zeus en números rojos, si es que eso es posible siquiera.

—Esa es la actitud —responde ella.

Hera sale del despacho de Apolo con aires engreídos.

—Anda, vamos.

Y así es como acabo en una limusina con las dos hermanas, recorriendo uno de los tres puentes que conectan la zona alta con la baja. Nunca había atravesado el río hasta ahora. Una especie de barrera similar a la que rodea la ciudad, aunque mucho más débil, separa las dos zonas. La siento como un cosquilleo en la piel cuando estamos más o menos a la mitad del puente. En principio se necesita el permiso de Hades para cruzar, pero creo que es más complicado que eso. Tanto Psique como Hera deben de tener invitaciones permanentes, ya que la hermana de ambas está casada con él. Supongo que con eso basta para que yo también pueda pasar.

Al menos esta vez.

Tengo una sensación extraña mientras giramos al sur en la zona baja para circular por una calle hasta que los edificios de viviendas van dejando paso a un polígono. El vehículo se detiene delante de un almacén con un letrero estilizado en el que pone: JULIETTE. De pronto caigo. He oído hablar de esta mujer. El anterior Zeus la echó de la zona alta porque no se callaba sus sospechas sobre que este había asesinado a su segunda mujer; sospechas que comparte la mayor parte de Olimpo, aunque, por supuesto, nunca se investigó al respecto. Desde entonces, he visto a un montón de gente vestir sus prendas: desde Psique y Helena (ahora, Ares) hasta la esposa de Hades, Perséfone.

Trasladar el negocio a la zona baja no ha perjudicado la carrera de Juliette en lo más mínimo. Si acaso, le ha dado notoriedad y ha hecho que suba su caché. Pocas cosas les gustan más a los pretensiosos de la zona alta que la novedad, y además ella es muy selectiva con su clientela, por lo que los tiene subiéndose por las paredes para conseguir diseños suyos. Si aparezco en eventos vestida por ella será toda una declaración de intenciones.

Da igual. Todo esto es temporal. No me importa lo que los imbéciles esos piensen de mí, así que no voy a dejar que influyan en mis decisiones.

Psique atraviesa la puerta principal, la primera. Dentro, el almacén está completamente remodelado: los techos son más bajos y una cortina reluciente separa la estancia de la parte de atrás. Hay unos cuantos burros de ropa llenos de perchas organizados por algún tipo de sistema que no soy capaz de identificar a primera vista. No es por color ni tampoco por estilo. ¿Por talla, quizá? Aunque Juliette suele hacer las prendas a medida, y la mayoría de los diseñadores de moda no acostumbran a trabajar con tallas más grandes. Desde luego, no con la mía.

Por otro lado, Psique es una clienta habitual, y han decidido traerme aquí, así que tal vez me equivoque. Las hermanas Dimitriou no tienen fama de ser crueles sin necesidad. Además, Apolo ha dado su visto bueno: él no permitiría que hicieran que me la pase mal.

«¿En serio, Casandra? ¿Te fías de él? Puede que sea amable, pero sigue siendo uno de los Trece. Tú mejor que nadie sabes de lo que es capaz.»

Quizá con otros, pero conmigo no.

O igual soy una ingenua y están a punto de darme un pastelazo en la cara.

Me yergo y sigo a Psique y a Hera a un rinconcito encantador con asientos dispuestos alrededor de una plataforma rodeada por una medialuna de espejos. A un lado hay una puerta que debe de dar al probador.

Psique se gira y mira a todos lados.

—¿Juliette?

—Estoy aquí —responde una voz, y a continuación se oye el traqueteo de las ruedas de un burro de ropa contra el suelo de hormigón pintado. Una mujer negra alta aparece entre las perchas.

Antes era modelo, y se nota en sus formas y en su aspecto, vestida siempre con ropa oscura simple pero elegante y con unos rizos cortos que dejan a la vista su magnífico rostro. No sabría decir qué edad tiene, pero debe de andar por los cuarenta si se acuerda bien de cuando la segunda Hera estaba viva. Puede que incluso llegue a los cincuenta, ya que casi ningún diseñador de moda alcanza el éxito a los veinte, y mucho menos con una carrera de modelo a sus espaldas. Algunas modelos pierden su atractivo según se van haciendo mayores, pero en esta mujer parece como si el tiempo solo la hubiera pulido hasta brindarle algo mejor aún que la belleza: fuerza.

Deja el burro de ropa al lado del probador y me hace un gesto con sus largos dedos.

—Ven, deja que te eche un vistazo.

Alzo la barbilla mientras me acerco y doy un giro de trescientos sesenta grados despacio. Cuando vuelvo a estar frente a ella, veo una expresión de aprobación en su rostro.

—Me gusta tu estilo, no me va a ser difícil trabajar contigo —dice, y ladea la cabeza—. Pero, antes, ¿cómo te imaginas en este evento?

No lo he pensado mucho, pero las palabras salen de mi boca como por voluntad propia:

—Van a hablar de mí con independencia de lo que haga, así que quiero darles algo de lo que hablar.

La sonrisa que esboza Juliette corta como un cuchillo.

—Entonces has venido al lugar adecuado. Manos a la obra.

APOLO

Llego a la Dríade con quince minutos de antelación. Lo admita o no, Casandra debe de estar nerviosa por la cena por diversos motivos. Va a verse de repente en medio de toda esa gente a la que ha estado doce años evitando. Por no hablar de que este es el momento en el que nuestra relación falsa remonta el vuelo o... se estrella.

Deberíamos haber ensayado antes en algún lugar más privado. Solo que esto tampoco habría sido posible, porque, a pesar de llevar cinco años trabajando juntos, nunca hemos estado solos en realidad. Aunque no tenemos a nadie trabajando justo al lado —el que más cerca está es Héctor, que tiene el despacho al final del pasillo—, nunca nos encontramos del todo aislados. Además, Casandra se salta siempre todas las fiestas y los eventos relacionados con el trabajo que se celebran fuera del horario laboral. No la culpo, pero no puedo evitar buscarla con la mirada en aquellos a los que estoy obligado a ir.

Y ahora se supone que estamos juntos.

No puedo creer haber sugerido siquiera este plan, y

mucho menos haber permitido que Zeus usara sus artimañas para asegurarse de llevarlo a cabo aun habiendo ella dicho que no. Tengo mejor reputación que algunos de mis compañeros, pero esto sin duda va a dejar una fea marca en mi historial. O, más bien, será la confirmación de que no soy mejor que los demás. Involucrarme con mi asistente, vaya cliché. A las revistas de chismes se les debe de estar haciendo agua la boca.

Aun así, no es ni la mitad del precio que le estoy pidiendo pagar a ella.

—¿Apolo?

Me giro y me quedo hecho piedra.

Casandra está de pie a unos metros de mí. Lleva el pelo como siempre, una lustrosa cascada de cabello rojo intenso. Siempre es lo primero en lo que me fijo. Todavía no tengo claro si es su color natural o no. Supongo que da igual.

Intento mantener la vista fija en su rostro, en la sombra de ojos que se ha aplicado con esmero y sus labios color carmín. De veras que lo intento. Pero, por mucho que trato de contenerme, no puedo evitar recorrer su cuerpo con la mirada.

En todo el tiempo que llevamos trabajando juntos, me he acostumbrado a verla con cierto tipo de vestimenta. Sí, suele llevar faldas entubadas que se le ciñen a las caderas y a ese enorme culo, y que han inspirado más fantasías de las que estoy dispuesto a admitir. Pero las suele combinar con *tops* de cuello alto que dan una idea de cómo deben de ser sus generosos pechos sin llegar a enseñar nada realmente.

El vestido que lleva esta noche no tiene nada que ver. Es gris oscuro, casi negro, y hace resaltar el blanco de su piel y el tono intenso de su pelo. Además, tiene un pronunciado escote en V que hace bastante más que dar una idea de cómo son sus pechos. Me resulta imposible no seguir con la mirada el borde del escote hasta su cintura, donde de repente la tela se pliega en una explosión de volantes que hacen que sus caderas parezcan más anchas aún antes de estrecharse para envolver sus muslos en un ajuste ceñido. Tiene una pequeña abertura por delante, probablemente para que pueda caminar. Para completar el *look*, unos tacones rojos todavía más altos de los que suele llevar. El corazón se me acelera sin que pueda hacer nada por evitarlo.

—Apolo —repite, y percibo algo en su voz. No su tono sarcástico y mordaz habitual, no; es casi pánico.

Claro, porque estoy aquí plantado como un bobo, mirándola como si fuera un animal enjaulado. Soy su jefe y estoy comiéndomela con los ojos, ¿cómo no va a sentirse incómoda? Me estoy portando como un auténtico imbécil. Sacudo la cabeza.

—Estás... presentable.

—Presentable. Vaya. —Casandra parpadea despacio—. No te olvides de compartir tu opinión con Zeus cuando vea la factura.

«Presentable.» Pero ¿qué estoy diciendo? Ese vestido es una obra de arte. Me encantaría pasar las manos por él, siguiendo cada pliegue; arrodillarme frente a ella y empezar desde abajo. O, mejor, empezar por arriba. Quiero quitárselo poco a poco y...

Cierro los ojos en un intento por centrarme en el mundo real.

—Estás muy guapa. Lo siento. Me has tomado desprevenido.

—No sé si tomármelo como un cumplido, pero gracias.

Abro los ojos y me la encuentro observando el restaurante que tengo detrás. No está mordisqueándose el labio inferior como siempre hace cuando se siente nerviosa, pero casi.

—Conque realmente vamos a hacerlo... —murmura.

—Todavía estás a tiempo de cambiar de opinión.

Se gira hacia mí con una ceja arqueada.

—Me imagino que Zeus tendría un par de cosas que decir al respecto.

Sin duda, pero prefiero tener que lidiar con él que hacerla pasar un mal trago si no se siente segura.

—Yo me ocupo de Zeus.

Casandra se me queda mirando un buen rato antes de sacudir la cabeza y esbozar una sonrisa burlona.

—Tranquilo, Apolo. He accedido al plan y pretendo hacer que cumpla con su parte del trato. No le voy a dar ni un solo motivo para decir que yo no he cumplido con la mía. Vamos, que ardan las lenguas de todo Olimpo.

Me gustaría replicarle, pero ya estamos atrayendo miradas. Es demasiado tarde. No va a cambiar de parecer, así que lo menos que puedo hacer es procurar que sea un rato lo menos desagradable posible. Me giro con un gesto casual y le ofrezco el brazo.

—¿Vamos?

—Por supuesto —contesta, y se agarra a mí con una mano cautelosa.

Debería dejarlo estar, pero es que tiene razón: si vamos a hacer esto, tiene que ser creíble.

—Casandra —susurro, y espero a que me mire para continuar. A esta distancia, su aroma cítrico amenaza con desconcentrarme, pero logro mantener la compostura—. Me has visto salir con otra gente.

Es una chica lista. Ata cabos casi al instante. Sus labios se tensan un segundo y luego se relajan en una sonrisa sorprendentemente convincente.

—Claro, perdona. —Inspira hondo y se acerca más a mí, pasando la mano con la que me tomaba del brazo a mi bíceps y rodeándome el antebrazo con la que le queda libre. En esta nueva posición puedo sentir sus pechos contra mi piel y tengo la mano demasiado cerca del lugar donde se juntan sus muslos y...

Estoy a punto de romper el contacto. Hago el amago de separarme antes de recordar que esto es precisamente lo que buscamos. Puede que yo no toque así a mis empleados, pero sin duda tocaría así a alguien con quien estuviera saliendo. De hecho, se me conoce por ello. No por hacer excesivas muestras de afecto en público, sino por este tipo de intimidad casual que deja saber a toda la sala lo que significa la otra persona para mí.

—¿Apolo?

El leve tono de preocupación en su voz me pone los pies en la tierra. Me las arreglo para sonreír, aparto esos pensamientos de mi cabeza y me obligo a ponerme la máscara que siempre llevo de cara al público. He sido Apolo el tiempo suficiente para no tener por qué molestarme en representar un papel si no quiero, pero soy hombre de costumbres. Antes de ostentar el título, tenía que meterme de lleno en el papel. No me cuesta nada volver a hacerlo.

Le dedico a Casandra una sonrisa encantadora y me deleito al ver cómo se resquebraja ligeramente su coraza antes de recuperar la compostura. Si tratara de seducir a esta mujer..., ¿sería tan dulce como me imagino que es detrás de esta fachada fría y hermética? ¿Se abriría a mí? ¿Se atrevería a bajar las barreras y a dejar que cuidase de ella?

Nunca lo sabré.

Nada de esto es real. Jamás será real, porque, cuando la fiesta de Minos llegue a su fin, tomará a su hermana y se la llevará de Olimpo de una vez por todas. Y no volveré a verla.

Franqueamos la puerta de la Dríade y el agradable clima templado de la noche de agosto da paso al frío del aire acondicionado. Siempre me ha gustado este sitio. Desde el momento en el que entras al vestíbulo, te envuelve una sensación de dramatismo y exuberancia. El recibidor te lleva a un pequeño puente que cruza un estanque de carpas koi rodeado de rocas en las que gotea el agua con un sonido muy agradable. Es como entrar en una gruta, y el resto del restaurante no hace sino exacerbar la fantasía.

Puede que sea el lugar perfecto para observar y ser observado fuera de las horas de trabajo, pero el dueño procura que no llegue a ser insufrible ofreciendo un tipo de entretenimiento muy particular por las noches, además de la mejor comida y bebida de Olimpo.

Y hablando del mismo...

El propio Pan en persona está detrás del mostrador, hablando con la mesera en voz baja. Es lo que mi abuela llamaría «un personaje». Una de las pocas historias de éxito que no han dependido de una estirpe que se remonte hasta los orígenes de la ciudad. Ni siquiera yo tengo del todo claro de dónde ha salido —sospecho que de la zona baja—, pero un día apareció y compró en efectivo el restaurante que antes estaba aquí. En cinco años ya se había labrado tal renombre que tenía a las familias de la élite acudiendo a su establecimiento como moscas a la miel. Ahora, es prácticamente intocable. Nadie quiere arriesgarse a estar de malas con él y que lo pongan en la lista negra del restaurante, y menos aún después de lo que pasó con la última Afrodita.

Pan es un hombre de baja estatura con la piel aceitunada y una cabellera desordenada de rizos oscuros y cortos. Tiene un sentido del humor un tanto retorcido y una sonrisita contagiosa que en estos momentos se dirige hacia nosotros.

—¡Apolo! —exclama, y se excusa con la mesera antes de rodear el mostrador con los brazos abiertos—. ¡Cuánto tiempo!

—Pan. Se te ve bien. —Me dejo envolver en un abrazo rápido.

No estoy seguro de poder decir que seamos amigos. Disfruto de su compañía y hemos compartido unas cuantas botellas de licores exquisitos, pero nunca nos vemos fuera de su negocio. Me giro hacia mi acompañante. Aquí viene la primera prueba.

—Me gustaría presentarte a mi novia, Casandra.

Ella no cambia ni un ápice su expresión, pero sí que le echa un vistazo desdeñoso a Pan antes de decir:

—Bonito lugar.

Él estalla en una carcajada, y su risa llena todo el recibidor.

—Se te ve impresionada, ¿eh? No me extraña. No te había visto antes por aquí. —Le toma la mano y le da un beso en los nudillos. Debería resultarme un gesto casi ridículo, pero noto que Casandra se sonroja ligeramente y me entra el impulso irracional de tirar a Pan al estanque de peces. Entonces este me mira con un brillo divertido en los ojos—. La chica es encantadora.

—La chica está aquí delante —repone ella.

—Desde luego. —La sonrisa de Pan se ensancha—. Tengo la mejor mesa de la casa preparada para ustedes. Pásenla bien, jóvenes. —Me da una palmadita en la espalda y desaparece por un pasillo lateral que lleva a las oficinas y la cocina.

La mesera, una mujer blanca delgada con el pelo rubio platino, nos sonríe con amabilidad.

—Acompáñenme, por favor.

La Dríade tiene una disposición muy interesante, y siento curiosidad por ver la reacción de Casandra. La observo con atención mientras la mesera nos guía por la larga escalera hasta la sala principal del restaurante. Da bastante impresión desde arriba: se compone de tres anillos concéntricos en tres alturas diferentes, con un escenario circular en el centro. Cuanto más abajo esté en el círculo, más valiosa se considera la mesa.

Personalmente, prefiero estar en el anillo de arriba

del todo. Me gusta observar a la gente, y la Dríade es el lugar perfecto para enterarse de las verdaderas alianzas que hay entre los poderosos de la ciudad. Coloco la mano en la zona baja de la espalda de Casandra mientras bajamos; el contacto me hace sentir una descarga de excitación. Tiene la piel tan jodidamente suave... Me cuesta horrores contenerme para dejar la mano ahí y no seguir explorando su cuerpo.

Dioses, parezco un degenerado.

Retiro la silla de Casandra con un movimiento brusco y torpe. Ella alza una ceja, pero toma asiento. Soy consciente de todos los ojos que nos miran mientras me muevo para sentarme a su lado. Una elección poco convencional, quizá, pero nos permitirá hablar en voz más baja. Las paredes tienen oídos en este lugar.

Sí, es por eso, claro, no porque quiera estar cerca de ella, tener su muslo pegado al mío, aspirar las notas cítricas de su perfume hasta que el aroma me confunda los sentidos, dejar que su presencia me distraiga...

Caigo en la cuenta de mi error en cuanto me siento, pero ya es demasiado tarde. Si me muevo, nuestra audiencia podría tomárselo como una muestra de desprecio y usarlo como excusa para chismorrear sobre cosas que no son las que nos convienen ahora mismo. Sin duda me estoy portando como un auténtico necio.

Por una vez, Casandra no parece darse cuenta. Está contemplando el escenario con una expresión extraña en su rostro.

—¿Cómo puedes soportar esto? ¿No te sientes como un oso en una jaula?

—Prefiero el anillo superior —le confieso mientras tomo la carta para hacer algo con las manos—. Las mesas ahí están algo menos cotizadas, pero es una experiencia gastronómica más... relajante.

—Sí, lo puedo imaginar —dice mientras levanta la vista. Luego suspira y toma su carta—. Te voy a ser sincera: me muero de hambre y vas a pagar tú, así que pienso pedir lo más delicioso que encuentre, y ya te aviso que no va a ser una ensalada. Si eres de esas personas que se sienten con derecho a criticar lo que elijo comer porque estoy gorda, no tengo problemas con tirarte el vino a la cara y largarme.

Parpadeo un par de veces, tratando de procesar toda la información... y las implicaciones que tiene. Una furia irrefrenable comienza a desatarse en mi interior.

—¿Acostumbras a salir con personas que opinan sobre tus hábitos alimentarios?

—Ya no. —No me mira, pero noto que las manos le tiemblan un poco—. Solo es que me resulta más fácil dejar claras mis intenciones desde el principio para ahorrarme malos ratos. O, más bien, para pasar el mal rato rápido y no dejar que me arruine la comida.

—Casandra. —Le agarro la muñeca y hago que deje la carta en la mesa—. Pide lo que quieras. —Debería dejarlo ahí, pero esta extraña furia hace que me trague mi sensatez—. Y, hablando en plata, que se vaya al diablo cualquiera que pretenda hacerte sentir que tienes que cambiar algo de tu cuerpo para amoldarte a un puto estándar de belleza. Eres impresionante.

Se me queda mirando unos segundos con esos ojos grandes y oscuros, y parpadea un par de veces.

—Apolo...

Me he excedido, ¿verdad? Abro la boca para disculparme, pero me detengo cuando oigo su risita. Casandra no suele reírse, y desde luego nunca así, con una insólita expresión de asombro en la cara. Aprieta los labios y devuelve su atención al menú.

—Jamás te había oído decir groserías y acabas de soltar dos en una misma frase para defenderme. Me siento honrada.

Se está burlando de mí, pero no puedo evitar esbozar una sonrisita.

—Sí que digo groserías.

—No, no lo haces. Eres exasperantemente educado y formal. —Niega con la cabeza—. Pero gracias por el cumplido.

El cumplido, ya. Como si decir que es impresionante no fuera la pura verdad. Puede que no tenga el tipo de cuerpo que se suele buscar en esta ciudad, pero no veo que eso sea relevante. La belleza es belleza en todas sus formas.

Casandra es tan preciosa que no tengo palabras para describirlo.

7
CASANDRA

Es muy fácil estar con Apolo. No sé por qué me sorprende; creo que me había convencido de que sería una persona distinta fuera de la oficina. Tenía que serlo. Me he ido encontrando con su familia de tanto en tanto: primero con sus padres, antes de que los míos murieran asesinados, y hace poco al desastre de su hermano, Orfeo. No son buena gente. Bueno, Orfeo puede pasar por buen tipo durante un día entero si se las arregla para dejar de mirarse el ombligo el tiempo suficiente para darse cuenta de que, en Olimpo, artistas torturados con caras bonitas los hay a montones. El único motivo por el que se siempre se sale con la suya haga lo que haga es por quién es su hermano.

Y Apolo hace poco dejó de tomarle el teléfono.

Pero el hombre que tengo al lado, el que presiona su muslo contra el mío y no me deja pensar con claridad..., debería ser el peor de todos. Ha alcanzado el culmen del poder. Debería abusar de él a diestra y siniestra, como todos los demás miembros de los Trece. Si hubiera ostentado el puesto que tiene ahora cuando mis padres trataron de matar a Atenea, habría tomado parte en su asesinato y su subsiguiente encubrimiento.

En cambio, aquí está, lanzándome miraditas de reojo durante la cena como si se sintiera afortunado de estar compartiendo un rato conmigo.

Está fingiendo. Sé que está fingiendo. Nadie crece en esta ciudad sin desarrollar un arsenal de mecanismos de afrontamiento, entre ellos el de crear una máscara para mostrarle al mundo. Esta es la de Apolo. En la oficina no tiene por qué ponérsela a menos que se reúna con ciertas personas, y hasta ahora nunca había estado con él en público. Eso es todo.

Aun así, me hace sentir algo extraño.

La cena, por supuesto, es una obra maestra de las artes culinarias. Es casi mejor que el sexo. O, al menos, que el sexo que he vivido en los últimos años. No puedo evitar soltar un gemidito de placer con cada bocado. Y el vino carísimo que ha elegido marida tan bien...

«Así es como podría haber sido tu vida.»

Aparto el pensamiento de mi mente. Me cuesta un poco más que de costumbre, probablemente por culpa de esta comida tan deliciosa. Casi hace que merezca la pena que todo el mundo a nuestro alrededor nos esté mirando con la boca abierta, algunos sin sutileza alguna. Incluso sorprendo a una mujer sacándonos una foto con el celular. «Qué clase tienen algunas…» No, ni la comida, por increíble que esté, hace que valga la pena este tipo de vida. Aun así, no lo paso del todo mal durante la velada.

Y entonces, de repente, da comienzo el espectáculo.

Las luces se atenúan tan despacio que casi no me doy

cuenta que está tan oscuro que apenas veo lo que hay en mi plato.

—Voy a acabar tirándome toda la comida encima —comento.

La risita grave de Apolo hace que se me tense todo el cuerpo. Me recuerda a cómo me he sentido antes en la entrada del restaurante cuando me miró con un incendio tras sus ojos oscuros. Solo que, mientras visualizo en mi mente la expresión de su rostro, mi cerebro me sale con todas las razones por las que podría haber puesto esa cara y que tienen mucho más sentido que pensar que se fijaría en mí.

No estoy del todo mal, pero desde luego no soy Ares ni Afrodita.

—Casandra. —Me saca de mis pensamientos con un murmullo íntimo—. Te vas a perder el espectáculo si sigas comiéndote la cabeza así.

Me vuelvo hacia el círculo central, que ahora está iluminado por una agradable luz de un color azul verdoso que evoca el agua. El escenario se eleva un poco por encima de nuestra mesa, pero está vacío. Me giro hacia Apolo de nuevo y me encuentro su cara demasiado cerca de la mía. No me aparto por acto reflejo de puro milagro. Él sonríe y me señala hacia arriba con la barbilla.

Sigo la dirección con la mirada y... me quedo sin aliento.

Por encima de nosotros una náyade nada por el aire. Ay, mi cerebro ya está restándole magia al momento fijándose en los cables que se acoplan a un arnés bien disimulado en sus caderas y cola para hacerla «volar». Pero eso no cambia el hecho de que con sus movimientos gráciles y sinuosos da la impresión de estar buceando desde el oscuro techo hasta la plataforma.

Una segunda náyade se une a ella, y dan vueltas en espiral como si estuvieran bailando. No termino de entender cómo es posible que no se enreden los cables, pero es tan bonito que paso a ignorar la logística. El espectáculo llega a su fin demasiado pronto, y yo aprieto la manos contra los muslos para reprimir la reacción instintiva de girarme hacia Apolo y preguntarle cuándo podemos repetirlo.

No tendremos ocasión de hacerlo. Esto no es más que una cita falsa para convencer a la gente de que no es raro que aparezca conmigo en una fiesta de una semana. No va a haber una segunda cita, no volveremos a la Dríade.

Soy consciente de que lo mejor es no desear cosas que no están hechas para mí, pero aun así me resulta difícil de digerir. Respiro hondo y despacio un par de veces. Cuando me vuelvo hacia Apolo, veo que está mirándome a mí en lugar de a las náyades que se retiran.

—¿Qué pasa? —Me llevo una mano a la cara—. ¿Tengo algo entre los dientes?

—No —dice, pero no elabora la respuesta. Se limita a tomar una pequeña carta que no estaba en la mesa cuando empezó el espectáculo—. ¿Quieres postre?

Dudo un instante y luego me odio por dudar. No he armado un numerito al inicio de la cena para ahora dejar que las inseguridades me impidan disfrutar el pastel de chocolate que he visto con el rabillo del ojo que servían a una de las mesas de al lado. No, de ninguna manera.

Alzo la barbilla y contesto:

—Sí, claro.

—¡Apolo! —exclama una escandalosa voz proveniente de las escaleras, donde un hombretón con la piel aceitunada y una impresionante mata de pelo gris se abre camino hacia nosotros.

No me hace falta que Apolo me lo confirme al oído; sé perfectamente que no es otro que Minos. Ha estado acaparando las revistas de chismes estas últimas dos semanas. Es un hombre atractivo en un sentido salvaje. Vi al Minotauro con el espadón ese en el torneo para ser Ares; apuesto a que fue su padre adoptivo quien le enseñó a blandirlo. Minos se mueve igual que Atenea, Ares y Zeus: como si tuviera entrenamiento militar.

Al fin alcanza nuestra mesa y esboza una sonrisa encantadora.

—Vaya espectáculo, ¿eh?

—Pan ofrece entretenimiento de primera —contesta Apolo con un tono neutro—. ¿Lo has disfrutado?

—Muchísimo. —Minos alza la mirada a la oscuridad del techo—. Pagaría un buen dinero por saber cómo lo hacen para no estamparse la una contra la otra.

No ha dicho nada que no haya pensado yo antes, ni tampoco dijo nada raro en esta interacción tan breve, pero hay algo en él que hace que me dé un escalofrío. Hasta donde sé, todavía no hemos confirmado que sea un enemigo de Olimpo, así que puede que tan solo me recuerde un poco al anterior Zeus, con ese carisma extravagante y esa actitud arrolladora. Puede..., pero he sobrevivido a base de confiar en mis instintos, y ahora mismo me dicen que este hombre es peligroso.

Claro que lo es. Cualquier persona con un ápice de poder en Olimpo es peligrosa. Minos ha conseguido más de un ápice desde que llegó y empezó a meter cizaña.

Se vuelve hacia nosotros con una risita entre dientes.

—Oí que vas a venir acompañado a la fiesta la semana que viene. —Se fija en mí por primera vez desde que se ha plantado en nuestra mesa. No es una mirada libidinosa, pero noto un interés en sus ojos oscuros que me pone los pelos de punta—. Sí que eres guapa, sí. No sabía que estuvieras saliendo con nadie, Apolo.

—Minos. —La voz de Apolo no suena del todo tensa, pero apoya la mano en mi muslo y, como por arte de magia, dejo de pensar en Minos. Es como si mi cerebro... se desconectara. Apolo continúa hablando como si no me estuviera marcando a hierro con la mano a través de la tela del vestido—. Esta es mi novia, Casandra. Llevamos poco tiempo juntos y lo hemos estado manteniendo en secreto por razones obvias. Ya has podido comprobar en primera persona cómo son las revistas de chismes de la ciudad.

Minos esboza una sonrisita.

—Implacables —conviene.

—En efecto. Casandra, este es Minos, flamante ciudadano de Olimpo. Viene de... fuera.

Minos suelta una carcajada.

—Sí, de muy fuera. —Extiende una mano enorme—. Es un placer conocerte, Casandra.

Le estrecho la mano con cautela, y procuro no ponerme tensa cuando deposita un beso cortés en mis nudillos. Es el mismo gesto que Pan ha hecho antes, al recibirnos en el restaurante, pero la sensación que me provoca es distinta. El coqueteo del dueño de la Dríade era inofensivo.

En cambio, nada en Minos lo es.

Me suelta la mano y se vuelve hacia Apolo manteniendo la sonrisa encantadora de antes.

—Qué ganas tengo de verlos en la fiesta.

—Lo mismo digo.

Minos va hacia las escaleras y sube al segundo piso para volver a ocupar su asiento en una mesa grande. La diviso desde donde estoy sin necesidad de estirar el cuello. Reconozco a Teseo y al Minotauro (que, por cierto, ¿qué clase de nombre es ese?). Hay otras tres personas a la mesa, pero están demasiado lejos para distinguirlas.

—¿Está casado, Minos? —pregunto—. ¿Tiene más hijos? —Dudo que sus hijos adoptivos tengan esposas. Si las tienen, deben de haberlas mantenido ocultas al público desde que llegaron, porque les han sacado muchísimas fotos en las últimas semanas y nunca se les ha visto con nadie.

—No, no está casado. Tiene una hija y un hijo. Hay una tercera mujer en su mesa, pero no tengo clara cuál es su relación con él. Hija suya no es.

—Entiendo. —Bajo la mirada para centrarla en Apolo. Mantiene una postura relajada y sonríe, pero noto cierta tensión alrededor de sus ojos—. No te cae nada bien, ¿verdad?

—No sé nada de él.

Eso es muy revelador, tratándose de Apolo. Él lo sabe todo sobre todo el mundo. Es literalmente su trabajo. Que no haya encontrado nada sobre Minos significa mucho. Seguro que lo siente como un fracaso, y no soporta los fracasos. Al menos los suyos. Cuando quien o ha echado a perder es alguien de su equipo, es bastante más indulgente.

Abro la boca para tratar de decir algo que lo anime, pero entonces me doy cuenta de que sigue teniendo la mano sobre mi muslo. Es una mano... bonita. Todo en Apolo es bello. No es muy musculoso, pero le he visto cargar cajas enormes como si nada, así que sin duda está en forma. Su mano es grácil, con los dedos largos y las uñas bien cuidadas.

Soy consciente de lo ridícula que sueno, pero sé que voy a sentir la huella de su agarre como grabada a fuego en la piel durante horas. Me resulta demasiado fácil dejarme llevar por la imaginación, sentir cómo sería si moviera la mano un poco arriba, si me apretara con los dedos la parte interior del muslo, si...

—Casandra.

Levanto la vista de su mano a su cara. No sé qué expresión estoy poniendo, pero Apolo entrecierra los ojos y la tensión de su rostro se esfuma para dar paso a... ¿ardor? Sus dedos se contraen en mi pierna, y siento esa presión desplazándose por mi cuerpo hasta llegar a la entrepierna, como si hubiera deslizado la mano para agarrarme ahí abajo. ¿Qué ha dicho? ¿Mi nombre? Me humedezco los labios y me doy cuenta de que él no pierde detalle del gesto.

—¿Sí?

—¿Nos están mirando?

Me recojo el pelo detrás de las orejas y aprovecho el

movimiento para comprobarlo. Sí, parece que todo el mundo nos está mirando.

—Sí.

Él suspira.

—Por supuesto. —Sus dedos me aprietan el muslo otra vez—. Ahora voy a besarte.

Su resignación casi me hace reír. O lo haría si no se me hubiera formado un nudo en la boca del estómago. Claro que no va a besarme por que quiera hacerlo; solo estamos interpretando un papel.

—Así, sin más.

—Sí. Así, sin más. —Pero no se mueve. Sigue analizando mi expresión en busca de respuestas que no estoy segura de tener.

Todo es puro teatro, y va a seguir siendo teatro durante algo más de una semana. Y he besado a gente que me gusta menos que Apolo. Lo que no sé es si he besado a alguien que me guste más.

Todavía estoy asimilando ese pensamiento cuando se inclina hacia mí.

—Si no estás cómoda...

Mi cuerpo le roba las riendas a mi mente febril. Lo agarro de la corbata y lo jalo hacia mí, alzando la cara para encontrarme con la suya. A su favor debo decir que la sorpresa le dura poco. Me pasa la mano libre por la mandíbula y se queda ahí, sosteniéndome el rostro. Al principio el beso es muy leve; me acaricia los labios con los suyos de forma muy comedida, apenas lo noto (salvo por el hecho de que es Apolo y me está besando).

Sus dedos se hunden un poco más en mi muslo y una

exhalación temblorosa se evapora en mis labios. Durante un segundo pienso que ya está. Ya me ha besado, y todo el mundo lo ha visto. Ya hemos cumplido con lo que hemos venido a hacer.

Solo que no se acaba ahí.

Se aparta lo justo para cambiar ligeramente de ángulo y entonces su boca se apropia de la mía. No pretendo abrirme para él, pero... no soy capaz de pensar. Todo me resulta difuso, el cerebro no me funciona porque ¡Apolo me está besando! De pronto noto su lengua contra la mía y ya no pienso en nada más. El beso sigue siendo suave, como un adelanto de otros posibles besos que hacen que me dé vueltas la cabeza y se me acelere el pulso, pero nada tan intenso como para que pierda el control.

Debería habérmelo imaginado. Apolo lo hace todo con atención e intencionalidad; ¿cómo no iba a hacer uso de esas dos virtudes a la hora de besar? Trato de poner orden a mis pensamientos, pero se me desmoronan de nuevo cuando aparta la mano de mi muslo para agarrar mi silla y arrastrarla del todo hacia él. Ahora nuestros cuerpos se tocan de rodilla a cadera y me estremezco solo del contacto. Estamos vestidos de arriba abajo, sentados en una mesa a mitad de un restaurante abarrotado, pero aun así me cuesta recordar por qué no puedo sentarme con las piernas abiertas encima de su regazo.

Justo cuando estoy a punto de dejarme llevar por mis impulsos, retira la cabeza poco a poco y pone fin al beso. Yo empiezo a inclinarme hacia él sin pensar, pero entonces vuelvo en mí.

Todo esto es mentira. Estamos fingiendo, pero, incluso

si no fuera así, preferiría tirarme frente a un coche en movimiento antes que darles a estos idiotas más motivos para chismorrear.

Una sonrisa de profunda satisfacción se instala en los labios de Apolo.

—Ahora sí, creo que ya toca el postre.

APOLO

El día que salimos para la fiesta en casa de Minos, paso a recoger a Casandra a su casa. En cuanto me bajo del coche, no puedo evitar mirar a mi alrededor con desagrado. Estamos a unas pocas manzanas del polígono de la zona alta, y, aunque el crimen en Olimpo no es algo de lo que preocuparse, eso no cambia el hecho de que Casandra vive sola y la puerta de su departamento no parece demasiado segura. La escruto con el ceño fruncido mientras ella sale con dos maletas descomunales.

—Podría tirarla abajo de una patada.

—Si lo haces, perdería el depósito, así que mejor no. —Me pasa una de las maletas—. Agarra esto, anda.

—Creo que no me haría falta ni darle una patada. —Alargo la mano por detrás de ella para alcanzar la manija y cierro con fuerza hasta oír el clic de la cerradura. Entonces la zarandeo—. Por los dioses, Casandra, deberías dejar que te consiga una casa más segura.

—Ya da igual.

Claro, porque se va a ir. Me le quedo mirando y pestañeo un par de veces. No me había dado cuenta de lo cerca que estamos, pero la tengo casi atrapada entre mi cuerpo y la puerta. El recuerdo del beso inunda todos mis pensamientos. Aún noto su sabor en los labios, aunque hayan pasado días. No fue suficiente, en absoluto. Quiero sentirla contra mí. Quiero recorrer todo su cuerpo con las manos. Me acerco ligeramente, y entonces me percato de la enorme maleta que hay entre nosotros, la cual le sirve de escudo. Sacudo la cabeza.

—Perdona.

—La puerta está bien. —Se zafa de mí y se dirige al coche estacionado en doble fila—. Me las he arreglado para vivir aquí años sin que nadie la eche abajo, así que dudo que vaya a ocurrir en la próxima semana. —Se aparta el pelo de la cara—. No todo el mundo puede permitirse vivir en una torre bañada en oro, Apolo.

—Si me dejaras...

—A Héctor no le pagas la renta —me interrumpe. Trata de subir el equipaje a la cajuela, pero le cuesta, así que tengo que dejar el bulto que llevo yo para ayudarla—. Y, siendo sinceros, Héctor lleva más tiempo trabajando para ti y cobra poco más que yo —añade entre jadeos.

Algo similar a la vergüenza me cosquillea en la nuca, pero mantengo el rostro impasible.

—¿Cómo sabes lo que cobra Héctor?

—Le pregunté.

No es que esté prohibido que los empleados hablen entre sí de sus salarios, pero desearía que Héctor hubiera sido un poco menos franco.

—Te mereces lo que cobras —afirmo. De hecho, se

merece más. Aporta una perspectiva tremendamente útil a la hora de adivinar las intenciones de la gente. Se le da mucho mejor que a mí leer a las personas e interpretar las situaciones.

—No estoy diciendo que no me lo merezca —repone de un modo que me hace pensar que es posible que en algún momento alguien le haya dicho exactamente eso, pero continúa hablando antes de que pueda preguntarle nada al respecto—. Es solo que ya hay un montón de gente que piensa que me acuesto contigo para que me lo pagues todo, y si me pones un departamento en la zona alta se van a volver insoportables.

Comprendo lo que dice. De veras. Pero no puedo evitar rebatírselo mientras me peleo con la segunda maleta para meterla en el vehículo.

—A ti no te importa lo que piense la gente de Olimpo. ¿En serio te vas a privar de vivir en un lugar seguro solo para que no hablen? Ya hablan, eso no es una novedad.

—No espero que lo entiendas.

Cierro la cajuela de un golpe y doy la vuelta al vehículo para abrirle la puerta. Está guapísima hoy, con un vestido de verano con motivos florales. Nunca me habían interesado tanto las flores.

Casandra se sube al coche y suspira.

—Los dioses bendigan el aire acondicionado. Me estaban entrando más sofocos que cuando veo a Hades.

—¿En serio te parece tan guapo? —repongo, aunque la duda ofende. Es ridículamente atractivo a su descarada y taciturna manera, y más aún ahora que está felizmente casado. Cada vez que mira a su mujer, le brillan los ojos, lo cual no hace sino aumentar su encanto. Y, encima, no es consciente de ello.

—Pues sí, pero ese no es el tema. Solo quería decir que hace muchísimo calor.

Ese tampoco es el tema. Me concentro en la cuestión que me importa:

—¿A qué te referías antes con que no esperas que lo entienda?

Casandra se reclina contra el asiento.

—No eres un idiota.

Parpadeo confundido.

—¿Gracias?

—Es un halago —dice con un tono levemente exasperado—. Si fueras cualquier otra persona, me aprovecharía completamente, pero gracias a ti pude pagarle la universidad a Alejandra. Pedirte más sería ridículo.

Trato de analizar lo que acaba de decir. La lógica que usa es algo enrevesada, pero tiene razón: es un halago. Aun así, hay algo que no puedo dejar pasar. Reprimo el impulso de tomarle la mano, ya que no hay nadie alrededor que nos pueda ver, y me recuesto en mi asiento. Tardaremos apenas un par de horas en llegar a la casa de campo de Minos; tenemos tiempo.

—Casandra.

—Apolo —responde, imitando mi tono de voz—. Presiento que estás a punto de decir algo imposiblemente racional que me va a hacer enojar.

—No lo dudes —contesto, esbozando una sonrisa—. Eres una de las personas más inteligentes que conozco.

Valoro mucho tus ideas. No te llevo a la fiesta como objeto de distracción. Ves cosas que yo no soy capaz de ver; por eso te pago lo que te pago, y por eso estaría dispuesto a pagarte más. Si el único criterio para elegir a alguien para esta misión hubiera sido una cara bonita y un cuerpo de escándalo, podría haber elegido a muchísimas otras personas. Pero necesito tu mente perspicaz a mi lado.

Me mira como si me hubiera salido una segunda cabeza.

—No sé cómo asimilar lo que acabas de decir, así que voy a ignorarlo.

—Casandra...

Alza una mano.

—Tenemos poco tiempo antes de llegar a la casa de Minos. Entiendo que no habrá muchas oportunidades de hablar con franqueza cuando estemos allí, ¿verdad?

Niego despacio con la cabeza.

Es verdad, debemos atar todos los cabos sueltos ahora, aunque no puedo obviar la sensación de que solo ha cambiado de tema porque no se siente cómoda aceptando un cumplido. Pero no tiene sentido. Casandra es una de las personas más seguras de sí mismas que conozco, ¿por qué la incomodaría que la elogiara?

Me cuesta más de lo que debería centrarme en la misión.

—Tenemos que dar por hecho que en todo el recinto habrá micrófonos ocultos, tal vez también cámaras.

Ella entrecierra los ojos.

—Imagino que se esperará que peines la habitación, como mínimo.

—Sí. —Estoy al mando de todas las tareas de espionaje de Olimpo. Minos es lo bastante astuto como para saber eso, y se imaginará que podría tomar ciertas precauciones. Ese es el tema, que sabe que voy a ir a la fiesta en busca de información y aun así me invitó. Me está retando—. Tengo una solución para las cámaras. Es un poco tosca, y normalmente haría como que no me entero de que están ahí, pero no voy a permitir que nada de lo que ocurra en la fiesta pueda perjudicarte.

Casandra hace un gesto de desaire con la mano.

—Mi reputación ya se encontraba por los suelos desde antes de que me conocieras. Además, estamos fingiendo estar juntos, así que no corremos el riesgo de que vaya a grabar un vídeo sexual nuestro para filtrarlo. Si lo mejor es mantener las cámaras donde están, no cambies de idea por mí.

Vídeo sexual.

Una imagen aparece en mi mente antes de que pueda oponer resistencia alguna. Yo, acostado bocarriba, con el celular en la mano. Casandra, con las piernas abiertas sobre mí. La grabo mientras...

Aparto la vista y la fijo en el paisaje que se ve por la ventana. La ciudad ha dejado paso a la campiña. Me centro en los árboles, los cuento hasta que recupero el control sobre las reacciones de mi cuerpo. Cuando me giro de nuevo hacia ella, me está mirando con una expresión rara.

—No pienso dejar que te ocurra nada. Las quitaré —sentencio de forma abrupta y categórica.

—Está bien. Confío en ti. —Es asombroso lo fácil que le resulta creer en mí, pero sigue hablando antes de que tenga tiempo de procesarlo del todo—. No tendrás por casualidad los planos de la casa, ¿verdad?

—No —admito con pesar—. La antigua propietaria era Hermes.

Hermes es de los pocos miembros de los Trece de los que apenas tengo información. Se hizo del título un año después que yo. Su puesto se consigue robando un objeto imposible de hurtar u obteniendo información sobre alguno de los Trece que nadie más sepa. La Hermes actual logró ambas cosas.

Apareció de la nada. Sin pasado, sin conexiones con ninguna de las familias originales, sin propósito claro. Se plantó delante del resto de los Trece y se puso a recitar cosas de los demás que ni siquiera yo sabía mientras sostenía en sus manos una vasija valiosísima que había sacado de la caja fuerte de mi familia. Nadie desmintió sus afirmaciones, y se le adjudicó el puesto de Hermes de inmediato.

Desde entonces, ha sido un agente del caos, pero parece que de verdad quiere proteger Olimpo. No diría que es una aliada, pero desde luego no es una enemiga.

Creo.

Sea como sea, a pesar de su aparente desconocimiento de los límites y su profundo amor por los allanamientos de morada, Hermes es muy reservada cuando se trata de su propia casa. A decir verdad, me sorprende que le haya vendido esta propiedad a Minos. Puede que el campo no le pegue nada, pero lleva siendo suya desde que se hizo del título.

—Lástima. —Casandra suspira—. Pues creo mí que va

a haber un montón de sorpresas. Tal como es Hermes, no me extrañaría nada que el lugar esté plagado de pasadizos secretos y cosas por el estilo. Le encantan esas movidas.

No voy a discutírselo, aunque la familiaridad con la que habla de Hermes despierta mi curiosidad.

—Es probable —convengo.

Ella vacila.

—Aun así, me sorprende que no hayas logrado conseguir los planos. La casa no habrá salido de la nada; alguien la tuvo que construir. Si no has podido conseguirlos a través de la vía burocrática, la segunda mejor opción es coaccionar a alguno de los trabajadores.

Me encanta que haya llegado a esa conclusión tan rápido, pero niego con la cabeza.

—Lo intenté. No contrató a ninguno de los constructores de la zona alta.

—Acudió a la zona baja, entonces.

Sonrío con pesar.

—Esa es mi teoría. Y no me tienen en alta estima allí, al ser miembro de los Trece, así que es imposible sacar nada por ese lado. —Por no hablar de que a Hades no le habría hecho ninguna gracia que entrara en su territorio. Hay circunstancias en las que no me quedaría otra que ponerlo a prueba, pero no puedo hacerlo por algo tan mundano como esto. Me muero por saber qué le habrá hecho Hermes al edificio después de adquirirlo, pero, al fin y al cabo, no es más que una casa de campo en la que jamás pondría un pie.

O eso pensaba.

Casandra se mira las largas uñas pintadas de rojo.

—¿Va a estar Hermes en la fiesta?

—No lo sé. —La lista de invitados es otra cosa que se ha logrado mantener en secreto. Minos no ha guardado registros de ella, al menos no digitales.

—Pobre Apolo —murmura. Veo en sus ojos un resplandor de diversión—. Debe de estar matándote por dentro haberte encontrado con tantos callejones sin salida. A ver, entonces tenemos que esbozar un mapa de la casa lo antes posible, descubrir dónde guarda Minos las llaves de sus secretos y usarlas para desentrañar todos sus misterios.

—Buena metáfora.

—Gracias, se intenta.

Nos quedamos mirándonos con una sonrisa que enseguida se convierte en... otra cosa. Es culpa mía. Mis ojos bajan hacia sus labios y, a pesar de que trato de dominarme, me resulta imposible no volver a pensar en el beso de la otra noche. Casandra sabía a vino, y por poco se derrite cuando intensifiqué el contacto.

Ni siquiera los baños de agua fría han logrado mantener a raya el recuerdo de esa cena. No me sentía tan controlado por mis necesidades físicas desde que era adolescente, solo que por aquel entonces me masturbaba con cualquier cosa que encontrara por internet que se amoldara a mis gustos. Ahora todas mis fantasías son con una sola mujer.

Casandra frunce el ceño.

—Lo que no entiendo es por qué es necesario todo esto. Si Minos pidió la ciudadanía a cambio de su información, ¿por qué no nos la ha dado ya?

—Lo ha hecho. —Me encojo de hombros—. O eso dice. Hace quince años lo reclutó un grupo militar, pero, según él, era parte de una sección a la que solo se informó del torneo de Ares. El caso es que eso no es ninguna novedad, pues apareció aquí para el evento. No sabemos nada sobre su líder, sus motivaciones ni sus planes.

—¿Crees que sigue trabajando para ellos?

—Eso es lo que debo averiguar. Él dice que desertó, pero no somos tan ingenuos como para creérnoslo. Necesito alguna señal de correspondencia o algún rastro de dinero o algo que pruebe que aún está bajo las órdenes del enemigo.

—Está bien. Tiene sentido. Debemos encontrar algún modo de acceder a su computadora personal, porque dudo mucho que tenga documentos incriminatorios tirados por ahí. —Casandra se pasa la lengua por los labios—. Y, eh..., supongo que tendremos que besarnos más veces esta semana.

—Sí —contesto en voz baja, como una orden que le reto a desafiar. Solo que si lo hiciera...

Bueno, da igual, porque se limita a asentir con la cabeza.

—Todo por la causa, ¿no? He besado a gente peor por razones muchísimo más deplorables.

No me gusta pensar en ella besando a gente peor por razones más deplorables. Me he cuidado mucho de investigar sobre su vida privada. A ver, todo Olimpo sabe que sus padres murieron en un accidente de coche después de contrariar a Zeus —y yo conozco la verdad que hay detrás de esa mentira—, y que desde entonces se les ha puesto una cruz a su hermana y a ella.

Eso es una cosa. Su vida sentimental es algo muy distinto.

No husmeo. No la controlo. No le he preguntado nunca con quién está saliendo, del mismo modo que no le planteé por qué cambió de perfume y empezó a pintarse los labios de un rojo más intenso cuando llevaba un año trabajando para mí. Creía que estaba con alguien, pero no habría aceptado el trato de Zeus si así fuera. Ni tampoco abandonaría a su pareja yéndose de Olimpo para siempre.

Solo que todo eso no es más que una excusa, ¿verdad?

Me da igual si está con alguien o no. Pienso poner en orden mis prioridades y sacar a la luz las respuestas que Minos quiere mantener ocultas, pero no voy a mentir: anhelo cada minuto que voy a pasar con Casandra. Después de esta semana, únicamente me quedarán los recuerdos de ella. Solo tengo siete días para acumular recuerdos para el resto de mi vida.

No sé si va a ser suficiente.

CASANDRA

Para cuando llegamos a la casa, ya llevo un buen rato queriendo abrir la puerta y saltar del coche en movimiento. No es que la situación con Apolo se haya vuelto incómoda. Cierto es que no deja de mirarme con esa expresión tan extraña en su rostro, pero se las ha ingeniado para que la conversación fluya con facilidad.

Aun así, es evidente que le fastidia no tener toda la información. Ni sobre Minos ni sobre el lugar en el que vamos a pasar siete días. Me hace sentir el impulso irracional de consolarlo, algo de lo más ridículo. Apolo no necesita que venga yo a animarle. Por muchos contratiempos que haya, encontrará la manera de llegar al fondo de todo esto, de encontrar las respuestas. Siempre lo hace. Puede que incluso le acabe divirtiendo el desafío.

La casa, por supuesto, es inmensa y preciosa. Forma una U invertida que enmarca la entrada para vehículos. No somos los únicos que llegan ahora: distingo a la mismísima Hermes bajándose de un salto del coche que tenemos adelante, seguida de un Dionisio con cara de agotamiento.

Vaya par. Ella es una mujer negra bajita con rizos oscuros muy fruncidos que viste unos pantalones fucsia que centellean a la luz del sol y una camiseta turquesa con un mensaje que no leo desde aquí. Dionisio, en cambio, es un hombre blanco con el pelo moreno revuelto, un bigote impresionante y afición por vestirse con prendas sacadas de otra época. Hoy va con pantalón de vestir, tirantes y una camisa oscura estampada debajo de un chaleco.

Me sigue cayendo bien Hermes. Para empezar, porque es una de las pocas personas de la zona alta que saben lo que hicieron mis padres y no me tratan como si fuera por ahí con un cuchillo escondido esperando el momento de terminar lo que empezaron, y luego, porque me lo paso genial con ella. Nuestra relación fue intensa y pasional, pero pronto nos dimos cuenta de que no iba a ningún lado. Yo nunca me ataría a un miembro de los Trece por voluntad propia y Hermes sospecho que le dio su corazón a alguien hace mucho tiempo y desde entonces nadie está a su altura para ella. Actualmente somos amigas y nos va bien así.

Apolo espera hasta que Hermes toma a Dionisio del brazo y lo arrastra al interior de la casa antes de abrir la puerta y salir del coche. Me sorprende mirándolo perpleja.

—Tendremos que lidiar con ella en algún momento, pero no hay por qué precipitarse.

Creo que debería contarle que Hermes es mi ex, pero las palabras se me atragantan. Igual no es tan importante. Acepto su mano aunque soy perfectamente capaz de bajarme del coche sin ayuda. Solo por mantener las apariencias, claro; no porque me guste sentir sus dedos agarrando los míos con suavidad. Para distraerme, comento:

—No te cae nada bien Hermes, ¿verdad?

—Es linda. —Su modo de decirlo lo delata.

Lo observo con el ceño fruncido.

—¿Es que no te cae bien o es que estás frustrado por no haber conseguido nada de información sobre ella?

Apolo me devuelve una mirada incisiva.

—No me gustan los misterios.

Ni falta hace que lo diga.

—¿Se ha colado en tu casa? —inquiero.

Él tensa la mandíbula.

—Varias veces. Sigo sin entender cómo lo hace.

Debe de irritarlo a más no poder; es cierto que odia los misterios. Sin pensar, le doy unas palmaditas en el pecho.

—Pobre Apolo, seguro que te fastidia un montón.

Él baja la mirada al lugar donde mis dedos siguen en contacto con su camisa. Cuando vuelve a hablar, su voz es más grave.

—Lo superaré.

—¡Bienvenidos! —exclama alguien.

Aparto la mano con sentimiento de culpa y me giro para ver la cara de una mujer acercándose a nosotros. Es de mi edad, creo. Y tiene un cuerpo parecido al mío, también. Lleva una blusa hecha a medida y unos pantalones cortos. Camina con una elegancia que apesta a escuela de élite; nadie se mueve como si flotara de forma natural.

Debe de ser la hija de Minos, aunque no se parece a él para nada, más allá de su tono de piel aceitunado. El pelo negro azabache le cae en línea recta por debajo de los hombros.

Nos dedica una sonrisa que ilumina sus ojos oscuros. Ser la parte receptora de tal gesto hace que me enderece de inmediato sin pensar. No tengo un tipo; no me gusta limitar mis opciones, aunque no le dedique mucho tiempo al coqueteo. Pero esta mujer es guapa. Muy pero muy guapa.

No puedo evitar echarle un vistazo a Apolo para ver su reacción. Al parecer ha tenido la misma idea que yo, porque nuestras miradas se cruzan fugazmente antes de volver a ella. Él da un paso adelante y le ofrece una mano.

—Soy Apolo. Esta es mi novia, Casandra.

—Lo sé. —Su sonrisa se ensancha. Parece tan feliz... Debe de estar fingiéndolo, pero no noto ni un ápice de artificio en ella—. Yo soy Ariadna. Mi hermano, Ícaro, y yo nos encargamos de ubicar a la gente en sus respectivos dormitorios. El suyo ya está preparado.

Ha puesto a sus hijos a recibir a las visitas. No me extraña. Después de ver a Teseo en la oficina y a Minotauro durante el torneo por el puesto de Ares, dudo mucho que a ninguno de los dos se le dé bien ser amable con la gente. Desde luego, no como a Ariadna. Me pregunto si Ícaro se parecerá más a su hermana o a sus hermanastros.

Apolo le devuelve la sonrisa.

—Ah, fantástico.

Ella se gira y nos guía por las puertas principales hasta un vestíbulo con eco. El lugar es como sacado de una película, con dos escaleras que envuelven el espacio en sendos arcos ascendentes para encontrarse en el piso superior. Ya sé que a Hermes le gusta lo teatral, pero esto es como una mezcla entre mansión gótica y palacio de ricachón.

Ariadna comienza a subir las escaleras y nosotros la seguimos. El pasaje abovedado que nos recibe arriba da paso a un amplio corredor. Mientras camina, hace un gesto hacia las puertas a ambos lados del pasillo.

—Todas estas son habitaciones reconvertidas en salas, y están abiertas todo el día a cualquiera que quiera usarlas.

Alzo las cejas.

—¿Cuántas personas van a venir a la fiesta para que necesiten seis salas?

Ella se recoge el pelo detrás de las orejas.

—La antigua propietaria las usaba para..., eh..., otro tipo de entretenimientos, y mi padre decidió remodelarlas para un propósito más apropiado.

Otro tipo de entretenimientos.

Miro las puertas con un interés renovado. Los gustos sexuales de Hermes son tan eclécticos como su sentido de la moda, y va mucho a la zona baja, donde se rumora que Hades tiene una mazmorra sexual con todas las de la ley. Nunca me llevó cuando estábamos juntas, pero es comprensible, teniendo en cuenta que por aquel entonces se suponía que Hades no era más que un mito. Otro secreto más quc guardaba con celo.

Sea como sea... ¿seis habitaciones?

—Entiendo —dice Apolo en un volumen apenas perceptible. No sé si está sorprendido o escandalizado por la información o si era algo que ya tenía archivado en ese cerebro privilegiado suyo.

—La cena se servirá a las siete. Papá tiene un juego planeado para después. —Ariadna nos dedica una sonrisa encantadora—. En su cuarto tienen el horario de toda la semana. La cena y la comida son a horas fijas, pero el desayuno pueden pedir que lo lleven a su habitación si quieren. Si prefieren tomarlo abajo, habrá un pequeño bufet a su disposición.

Miro a todas partes desconcertada cuando llegamos a una bifurcación en el pasillo y giramos a la derecha.

—Imagino que no habrá un mapa junto con el horario, ¿no?

—No es necesario —contesta con otra sonrisa adorable. ¿Lo está diciendo en serio?—. Solo tienen que volver por el pasillo hasta el vestíbulo, bajar las escaleras y desde ahí ya lo encontrarán todo sin problemas.

Conociendo a Hermes, no tengo claro que lo vayamos a encontrar todo sin problemas. Esta casa se esconde cosas bajo la manga, estoy segura. La única duda es si Minos y su gente lo saben o si Hermes se ha guardado esos secretos para ella. Apostaría bastante dinero a esto último.

Ariadna abre una puerta a medio camino del pasillo.

—Este es su cuarto. Pónganse cómodos y siéntanse libres de explorar la casa si quieren. Los jardines son increíbles.

Entro yo primero. Apenas percibo a Apolo pasando detrás de mí y cerrando la puerta tras él; lo único a lo que soy capaz de prestar atención es a la cama matrimonial. Me había imaginado ingenuamente que nos darían una suite completa, pero, aunque desde donde estoy veo que hay un baño privado, los únicos otros muebles en la estancia son una cómoda de aspecto antiguo y un par de mesillas de noche a cada lado del colchón.

«Mierda.»

Claro que sabía que este momento llegaría; solo que no me esperaba quedarme paralizada al verlo materializado.

—Eh... —Vamos, puedo hacerlo mejor. Me aclaro la garganta—. Sobre esta noche, en cuanto a la hora de dormir...

—No sigas hablando. —Apolo entrecierra los ojos y hace un gesto hacia la cama—. Siéntate y quédate callada un momento. Por favor.

Retrocedo un paso, perpleja, y estoy a punto de replicar, pero entonces mi cerebro ata cabos de lo que está pasando. No me está acallando porque sí: quiere rastrear la habitación en busca de dispositivos de vigilancia. Me siento con delicadeza en el borde de la cama y lo observo mientras revuelve en su bolsa de viaje y saca un aparato electrónico que no reconozco. Me resulta extraño estar en silencio al tiempo que él inspecciona cada centímetro de la habitación. El aparato pita tres veces: una en el espejo que hay encima de la cómoda, otra en la pantalla de la lámpara de la mesilla de noche y otra, no sé ni cómo, en el marco de la puerta. Después oigo un cuarto pitido proveniente del baño.

—Buf —resoplo con una mueca.

—No he terminado. Ahora busco cámaras.

Me estremezco ligeramente. Ya habíamos hablado de la posibilidad de que nos fueran a grabar, y, en efecto, saca una camarita de la moldura superior del marco del espejo, pero de todos modos me siento algo indignada por la vulneración de nuestra privacidad.

—Qué fuerte.

—Sí. —Deja la cámara en la cómoda, junto a los micrófonos que ha desconectado, y se frota las manos—. Pues esto es todo. Más o menos lo que esperábamos. Tengo un aparato con el que Héctor puede hackear el sistema, pero es necesario estar más cerca de la sala de control, así que debemos priorizar encontrarla.

—Dalo por priorizado.

—Eso es. —Asiente—. Sobre lo de dormir... Yo dormiré en el suelo. —Deja mis maletas junto a la cómoda y coloca la suya en el otro lado.

—Pero...

—No discutas. —No me mira—. Sé que no me vas a ofender insinuando que se me podría ocurrir dejarte dormir en el suelo a ti mientras yo me quedo con la cama. Y no, no nos vamos a intercambiar de sitio cada noche. No tengo ningún interés en que sea un trato justo, así que ya está.

Una excitación extraña recorre mi cuerpo al oír su tono firme. Apolo casi nunca me habla con severidad, y mucho menos me da órdenes. Podría contar con los dedos de una mano cuántas veces ha ocurrido en los últimos cinco años y me sobrarían varios, incluyendo la de ahora.

Por fin se vuelve hacia mí, con las cejas juntas formando una línea intimidatoria. Eso no hace sino exacerbar el sentimiento de ardor. Me mira fijamente a los ojos.

—¿Estamos?

—Iba a sugerir la tina. Debe de ser gigante en una casa como esta.

—No, ni en sueños. No vas a dormir en ningún lugar que no sea la cama, Casandra. ¿Queda claro?

«Señor, sí, señor.» Cierro la boca tan rápido que me muerdo la lengua, pero al menos consigo guardarme la respuesta sarcástica para mí. Jamás se me ocurriría llamarle por nada que no fuera su nombre, y desde luego no en un tono sugerente. Da igual que esté derritiéndome por dentro. De hecho, precisamente esa sensación es el mejor motivo para no admitir el efecto que tiene Apolo sobre mí. Pase lo que pase.

Me doy cuenta con retraso de que está esperando una respuesta y me aclaro la garganta.

—No tiene ningún sentido lo que dices. —Me paso las manos por el vestido para alisármelo—. Somos personas adultas, es una cama enorme. ¿Por qué no compartirla?

Se queda boquiabierto.

—Casandra...

—Si te preocupa que te meta mano mientras duermo, que sepas que no es algo que me haya pasado nunca, pero hay almohadas más que de sobra para poner entre nosotros y proteger tu virtud. —Las palabras me salen un poco más cáusticas de lo que pretendía, pero es que no me gusta la idea de que duerma en el suelo. Puedo mantener a raya mis anhelos; no voy a cogerme a mi jefe, por mucho que me derritan sus falsos besos.

Apolo se pasa una mano por el pelo negro corto.

—No quiero ponerte en una posición en la que te puedas sentir incómoda —alega con una mueca—. Aunque supongo que no tengo derecho a decir eso, porque estás aquí cuando sé que preferirías estar en cualquier otra parte.

No hay mucho que decir a eso, pero no puedo no responder.

—Por si te sirve de algo, sé que estoy a salvo contigo. Eso nunca me ha preocupado. —Lo que me inquieta es todo lo demás que puede salir mal. Y nada de eso es culpa de Apolo; no soporto pensar que mi actitud pueda hacerle sentirse culpable. A estas alturas debería saber que soy así siempre.

Me dedica una débil sonrisa.

—Bueno, pues, una vez arreglado este asunto, vamos a prepararnos para la cena, a ver si encontramos la sala de control hoy mismo para lidiar ya con el tema de las cámaras.

—Me parece un buen plan —digo en voz queda.

APOLO

Subestimaba cómo sería estar tan cerca de Casandra fuera del trabajo. La intimidad de algo tan sencillo como estar sentado en la cama revisando el correo electrónico mientras ella está en el baño maquillándose con el pelo aún húmedo después de haberse bañado es... extraño. Muy extraño.

He tenido relaciones serias con varias personas en mi vida adulta, y ninguna de ellas llegó a un punto en el que tuviera sentido vivir juntos, aunque sí que había momentos íntimos. Las relaciones, al fin y al cabo, están hechas de momentos íntimos. No sé por qué con ella se siente tan distinto... Claro que sería un necio si le hiciera caso a ese sentimiento.

Suena el teléfono mientras Casandra se da los últimos retoques en los ojos para darles un aspecto ahumado muy sexy. Reprimo un suspiro al ver el nombre de mi hermano pequeño en la pantalla. Hace varias semanas que dejé de darle dinero, y no confío en que no vaya a volver a las andadas en cuanto me vea flaquear. No fue una decisión fácil, pero era lo correcto.

Sigue siéndolo, pero no soy tan insensible como para ignorar por completo sus llamadas, por mucho que me frustren.

—Orfeo —respondo.

—Apolo. —Suena cansado, sin el carisma habitual.

Siento una punzada de culpabilidad. Nuestra madre está preocupada por él. Quiere que vuelva a casa, que le permita cuidarlo. Pero eso se traduce en dejar que se inmiscuya en su vida, así que no le culpo por negarse. Además, está cambiando. Se ha mudado a un departamento más pequeño y económico, lejos del centro de la ciudad. Todavía no tiene trabajo, pero al parecer no despilfarraba tanto el dinero como yo me imaginaba. Le queda de sobra para vivir bien un tiempo antes de estar realmente desesperado.

—Necesito que me hagas un favor.

—No —contesto de inmediato.

Orfeo suspira.

—No te voy a pedir dinero ni nada parecido.

Casandra se da cuenta de que estoy al teléfono y cierra la puerta del baño. Unos segundos más tarde, oigo el sonido del secador de pelo amortiguado por la pared y la gruesa puerta de madera. Por culpa de mi hermano me voy a perder verla secándose el pelo.

—Pero me vas a pedir algo, y eso no forma parte del trato.

—No hay ningún trato. Fue una decisión que tomaste unilateralmente.

—Sí, alguien tenía que hacerlo.

Nuestros padres desde luego no iban a devolverlo al

buen camino . Ha heredado el carisma de nuestro padre y el descaro de nuestra madre, y llevan consintiéndole desde que nació. No habrían parado si yo no les hubiera puesto límites.

Mi hermano es un idiota egoísta, pero no un monstruo. Aún no. Sin embargo, si hubiera seguido por el camino por el que iba..., no prometo nada. Es una persona adulta. No puedo salvarle de sí mismo. Solo puedo retirarle el acceso a algunos de los vicios que le corrompían.

Orfeo maldice entre dientes.

—Mira, las últimas semanas han sido bastante... esclarecedoras.

«Esclarecedoras. Claro.» Me apoyo en la cabecera.

—¿Y qué favor quieres pedirme?

—Eurídice se pasa el día entero en la zona baja, y no puedo contactar con ella. Confiaba en que pudieras transmitirle un mensaje de mi parte.

Me pellizco el puente de la nariz en busca de paciencia.

—Orfeo, esa mujer no quiere saber nada de ti. Si no te contesta el teléfono o no le apetece verte, lo adecuado sería dejarla en paz, no buscar otra manera de comunicarte con ella.

—Lo sé. —Por primera vez en más tiempo del que soy capaz de recordar, suena atribulado de verdad. Puede que nunca haya sonado así—. Sé que la cagué, Apolo. No era consciente de hasta qué punto en ese momento, pero ahora que han salido a la luz algunos detalles sobre lo que pasó aquella noche... Creía que Zeus lo tenía todo controlado. No pensaba que fuera a salir herida. Nunca he querido que le pase nada malo.

Siento curiosidad por saber qué información ha «salido a la luz», porque no es *vox populi* que Zeus usó a mi hermano como peón en un enrevesado plan para poner en peligro a Eurídice, conseguir que Hades cruzara el río Estigia y que se rompiera así un acuerdo que llevaba décadas vigente. Sacudo la cabeza. ¿En qué estoy pensando? Sé perfectamente cómo le han llegado esos detalles a Orfeo. Todas las mujeres Dimitriou odian a mi hermano, y con razón, si soy sincero. Alguna de ellas le pondría al corriente de qué piensan de él y por qué.

—Las intenciones dan igual. Lo que importan son las acciones —digo al fin.

—Lo sé. Por eso intento arreglarlo.

Orfeo es diez años menor que yo, y a veces me siento más su padre que nuestros propios progenitores. Si les fuera a ellos con esta historia, le dirían justo lo que quiere oír. Por desgracia, la responsabilidad de decirle la dura verdad recae sobre mí.

Aun así, se la digo con buenas palabras, porque admitir que estaba equivocado ya me parece un avance.

—A veces la mejor manera de arreglar las cosas es dejar que la otra persona pase página. No tienes derecho a reclamar su tiempo, incluso aunque sea para disculparte.

Espero que me lo discuta. Hace unos meses, lo habría hecho. Ahora, en cambio, se limita a suspirar.

—Sí. Carajo, es verdad. Tienes razón. —Se queda en silencio unos segundos—. Entiendo lo que me dices, Apolo, te juro que lo entiendo. Pero, aun así, necesito pedirle perdón. Si le pido perdón y no quiere saber nada más de mí, pues ya está. Tendré que vivir con ello.

Es bastante maduro por su parte, aunque todavía no estoy seguro de que deba acercarse a ella. Solo la conozco de pasada, pero tiene un aire frágil que hace que me preocupe cómo pueda haberle afectado lo que hizo mi hermano. Puede que las disculpas no le sirvan de nada.

De todos modos, me parece que es lo correcto.

—Prométeme que no vas a hacer nada más que disculparte y que luego la dejarás en paz.

Otro par de segundos de silencio. Lo sorprendí.

—No voy a hacer nada más. Te lo prometo.

Y, por extraño que parezca, lo creo. Respiro hondo.

—No pienso tenderle una trampa ni nada por el estilo, así que le haré llegar una petición a Hades. Si ella accede a verte, podrás pedirle perdón. Si no, se acabó.

Él vacila un instante, pero enseguida contesta:

—Está bien, de acuerdo.

He interactuado poco con Hades desde que se reincorporó oficialmente a la sociedad; no obstante, parece un tipo justo. Como mínimo, le transmitirá el mensaje a Eurídice y dejará que sea ella quien tome la decisión por sí misma. A su esposa, en cambio, no le hará ninguna gracia que le salga a su hermana con estas cosas. Casi me da un escalofrío de pensarlo. Perséfone parecía una princesita adorable cuando no era más que la hija de Deméter, pero ahora es toda una fiera, como su marido. Da igual que no sea parte de los Trece; subestimarla sería un error.

A decir verdad, todas las hijas Dimitriou son peligrosas a su manera. Quizá Eurídice sea la excepción, aunque no puedo evitar preguntarme si hay algo que he pasado por alto respecto a ella.

—Quedamos así, entonces.

—Gracias.

La puerta del baño se abre y veo a Casandra salir con un vestido cruzado de color rojo intenso que, de alguna manera, hace que su pelo destaque aún más. Le ciñe las caderas, el vientre y los pechos de una forma muy sugerente, y además deja ver un poco de muslo y de escote. Me aclaro la garganta.

—Te tengo que dejar, Orfeo. —Cuelgo sin dejar que termine de despedirse—. Estás muy guapa.

—Más me vale, teniendo en cuenta lo que cuesta este vestido.

Frunzo el ceño.

—¿Por qué haces eso?

—¿Qué?

—Cada vez que te digo algo bonito, le restas importancia. El vestido es bonito, pero tú estás muy guapa.

Su tez blanca adquiere un adorable tono rosa.

—No sé cómo contestar a eso.

Me gustaría insistir un poco más, pero vinimos a otra cosa. Es frustrante tener que recordarme ese hecho constantemente. Salgo de la cama y me pongo los zapatos mientras ella se calza unos tacones con pinta de ser una tortura.

—¿Vas a poder seguir caminando al final de la semana si llevas zapatos así?

—Sí. —Se endereza y se alisa el vestido—. Son solo un poco más altos de los que suelo llevar. Estaré bien.

—No es...

—Apolo —replica con firmeza—. Sé que no me vas a

sermonear con que llevar tacones no es bueno para mi salud. Que haya accedido a no discutir lo de que duermas en el suelo no te da derecho a empezar a controlar lo que hago. Soy perfectamente capaz de decidir por mí misma qué ponerme, y ahora mismo quiero usar unos tacones de quince centímetros. Así que para.

—Lo siento —musito. No sé qué me pasa. Me dirijo hacia la puerta—. ¿Quieres que exploremos un poco antes de cenar?

—Perfecto.

El pasillo está vacío, aunque suenan ecos leves de conversaciones provenientes de algún sitio cercano. Casandra mira a su alrededor con las cejas alzadas.

—Curiosa acústica —comenta.

Sí, es algo que deberíamos tener en mente de ahora en adelante. Si incluso una conversación a tono bajo se propaga así, el único lugar seguro para tener una conversación franca es el dormitorio. Solo que eso ya lo sabíamos incluso antes de abandonar la estancia.

Le ofrezco el brazo.

—Descubramos quién más está en la lista de invitados.

—Oh, sí, qué divertido. —Suena desganada, pero me toma el brazo y se aprieta contra mí. Su cercanía amenaza con provocar que se me pare el cerebro, igual que lo que parece querer hacer mi corazón ahora.

Me cuesta más concentración de la que debería girarme y recorrer el pasillo en dirección a la entrada principal. Allí nos encontramos con un trío de personas. Las reconozco a todas mientras bajamos las escaleras hasta quedar justo delante de ellas. Me sorprende ver aquí a Pan; creía que no se solía alejar de su restaurante. Lleva unos pantalones de vestir hechos a medida y una camisa blanca de etiqueta. A su lado está Afrodita, una mujer blanca alta con el pelo largo y oscuro y cierta tendencia a causar problemas. Hasta hace unos meses, era Eris Kasios, la hija del último Zeus y hermana del actual. Va tomada del brazo de un hombre negro guapísimo con la cabeza rapada y una sonrisa radiante.

Adonis. Es un prometedor miembro de la alta sociedad cuya familia se remonta a los orígenes de la historia de Olimpo. A bote pronto, podría nombrar a tres parientes suyos que han formado parte de los Trece, aunque la última fue su abuela materna, que ejerció de Artemisa durante unos pocos años. Un mandato corto, para los estándares habituales, pero dejó huella.

Afrodita nos ve y nos saluda con una mano lánguida.

—Baja, Casandra, baja. Y tráete a tu noviecito, anda.

A mi lado, Casandra se tensa y su sonrisa se vuelve afilada.

—Voy a hacer como que no has llamado a Apolo «mi noviecito». Si pretendes insultarle, esfuérzate un poco más.

—Te doy la razón. —La sonrisa de Afrodita se ensancha—. Me alegra ver que tener una relación no te ha ablandado lo más mínimo. Estaba preocupada.

Casandra se carcajea. Me la quedo mirando, perplejo: nunca la había oído reírse así. Desde luego en la oficina no lo hace. Me suelta y se apoya en la barandilla.

—Qué ingenuo de tu parte.

—Supongo que sí.

No me termina de quedar claro si me han insultado o no. Tampoco importa demasiado. Me aclaro la garganta.

—Me alegra verte, Adonis —digo mientras tomo a Casandra de la mano.

La sonrisa relajada de Adonis nunca flaquea. No es un ningún necio, al parecer sabe surfear las olas del politiqueo de Olimpo sin excesivas preocupaciones. Me fascina.

—Apolo. —Extiende la mano con la que no agarra de la cintura a Afrodita y estrecha la mía—. Es un placer ver una cara amiga aquí.

—¿Y yo qué soy? —Pan alza una ceja.

—Un cascarrabias —bromea Adonis.

Adonis rezuma un carisma prácticamente palpable. Ni siquiera Pan resulta inmune a sus encantos, pues una sonrisita asoma a sus labios.

—Tengo motivos para ser un cascarrabias —repone.

—No lo dudo. Has venido como acompañante de Dionisio y te ha hecho venir en tu propio coche. Pobrecillo. —Conduce a Afrodita hacia las escaleras—. Anda, vamos a ver la habitación.

Noto que ella le comunica a Casandra con la mirada algo que parece una promesa de hablar más tarde, pero deja que su compañero la guíe al pasillo superior. No suspiro de alivio cuando se van porque esta interacción escabrosa solo ha sido la primera de muchas.

—No sabía que Afrodita y tú fueran amigas.

—Ah, no, no lo somos. —Casandra por fin me devuelve la mirada—. Pero nos llevamos bien. Me gusta ver el caos que siembra allá adonde va. Y a ella le divierten mis respuestas y que mi sola presencia en las fiestas de su hermana cause estragos entre el resto de los invitados.

No lo entiendo. Yo no soy muy de fiestas, pero se puede

sacar mucha información de ellas, así que no suelo permitirme no asistir. Casandra, en cambio, podría abstenerse de ir, y por cómo lo describe parece como si la invitaran solo para ser un mono de feria. No me gusta ni un poco.

—Si tú lo dices...

Ignora mi comentario y se vuelve hacia Pan. Esta vez, su sonrisa es mucho más amable.

—Me alegro de verte de nuevo.

—Lo mismo digo —contesta, cargando la bolsa de viaje en el hombro—. Nos vemos en la cena.

Cuando nos giramos y nos dirigimos a la parte de atrás de la casa, caigo en la cuenta de que no conozco a Casandra tan bien como creía. Es como si, cuando menos me lo esperara, se revelara una nueva faceta suya. Es desconcertante... y adictivo.

Me muero de ganas de saber qué será lo próximo.

11

CASANDRA

Minos invitó a una mezcla de personas bastante ecléctica. Doy un sorbo a mi vino y los estudio a todos, sentados a la larguísima mesa. Minos se encuentra en la cabecera, con Teseo y Minotauro, sus hijos adoptivos, a cada lado. Me resulta curioso que se aísle así de los invitados, pero es evidente que tiene un plan. Sus dos hijos biológicos, Ariadna e Ícaro, también están aquí, por supuesto, con sus falsas y sempiternas sonrisas. De los suyos, la única persona que queda por mencionar, aunque no sea de su familia, es una mujer de cuerpo grande, piel color caramelo y pelo rizado muy lustroso. Está sentada al lado de Teseo y se ríe muy alto, con una risa adorable que llega hasta la otra punta de la mesa. No sé qué le hace tanta gracia; desde luego no algo que haya dicho Teseo.

Hay ni más ni menos que seis miembros de los Trece, la mayoría de ellos con sus respectivos acompañantes. Apolo, por supuesto, está sentado a mi derecha. Ya hemos visto a Hermes, Dionisio y Afrodita antes. Pero también ha invitado a Hefesto y a Artemisa. Son primos, ambos de familias originales, y no están demasiado de acuerdo con muchas de las decisiones del nuevo Zeus. Si quisiera sembrar la discordia entre los Trece, empezaría por ellos. Los cimientos ya están ahí.

Pero ¿por qué habrá invitado a los otros? Hermes va a lo suyo, siempre lo ha hecho. Afrodita es conflictiva, pero jamás traicionaría a su hermano. Y todavía no termino de entender la relación de Apolo con Zeus, pero él quiere lo mejor para Olimpo y ahora mismo cree que Zeus es la manera de conseguirlo.

Echo un vistazo al grupito que hay alrededor del hijo de Minos. Pan y Adonis charlan con una tercera persona que reconozco del instituto. Atalanta es una mujer negra muy atlética con la cara llena de cicatrices y rastas cayéndole por los hombros. Dionisio, Afrodita y Artemisa, con sendos acompañantes. Si todo el mundo viene con sus parejas o sus amigos, supongo que no es nada fuera de lo común.

Luego están las verdaderas sorpresas.

Lo de la preciosa mujer con la piel canela y el pelo oscuro y largo y el apuesto hombre blanco que hablan con las cabezas muy juntas sentados frente a ellos... Eso sí que no me lo esperaba. Eurídice Dimitriou y Caronte Ariti. Supongo que están aquí en representación de los intereses de Deméter y Hades, respectivamente, pero no puedo creer que Perséfone y Deméter hayan accedido a dejar venir a Eurídice a un evento tan potencialmente peligroso. Se han esforzado mucho por tratar de mantenerla lo más a salvo que se pueda estar en el Olimpo.

Ignoro la chispa de celos que me provoca ese pensamiento. Puede que Deméter sea un monstruo político, pero nadie con un poco de inteligencia duda del amor que les profesa a sus hijas. Un tipo de amor diferente del que experimenta la mayor parte de la gente, quizá, pero amor al fin y al cabo.

Apolo se acerca un poco a mí y mi estúpido corazón se acelera cuando se inclina y me habla al oído.

—No me esperaba ver a Eurídice aquí.

—Estaba pensando lo mismo.

—Tengo que hablar con ella.

La chispa de celos amenaza con prender y causar un incendio, pero hago lo que puedo por extinguirla. Si a Apolo le interesa Eurídice, no es asunto mío. Dentro de una semana ni siquiera estaré en la ciudad.

Asiento con la cabeza.

—No tiene sentido que esté aquí —señalo. En cuanto a los otros, puedo aventurar por qué han venido, aunque necesitaría algo de tiempo para refinar mis conjeturas. En cambio, hay mucha gente poderosa velando por el bienestar de Eurídice. Su presencia es todo un misterio.

El problema de estar en una mesa con tantísima gente es que es como si Minos y sus hijos adoptivos estuvieran en otra estancia. No oigo lo que dicen. Ariadna, a mi lado, está enfrascada en una anécdota que están contando Hermes y Dionisio enfrente de nosotros. Alcanzo a escuchar algo sobre una persecución en moto, pero no estoy segura de necesitar oír más. Ambos son muy bromistas de cara a la galería, pero demasiado inteligentes como para que se les escape nada que no quieran revelar.

Aun así... Por intentarlo no pasa nada. No hemos

logrado encontrar la sala de control en nuestras exploraciones de antes de la cena, aunque sí que hemos podido bosquejar un plano casi entero de la planta baja.

Dionisio se ríe a carcajadas cuando Hermes termina de contar la historia. Espero unos segundos y luego me inclino hacia delante, toda oídos.

—¿Es cierto que esta casa era tuya, Hermes?

—Culpable —responde ella, y su sonrisa se vuelve más cálida cuando me mira. Fue esa calidez lo primero que me atrajo de ella. Le encanta el paripé, pero, cuando disfruta de la compañía de una persona, no lo oculta—. Lo que pasa es que soy una persona de ciudad a más no poder. Sería una pena dejar que un lugar tan precioso como este se llenase de polvo, así que cuando nuestro amigo Minos mencionó que estaba buscando una casa que comprar, le ofrecí la mía.

«Nuestro amigo Minos.»

Me esfuerzo por no entrecerrar los ojos. Percibo cierto deje de ironía en sus palabras. No hay forma humana de que Hermes considere a Minos su amigo; se parece demasiado al antiguo Zeus, y soy más que consciente de lo que opinaba de él.

—Me esperaba que una casa de la celebérrima Hermes sería algo menos... insulsa.

Dionisio tose en su servilleta de tela y casi consigue encubrir su risa.

—Te ha llamado «insulsa», querida. Que me aspen si eso no es una grave ofensa a tu persona.

—Es que a Casandra le encanta ser intensa.

La calidez no desaparece del rostro de Hermes, aunque su expresión se torna ladina, un gesto que aún recuerdo cuánto me excitaba. Solía significar que nos esperaban momentos de diversión o de placer, o de ambas cosas a la vez. Ahora solo hace que me pregunte qué estará ocultando.

—Hermes...

—Me conoces bien. —No lo dice del todo con segundas, pero casi—. ¿Qué te hace pensar que soy el tipo de persona que revela sus secretos así como así? Si sospechas que esta casa esconde algo..., encuéntralo.

No me da tiempo a pensar una respuesta apropiada, pero da lo mismo. En todo el tiempo que llevo conociéndola, no he conseguido superarla mentalmente ni una sola vez, y dudo que eso vaya a cambiar ahora. Ya ha admitido a efectos prácticos que hay algo que encontrar, pero también le gustaría fingir que la casa guarda un millón de secretos para que al final sea todo mentira. Con Hermes nunca se sabe.

La mesa se queda en silencio cuando Minos se pone en pie. Nos sonríe pasando la mirada de uno en uno por todos los comensales. Buen truco. Debe de haber recibido instrucción sobre cómo hablar en público, porque proyecta la voz por toda la estancia sin que dé la impresión de que esté levantándola en absoluto.

—Gracias a todos y todas por honrarme con vuestra presencia en este evento. Espero que vean con buenos ojos acceder a participar en un pequeño juego. —Su sonrisa se torna más cálida.

Dioses, sí que se le da bien esto. Ya lo había advertido en la Dríade la otra noche, pero no era consciente de hasta qué punto. Tiene a toda la mesa encandilada. Hasta

Dionisio dejó de darle codacitos a Hermes y enfoca toda su atención en el anfitrión.

Este extiende los brazos.

—Si pasan por la puerta de atrás, encontrarán un laberinto de setos. Dejé un regalito en el centro para quien llegue primero.

Un laberinto.

No puedo evitar echar una ojeada a Teseo y el Minotauro. La segunda prueba del torneo de Ares era un laberinto, y fue la prueba en la que Teseo quedó eliminado (y la responsable de su cojera actual). ¿No le traerá malos recuerdos? Sobre todo teniendo en cuenta que entre los presentes se encuentra Atalanta, otra de las contendientes al título. La expresión de Teseo no revela nada. Se limita a fulminar con la mirada a todo el mundo salvo a la mujer con la risa escandalosa que se encuentra a su lado, e incluso ella solo obtiene una leve sonrisita por su parte.

Otro vistazo alrededor de la mesa me hace percatarme de la ausencia de Ariadna e Ícaro, que deben de haberse escabullido en algún momento. Tiene sentido que los hijos de Minos no participen, aunque parece el tipo de persona a la que le importan las apariencias, así que querrá tener cerca a su familia y a su gente.

Todos los invitados empiezan a levantarse, y Apolo se apresura en retirar mi silla mientras hago lo propio. Me coloca la mano en la parte baja de la espalda y me conduce hacia las puertas acristaladas que dan al jardín trasero junto con el resto de la concurrencia.

A Dionisio se le escapa una carcajada mientras seguimos un camino serpenteante a través de una cuidada selección de árboles hasta la entrada del laberinto, formado por altos setos.

—¿En serio, Hermes?

Esta se encoge de hombros.

—Me pareció romántico en su momento. Ahora veo que da un poco de miedo.

—No me digas —repone él con sequedad—. Y seguro que venías de noche, ¿verdad?

—Hombre, claro. ¿De qué sirve un laberinto si no puedes adentrarte en él de noche en busca de fantasmas?

Afrodita se ríe.

—Por favor, dime que no crees en los fantasmas.

—Todo el mundo debería creer en los fantasmas.

Yo me inclino hacia Apolo y le pregunto en un susurro:

—¿Vamos a jugar?

Ahora que todos van a estar ocupados, no sería mala idea aprovechar la oportunidad para continuar investigando sin preocuparnos de la posibilidad de encontrarnos con alguien que vaya a hacernos preguntas.

Él asiente.

—No se nos permite elegir. —De repente sonríe, y el gesto me toma desprevenida—. Además, creo que tenemos posibilidades de ganar.

Echo un vistazo a los altísimos setos.

—Espero que no pretendas que me suba ahí arriba en plan Helena. —Así fue como superó la segunda prueba, una proeza atlética que hizo que hasta yo chillara entusiasmada frente a la tele, aunque nunca lo admitiré delante de nadie. Nunca.

—No —contesta con un tono divertido—. Tú te quedas a mi lado.

Minos sale por fin al jardín con una cesta en las manos.

—Hay varias entradas alrededor del laberinto, y desde todas ellas hay las mismas probabilidades de llegar al centro. Escojan a sus parejas sacando un papelito de aquí. —Agita la cesta—. La primera pareja que llegue al centro se quedará con el premio que allí encuentre. Los míos, por supuesto, no participarán. Y Hermes ha accedido a quedarse al margen también, dada su injusta ventaja respecto al resto.

Todo esto es rarísimo. Igual hace unos cuantos siglos las fiestas de una semana y los juegos grupales estaban a la orden del día, pero ahora no. Ni siquiera en Olimpo. También es raro que haya dicho «los míos» en lugar de «mis hijos» o «mi familia». No es que importe demasiado, pero toda la situación es como un rompecabezas en el que me faltan piezas. Ni siquiera puedo ver los bordes claramente. Me inquieta.

Hasta que no empezamos a sacar nombres de la cesta uno por uno no me doy cuenta del inconveniente real. No voy a poder ir con Apolo. Estadísticamente es tan poco probable que me dan ganas de echarme a reír.

Él mete la mano en la cesta y saca un trozo de cartulina.

—Eurídice.

Ahí está de nuevo ese horrible principio de celos. Noto varios pares de ojos clavados en mí mientras trato de evitar que mi expresión me delate. ¿Por qué iba a molestarme que mi novio falso vaya con la adorable hija menor de la familia Dimitriou?

Apuesto a que Deméter se desviviría por juntarlos.

Sacudo la cabeza para recuperar la concentración. «Está todo bien», me repito una y otra vez para que se me quede grabado en la cabeza. A decir verdad, está genial que Apolo vaya con Eurídice, porque así tendrá la oportunidad de descubrir qué hace aquí. Resulta lógico que Hades no confíe en el resto de los Trece para averiguar las intenciones reales de Minos, pero eso solo explica la presencia de Caronte, no la de Eurídice. Y, aunque antes me lo planteara, en verdad es imposible que Deméter decidiera mandar a Eurídice en su nombre en lugar de a alguna de sus otras hijas.

—Casandra.

Doy un respingo al oír mi nombre en boca de alguien conocido. Dionisio me dedica una media sonrisa.

—Te toca conmigo, querida.

De todas las opciones, probablemente él sea la menos peligrosa. Sería una necedad subestimarle, pero al menos pasaremos un rato divertido.

Todos los demás eligen a sus parejas con presteza. Cuando llega el turno de Afrodita y Minos tiene que levantar la vista para mirarla a la cara, experimento una siniestra satisfacción. Le toca con Pan. Artemisa va con Adonis. Atalanta, con Caronte. Somos impares y Hefesto se queda sin pareja, así que se le da la opción de competir por su cuenta o abstenerse de participar.

Echa un vistazo al grupo y sacude la cabeza.

—Paso.

—Muy bien. —El anfitrión se gira hacia los demás—. Empecemos.

Tardamos unos quince minutos para empezar de verdad. Como dijo Minos, hay varias entradas (diría que seis) repartidas por el perímetro del laberinto. Dionisio y yo acabamos en una de las de la parte trasera, lejos de las luces de la casa. Hay faroles dispuestos a intervalos regulares, aunque las sombras reinan en esta zona.

Dionisio se retuerce el bigote de manera reflexiva mientras mira alrededor. Lleva puesto un traje sorprendentemente sencillo, para variar, con una tela a cuadros tan poco llamativa que parece negra en la oscuridad.

—Igual Hermes tampoco iba tan desencaminada con lo de los fantasmas.

Reprimo un escalofrío. No creo en los espíritus, pero este lugar tiene un aura realmente espeluznante. Como si estuviera al margen del tiempo, de alguna forma. O como si al llegar al centro fuéramos a encontrar el cadáver de uno de los invitados.

—Los fantasmas no existen.

—Eso es lo que los fantasmas quieren que creas.

Y, tras esa afirmación tan desconcertante, suena una campana a lo lejos. La señal de que comienza el juego. Dionisio me ofrece el brazo con un movimiento teatral.

—No debe de ser fácil caminar por el césped y la grava con esos tacones —comenta echando un vistazo a mis pies—. Estás absolutamente irresistible, por cierto. Una belleza implacable.

Si se tratara de cualquier otra persona, me pondría a la defensiva y le buscaría el doble sentido ofensivo al halago, pero Dionisio dispensa cumplidos libremente y no escatima en muestras de afecto; al menos con la gente que le cae bien. En cambio, si alguien no le cae bien, ese ingenio encantador se torna letal.

Trato de esbozar una sonrisa.

—Gracias —contesto.

No pienso admitir por nada del mundo que los pies me están matando. Lo cierto es que no estoy acostumbrada a los tacones de aguja, con independencia de lo que le dije a Apolo.

En cuanto entramos al laberinto, es como si los muros de setos se nos vinieran encima. Oigo voces a lo lejos, pero el espacio las distorsiona y hace que suenen como provenientes de otra realidad. Me estremezco.

—No se le ocurrió nada mejor a Hermes que poner un estúpido laberinto en el jardín.

—Le agradan los excesos, sí —conviene él.

Giramos a un lado y luego a otro, y nos topamos con un callejón sin salida. Debería preguntarle qué sabe de Minos, pero no es esa la primera pregunta que me sale.

—Todos los invitados vienen con acompañante menos Hermes y Hefesto.

—Ah, no, él también —repone—. Solo que está compartiendo la compañía de Atalanta con Artemisa. Menudos viciosos.

Pongo la cara que merece ese comentario.

—Eso es un disparate. Todo el mundo sabe que Atalanta es demasiado lista para dejarse enredar en un drama familiar con esos dos.

—Todo el mundo no, cielo. Solo tú. —Me da un apretón en el brazo—. Tienes un don para ver lo que hay en lugar de lo que los fanfarrones quieren que veas.

—Dionisio, tú eres uno de esos fanfarrones.

Él se carcajea.

—Y uno magnífico, si se me permite decirlo.

Si no le pongo freno, la conversación va a escalar demasiado rápido. Respiro hondo y sigo preguntando:

—¿Y Hermes?

—No irás a ponerte celosa, ¿no? Si tienes a Apolo mirándote constantemente con cara de enamorado.

Me río por la nariz.

—Qué exagerado.

—Oye, voy a empezar a ofenderme.

Nos adentramos en el laberinto y llegamos a unos cuantos callejones sin salida. Dioses, esto va a ser eterno.

Dionisio tararea para sí y de pronto dice:

—Hermes iba a venir con alguien a la fiesta, creo... —Niega con la cabeza—. No, estoy seguro. Debería haber llegado para la cena. Me pregunto qué habrá sucedido... Estaba muy ilusionada.

Un escalofrío me recorre la columna. Podría no ser nada. Hermes no es exactamente voluble, pero sí es cierto que a veces cambia de idea de repente.

—¿No será que se ha arrepentido a última hora?

—Permíteme dudarlo. —Mira el muro de setos de arriba abajo—. A lo mejor han asesinado a su acompañante y lo que nos vamos a encontrar en el centro del laberinto es su cadáver. Empieza a parecer una de esas fiestas...

No me gusta nada que diga justo lo que estaba pensando antes.

—No creo que Minos vaya a ponerse a matar a gente. ¿Qué ganaría con eso?

—Eso es lo que tienen que averiguar los listos. Yo solo vine por el alcohol gratis. —Suelta un suspiro apenado—. Hablando de lo cual, ojalá nuestro anfitrión haya contemplado algún plan de interior para después. Vi unos licores exquisitos en la sala.

Como si Dionisio no tuviera los mejores alcoholes y las mejores drogas de Olimpo en sus bodegas. Igual que el resto de los Trece, es asquerosamente rico, pero no voy a conseguir nada señalando su mentira.

—Tal vez mañana.

Giramos unas cuantas veces más antes de que conteste:

—Dudo mucho que vaya a tener esa suerte. Me imagino que la mayoría de los eventos van a ser así. Probablemente vuelva a emparejarnos también.

¿Con qué objetivo? La mayoría de la gente invitada ya se conoce. No se van a establecer alianzas nuevas entre Hefesto y Artemisa y los demás. Y Minos no está usando la velada para hacer contactos, porque ninguno de los suyos participa...

Me detengo de pronto, pero Dionisio sigue caminando tomado de mi brazo y por poco me tira. Cuando él también se para, lo miro a los ojos.

—¿Quiere casar a sus hijos? —pregunto.

Tendría sentido; todos los miembros de los Trece presentes están solteros. Como no pudo conseguir que ninguno de sus hijos fuera Ares, un matrimonio con uno de ellos no sería un mal premio de consolación.

Al fin y al cabo, es lo que ya hacen la mayoría de las familias originales.

—Tal vez. —Se encoge de hombros—. Pues buena suerte; yo no busco cónyuge.

—¿Por el momento o no quieres casarte nunca? —me intereso. No es asunto mío. Sé que Dionisio es asexual, pero no sé si alguna vez ha salido con alguien. A lo mejor también es arromántico. De nuevo, no es asunto mío. Aunque fue él quien sacó el tema, así que no puedo evitar añadir—: Viniste con Pan.

—Es mi amigo y potencial socio. Nada más. —Vuelve a encogerse de hombros—. No me interesa en demasía ese tipo de unión. Y no creo que vaya a cambiar en un futuro.

—Bueno, pues supongo que Minos tendrá que tirar la toalla contigo.

—En efecto.

Continuamos caminando. No sé si nos acercamos al centro o si estamos irremediablemente perdidos. Estoy tan ocupada tratando de averiguarlo que por poco dejo pasar las siguientes palabras de Dionisio.

—Pero no hablemos más de mi vida romántica cuando la tuya va viento en popa. —Tira de mí a otro callejón sin salida y me pone las manos en los hombros—. Cuéntame todo, mi querida Casandra. No te dejes ningún detalle sórdido.

Aquí está. Ha llegado la primera prueba real. Dionisio me conoce lo suficiente para saber los motivos por los que no querría salir en público con un miembro de los Trece. No puedo hacer como que cambié de opinión sin más. Nadie se lo tragaría, y mucho menos él.

Respiro hondo y me preparo para soltar una sarta de mentiras.

APOLO

—Hace una noche estupenda.

Eurídice me dedica una sonrisa amable que no se refleja en sus ojos.

—Sí.

Dioses, esto es ridículo. Me muevo entre los círculos más poderosos de la ciudad, donde una palabra equivocada puede crear un torrente de efectos políticos, se me da de maravilla casi siempre... ¿Y, ahora, lo único que se me ocurre es hablar del tiempo?

Después de unos cuantos minutos de silencio incómodo, vuelvo a intentarlo.

—Debo admitir que me sorprendió verte en la cena.

Eurídice no me mira.

—Me han invitado a última hora. —Salta a la vista que no tiene intención de elaborar más su respuesta, lo cual me resulta interesante.

Noto algo distinto en su persona. Pasé mucho tiempo con ella en actos familiares cuando salía con mi hermano, pero en esas interacciones siempre se la veía nerviosa y...

frágil. Todo eso ha desaparecido. Sigue siendo reservada y tranquila, pero ha cambiado.

—¿Cómo has estado?

—Bien. —Su respuesta parece sorprenderla. Esboza una sonrisa avergonzada y añade—: Durante un tiempo no demasiado, pero ahora estoy mucho mejor.

No indago en su evidente cercanía con Caronte, no pregunto si es algo más que amistad; no es asunto mío. Alzo la vista y miro las estrellas. Tenía pensado ponerme en contacto con ella a través de Hades para tantear si valoraría la posibilidad de dejar que Orfeo le pidiera perdón. Ahora se me antoja una tontería esperar, teniéndola aquí al lado, pero tampoco quiero que sienta que la estoy acorralando en este oscuro laberinto.

—¿Apolo? —Se queda callada unos segundos al oír los ecos de otras voces provenientes de algún lugar cercano, pero pronto se alejan de nuevo. Este lugar es realmente enorme.

Como veo que no continúa, pregunto:

—¿Sí?

—¿Cómo está él? —Sigue hablando antes de que me dé tiempo de contestar, en una muestra del nerviosismo que solía caracterizarla—. Normalmente no te lo preguntaría, porque en realidad me da bastante igual, pero lo vi hace un par de semanas. Fue solo un instante y desde el otro extremo del bar, pero... —Respira hondo—. Se veía fatal. No parecía él.

Estoy a punto de contárselo todo, pero tengo el mismo derecho a compartir los problemas de Orfeo sin su permiso que a forzar a Eurídice para que acceda a verlo.

Ni siquiera puedo prometerle que ha cambiado, por mucho que intuya que lo ha hecho, al menos basándome en nuestras últimas conversaciones. Me aclaro la garganta.

—Le gustaría pedirte perdón. —Alzo las manos—. Por supuesto, si no quieres acceder no tienes por qué hacerlo. No le debes nada.

—Lo sé —contesta, y sus labios se curvan en una sonrisa leve y triste.

—Ah. Bueno. —Bajo las manos—. Tampoco es necesario que des una respuesta esta noche, pero si decides que te gustaría oír lo que te tenga que decir, yo me encargo de todo.

—Si decido hacerlo, yo me encargaré de todo —replica, y retoma la marcha. Me echa un vistazo por encima del hombro y añade—: Gracias de todos modos. Con independencia de cómo me sienta respecto a mi ex, tú siempre has sido muy amable conmigo.

Se me vienen a la mente un montón de comentarios que no llegan a salir de mi boca. Que Eurídice es un amor y que espero que encuentre a alguien que sepa apreciarla como se merece. Que me habría gustado que fuera mi cuñada. Que creo que Orfeo quiere volver a tenerla en su vida. Que espero que se olvide de mi hermano y pase la página.

Pero no digo nada.

Oigo un grito de alegría proveniente de algún lugar a nuestra derecha. Me giro en esa dirección instintivamente, pero no veo más que el muro de setos. Unos segundos más tarde, la voz de Minos resuena desde el lado contrario.

—¡Ya tenemos ganadores! Caronte y Atalanta.

Eurídice sonríe.

—Caronte es el mejor —comenta risueña. Luego ladea la cabeza y dice—: Me pregunto cuál sería el premio.

Lo descubrimos un poco más tarde. Consigo salir por donde hemos entrado sin mucho problema, ya que había memorizado la ruta, y me alivia sobremanera ver a Casandra y Dionisio charlando mientras vienen del otro lado. Las parejas llegan poco a poco, aunque la última no es una pareja.

Es un trío.

—Esto tiene que ser una broma —murmura Eurídice.

Ariadna se encuentra entre Atalanta y Caronte, pasándoles sendos brazos por los hombros.

—Me han ganado, amigos. ¿Qué quieren hacer conmigo? —pregunta con una sonrisa radiante. Parece estar pasándosela bien.

No la culpo. Tanto Atalanta como Caronte son atractivos y encantadores, y están tan cerca del poder que resultan igual de seductores que el poder en sí. No es fácil hacer lo que ellos hacen, y todo el mundo lo sabe.

Juraría que oigo a Eurídice gruñir por lo bajo, lo cual no hace sino confirmar mis sospechas de que su interés por Caronte va más allá de la amistad. Me es imposible deducir si es correspondido, aunque él se ríe y se zafa del brazo de Ariadna con delicadeza.

—Creo que ha llegado la hora de beber —sugiere ya libre.

—¡Ay, somos tal para cual! —exclama Ariadna.

Vuelvo a buscar con la mirada a Casandra, y por fin la veo entre el gentío, todavía hablando con Dionisio. Me dispongo a ir hacia ellos, pero Minos aparece delante de mí como por arte de magia. Me sonríe y dice:

—Apolo, me gustaría hablar contigo de una cosa.

Reprimo el deseo instintivo de ir adonde está Casandra en lugar de dejarme entretener. Por eso la he traído, porque es capaz de arreglárselas por sí sola. Si no confío en que pueda hacerlo, no debería haberle pedido que viniera. Así que me las ingenio para devolverle la sonrisa a nuestro anfitrión.

—Claro.

Seguimos al grupo al interior de la casa, pero él me conduce por un pasillo distinto. Tomo nota mental del camino mientras él abre una puerta con una llave maestra y me invita a pasar a un estudio decorado con un estilo tradicional. Estamos en el centro de la casa, una parte de la planta baja que Casandra y yo no hemos tenido tiempo de explorar antes de la cena.

¿Qué tan probable es que haya instalado la sala de control cerca de este estudio? ¿O, más bien, que Hermes lo hiciera cuando mandó construir el edificio?

Es lo que yo habría hecho.

Me meto la mano en el bolsillo disimuladamente y le mando a Héctor la señal que acordamos para que se ponga manos a la obra. No sé si lo habrá conseguido hasta que pueda comprobarlo más tarde, pero necesita entre diez y quince minutos para hackear el sistema de seguridad utilizando el dispositivo que tengo en el otro bolsillo como repetidor. Es tecnología punta, el tipo de artilugio que me habría dedicado a inventar si me hubiera hecho con el puesto de Hefesto en lugar de con el de Apolo.

Ahora, en vez de crear los aparatos, tengo que usarlos.

Para ganar algo de tiempo, echo un vistazo a la estancia. No hay nada en ella que refleje la personalidad de Minos. Bien podría haber sacado el enorme escritorio de caoba, las estilosas sillas y los estantes genéricos de un catálogo. Me dirijo a los anaqueles, más por curiosidad que otra cosa, y mis sospechas se ven confirmadas. Todos los libros son de tapa dura, con las cubiertas quitadas para dejar a la vista el dorado de los lomos. Son demasiado uniformes para no haberse comprado en un mismo lote, y están tan nuevos que prácticamente relucen.

Si Minos tiene afición por la lectura, su colección no está en este cuarto.

—¿Quieres algo de beber?

No quiero beber con este hombre, pero yo no he inventado este juego.

—Sí, por favor. —Me dirijo a una de las sillas frente al escritorio mientras él toma un decantador de cristal de un carrito cercano.

Este cuarto me recuerda al estudio de una telenovela que veía mi madre cuando yo era pequeño. Estoy bastante seguro de que la copa que me ofrece es del mismo estilo que las que salían en la serie, lo cual no hace sino confirmar que todo es nuevo.

Por lo que se ve, Minos no se trajo consigo demasiados efectos personales cuando vino a Olimpo. Eso parece ratificar la veracidad de su historia: estaba huyendo del enemigo que pretende conquistar la ciudad. Aunque también podría ser que quiere que pensemos eso. Es lo bastante inteligente como para que debamos sopesar esa posibilidad.

Y alguien le está suministrando dinero. Parte de sus fondos provienen del trato que hizo con Zeus, pero esta casa la compró antes de que se formalizara.

Espero a que él dé un trago a su bebida antes de hacer lo propio con la mía. Es whisky, y del caro, pero no es lo que suelo beber, así que no sé lo suficiente para identificar el año y el productor. Me resulta tentador romper el silencio, pero me ha pedido que venga aquí por un motivo y voy a esperar a que sea él quien dé el primer paso.

No me hace esperar demasiado. Se desploma en su silla detrás del escritorio con un suspiro exagerado.

—¿Has pasado mucho tiempo en el mundo de más allá?

Alzo las cejas.

—No. Mis responsabilidades recaen en Olimpo. —He tenido ocasión de salir de la ciudad alguna que otra vez, por diversos motivos, pero la mayor parte de mi trabajo está aquí, por lo que es aquí donde paso mi tiempo.

Por lo que he visto, el resto del mundo no es tan diferente de nuestra ciudad. La gente con más dinero y poder es la que manda, mientras que el resto queda a su suerte. Lo que diferencia realmente a Olimpo, el motivo por el que es una fruta tan tentadora, es que a efectos prácticos somos un Estado soberano.

Cuando el resto del mundo se dio cuenta de que la barrera los mantenía alejados de la ciudad, tuvieron que conformarse con los acuerdos de comercio que estableció un Poseidón en el pasado. No sé si esos acuerdos prevalecerían si la barrera se derrumbara. El mundo de ahí fuera es muy distinto de como era hace unas décadas, por no hablar ya del de siglos atrás. En lugar de arrasar por completo la ciudad, es más probable que trataran de hacerse con las posiciones de liderazgo en un sangriento golpe de Estado. Los títulos de Poseidón, Zeus y Hera son intocables, pero, si el resto de los Trece unieran fuerzas, no habría mucho que esos tres pudieran hacer.

Eso es lo que haría yo si quisiera conquistar Olimpo.

—Ahí fuera es todo distinto. —Se queda mirando su bebida—. Soy consciente de que no tienes motivos para confiar en mí, pero solo quiero lo que tú tienes. Estabilidad para mí y para mi familia. No me puedes culpar por eso.

Bastante atrevido por su parte hablar con tanta franqueza.

—Si realmente es eso lo que quieres, entonces no entiendo por qué te estás guardando una información que serviría para manteneros a salvo. —Dejo la copa a un lado—. No te molestes en mentirme. Los dos sabemos que no le has contado todo a Zeus. Eres demasiado inteligente para haberte esforzado tanto sin tener una idea de cómo acaba todo esto.

Minos sonríe.

—Me caes bien. No eres como los demás. Tú te preocupas de verdad.

El cambio de tema me desconcierta. Estábamos siendo sorprendentemente sinceros el uno con el otro, así que me arriesgo a formular una pregunta directa:

—¿Qué quieres decir con eso?

—Me tomé la libertad de investigar un poco sobre Casandra. Es encantadora, pero debes ser consciente de que tus padres jamás la aceptarán. No después de que los suyos mancillaran así el apellido familiar. Olimpo no olvida ni perdona. Llevo poco tiempo aquí y hasta yo lo sé.

—¿Adónde quieres llegar?

—Sin lugar a dudas, sus padres aspiraron a más de lo que podían conseguir, y mira cómo acabaron. Sería una pena que le ocurriera algo parecido a ella por los mismos motivos.

Se me ponen los pelos de punta. ¿Está amenazando a Casandra? No me queda claro. Tiene puesta esa máscara afable, como si solo estuviera preocupado. El deseo de ponerme en pie y salir corriendo de aquí para asegurarme de que está a salvo me abruma.

—Soy Apolo. Me importa muy poco lo que mis padres piensen de mis parejas, no se van a arriesgar a distanciarse de mí. —No me gusta que la haya investigado. No me gusta nada.

—Puede ser. —Minos asiente con indiferencia—. Pero ¿y Zeus y el resto de los Trece? No tienen las mismas ataduras que el común de los mortales.

Zeus sabe la verdad sobre esta relación, pero si uno de los otros pensara que Casandra pretende seguir los pasos de sus padres...

—No va a pasar.

—Si tú lo dices. Esa chica se ha esforzado mucho por mantenerse al margen, y hay más artículos sobre ella desde su cita de hace unos días que en los últimos cinco años juntos. La gente habla, Apolo. Si tanto te importa, no deberías haberla traído aquí.

No hay motivo para sentirme culpable. Sabíamos lo que conllevaría mostrarnos en público. Casandra va a cobrar un buen dinero y no tiene planeado quedarse aquí una vez finalizada la misión. Aun así, no logro destensar la mandíbula.

—Me siento honrado, Minos. No tenía ni idea de que te interesaran tanto mi vida amorosa y el bienestar de mi novia. —No es broma: sigo sin tener claro si está amenazándola o no. Parece que sí, pero no ha dicho nada explícito que pueda recriminarle.

—Ya te lo he dicho, me caes bien. —Da vueltas al whisky de su copa con una expresión contemplativa—. Eres un recurso muy valioso y estás desperdiciando tu talento. Me gustaría tenerte en la familia.

Parpadeo.

—¿Perdona?

—Elige al que quieras de mis hijos. —Extiende una mano hacia la puerta—. Puede que Ícaro sea un poco veleidoso para tu gusto, pero Ariadna es una buena chica. Sería una esposa magnífica.

Su audacia me deja sin palabras. Los matrimonios de conveniencia son bastante comunes en Olimpo, pero la gente suele abordarlos de un modo más sutil. Aparto la vista.

—No estoy buscando casarme ahora mismo. —Bajo ningún concepto puedo permitirme imaginarme a Casandra vestida de blanco caminando hacia el altar, hacia mí.

—Es una pena. —Se encoge de hombros—. Te creía más listo, pensaba que no te dejabas llevar por las emociones, pero es evidente que mientras Casandra esté a tu lado no vas a ver las cosas como yo las veo.

Le fulmino con la mirada.

—Si le pasa algo, te aseguro que tampoco voy a verlas como tú las ves.

Él levanta las manos.

—Oye, tranquilo. Nadie está amenazando a nadie, Apolo. Querías que hablara claramente; solo estoy cumpliendo con lo que me has pedido.

Sí, que hablara con claridad de sus motivaciones. Esta fiesta tiene que ser algo más que un mercado nupcial. Resisto a duras penas el impulso de echarle un vistazo a mi reloj. ¿Cuánto tiempo más necesito alargar la conversación? Quizá otra persona podría quedarse aquí tranquilamente sentada mientras amenazan a alguien importante para ella, pero yo no. Nunca he sido así.

—¿Por qué estás aquí, Minos?

—Ya te lo he dicho. —Se ríe—. ¿Crees que si me lo preguntas cinco veces más te voy a dar una respuesta distinta?

Parece como si todo esto no hubiera servido para nada. No tengo claro si iba en serio lo de que quería juntarme con uno de sus hijos, pero no puede ser así de simple. Debe de estar ocultando algo.

—Si fueras más transparente, no tendríamos que andarnos con rodeos.

—Eso es, ya vuelves a hablar con franqueza. —Se levanta con esfuerzo. Un gesto un tanto teatral, teniendo en cuenta que lo vi bajar sin problemas las escaleras de la Dríade hace menos de una semana. Es evidente que quiere que lo subestimemos. La estrategia no es nueva (mucha gente de Olimpo la usa, yo incluido), pero me irrita de todos modos—. No miento cuando digo que no eres como los demás. Es un milagro que nadie se haya tomado a mal tu sinceridad.

Otra amenaza velada. Yo también me pongo en pie.

—Gracias por la bebida. —Espero que Héctor haya tenido tiempo suficiente para hackear las cámaras.

—Repetimos cuando quieras, Apolo. Lo digo en serio.

Lo sigo por el pasillo hacia otra habitación bastante grande, diseñada con propósitos de entretenimiento. La disposición del mobiliario la divide en pequeños espacios, por lo que los invitados están separados en grupitos. Veo a Afrodita y Adonis sentados en un sofá de dos plazas, aunque ella tiene la mirada fija en Teseo, que, despatarrado frente a ellos, le sonríe con aires de suficiencia. Si las miradas mataran, estaría desangrándose en el suelo. Mala idea contrariar a Afrodita. Puede que no haya matado a nadie en combate, pero puede hacerles la vida imposible a los que considera sus enemigos.

Eurídice, Caronte, Hermes y Dionisio están conversando animadamente con Ariadna en un trío de divanes. Pan e Ícaro juegan una partida de ajedrez sentados frente a frente ante una mesa redonda mientras Atalanta los observa con interés, sosteniendo una copa en la mano. A primera vista, diría que Ícaro está ganando.

No veo a Casandra.

Tampoco al Minotauro.

Minos parece haber llegado a la misma conclusión mientras sondea la habitación.

—¿Cómo pretendes mantenerla a salvo con esa tendencia que tiene a deambular sola? —Se carcajea—. Buena suerte.

No puede ser tan necio como para hacerle daño para fastidiarme, ¿verdad?

Solo que ese es justo el problema. No sé qué podría hacer ni dejar de hacer Minos. No me esperaba que nuestra conversación tomara ese rumbo, y no sé atisbar hasta dónde estaría dispuesto a llegar con tal de alcanzar sus objetivos. Salta a la vista que la tiene en su punto de mira, y eso basta para que mis instintos me pidan a gritos que haga algo, lo que sea, con tal de mantenerla a salvo.

Me giro hacia la puerta.

—Voy a ver qué está haciendo.

Su risita me sigue mientras salgo de la sala.

CASANDRA

No pretendía separarme del grupo. Iba al lado de Dionisio cuando me di cuenta de que se me habían desatado las tiras de un zapato. En los quince segundos que me ha llevado arreglarlo, el resto del grupo desapareció y el único que queda es el descomunal Minotauro. No sé por qué me sorprende que se deje el pelo rojo oscuro lo bastante largo para que le llegue a los hombros. Es sorprendentemente bonito, grueso y brillante, y contrasta mucho con sus rasgos faciales severos y con las cicatrices que le cubren la cara. Tiene una nueva curándose donde le cortó Helena —Ares, quiero decir— en la última prueba.

Me tenso y espero a que haga algún comentario hiriente, pero él se limita a alzar la vista al cielo estrellado y dice:

—Demos un paseo.

En cualquier otra circunstancia, rechazaría la oferta. Es un hombre extraño y evidentemente peligroso, y no tengo intención de morir asesinada antes que Zeus me pague, porque, si eso ocurre, probablemente diga que no he cumplido con mi parte del trato y Alejandra no verá ni un centavo.

Claro que también puede argüir lo mismo si se entera de que he desperdiciado una oportunidad única de acercarme a uno de los miembros de la familia de Minos.

A decir verdad, no me queda otra.

—Claro.

No consigo sonar contenta por la invitación, pero giro sobre mis talones y vuelvo hacia el jardín. El Minotauro es enorme, me saca bastante más de una cabeza; aun así, se acomoda a mi paso sin demasiado esfuerzo.

No tengo ningún interés en volver al claustrofóbico laberinto, así que me desvío cuando el camino se bifurca y tomo un sendero que nos aleja aún más de la casa. Sigo esperando a que diga algo, ya que es él el motivo por el que estamos aquí fuera, pero no abre la boca.

Veo a lo lejos una masa de agua. Un estanque, a juzgar por su tamaño. Me paro en seco.

—Si planeas matarme, probablemente lo consigas, pero que sepas que se me da genial gritar y que no te saldrás con la tuya.

El Minotauro se detiene y me mira. No le distingo bien los ojos; la luz de los faroles que alumbraba el laberinto no llega hasta aquí. La única iluminación que me permite juzgar su mirada es la luz de la luna, pero juraría que parece divertido.

—No voy a matarte.

¿Ha añadido luego un «a ti» o es la adrenalina, que me está haciendo imaginarme cosas?

—Eso es lo que diría un asesino. —No sé por qué se lo estoy discutiendo.

Noto algo parecido al miedo instalado en mi garganta.

No me siento preparada para lidiar con esto. Las habladurías y el politiqueo puedo tolerarlos, pero este hombre fue por Patroclo, Helena y Aquiles, tres de los mejores guerreros de Olimpo, como si estuviera dispuesto a matarlos. Como si hubiera matado antes.

—¿Por qué me has traído aquí? —pregunto.

—¿Casandra?

Me giro hacia la voz y veo a Apolo acercándose a zancadas por el sendero. Tiene una expresión serena, pero se mueve tan deprisa que casi parece estar corriendo. No aminora cuando nos ve. Entrecierra los ojos y dice:

—Ya es hora de volver.

—Hasta la próxima, Casandra —farfulla el Minotauro, y se aleja en sentido contrario, desapareciendo entre las sombras.

Me quedo mirando su estela. ¿Qué carajos ha sido eso? Abro la boca, pero Apolo niega con la cabeza con brusquedad.

—Volvamos a la habitación. —Prácticamente me saca cargando allí, yendo demasiado deprisa para que mis piernas, más cortas, le sigan el paso.

Llega un momento en el que freno en seco y lo obligo a detenerse. Él me gruñe:

—Muévete, Casandra.

—No. —Me aparto y contengo un estremecimiento que no es de deseo cuando se niega a soltarme la muñeca—. O vas más lento o me sueltas. Ya me cansé de que me lleves a rastras.

Durante un segundo, parece que va a replicar algo, pero al final suelta un suspiro.

—Bien, iré más despacio. —Continúa agarrándome cuando comienza a caminar hacia la casa, pero esta vez se asegura de mantener un ritmo que pueda seguir sin problemas.

Aun así, llegamos a la habitación en tiempo récord. Apolo me hace pasar a toda prisa y cierra de un portazo tras él.

—¿En qué rayos estabas pensando? —me suelta.

De todas las cosas que me podía esperar que dijera, esta no estaba en la lista.

—¿Perdona?

—El Minotauro es una persona peligrosa. Todo el mundo en esta fiesta es peligroso. No puedes salir sin más a dar un paseo en medio de la noche con ninguno de ellos sin decirle a nadie adónde has ido.

Sé que esto es a causa del miedo. Apolo jamás me gritaría sin un buen motivo, pero mis propios temores se hacen con el control de mi lengua y ni siquiera trato de impedirlo.

—No necesito una niñera, Apolo. Me has traído aquí para llevar a cabo un trabajo, y eso es lo que pienso hacer.

—No a costa de tu seguridad.

Se me escapa una risa amarga.

—Claro, como si hubiera gozado de seguridad en algún momento en Olimpo.

Él se me queda mirando con los ojos oscuros entrecerrados.

—No estamos hablando de palabras hirientes y chismorreos, Casandra. Esto es peligroso de verdad.

Por el amor de los dioses, qué flojera. Agito las manos en el aire en un gesto de desesperación.

—¿Crees que no lo sé? ¿Precisamente yo? Los Trece asesinaron a mis padres y luego hicieron que pareciera un accidente. —Era pequeña e ingenua y estaba demasiado conmocionada cuando todo pasó. Es el único motivo por el que acudí a la policía. No sirvió de nada; se rieron de mí y salí de allí con las manos vacías.

—Entonces no tienes excusa para irte sola con el Minotauro. Podría haberte matado y esconder tu cuerpo en algún lugar de la finca y no me habría enterado.

«¿Como ha pasado con el acompañante de Hermes?»

Alejo ese pensamiento de mi mente de inmediato. Ni siquiera es seguro que fuera a traer a nadie. Dionisio debe de haberlo entendido mal, o no habrá estado al caso del cambio de planes. Sea como sea, no tiene nada que ver con esto.

—Era consciente de los riesgos que conllevaba esta misión cuando accedí a venir. Y tú también —sentencio.

Ya me harté de esta conversación, así que me dispongo a irme. Si bien agradezco que haya querido asegurarse de que estoy bien, no necesito que un hombre que ha vivido toda su vida entre algodones, que cae bien tanto a los poderosos como al pueblo llano, me dé lecciones sobre los peligros de Olimpo.

—No te vayas, Casandra. —Apolo no se mueve de donde está, pero el tono firme de su voz hace que me pare en seco—. Si quieres dar por terminada la conversación, dilo, pero no te vayas mientras estamos hablando.

La reprimenda me hiere el orgullo. Me giro para mirarlo a la cara. Si quiere un informe, se lo daré. A decir verdad, debería suponerme un alivio. Durante un rato casi se me olvida que no es nada más que mi jefe. Debería darle las gracias por recordármelo.

Me enderezo y clavo la vista en un punto justo detrás de su oreja derecha.

—No necesito que me protejas, Apolo. He venido a cumplir con una misión. Dionisio no me contó nada de utilidad en el laberinto, aparte de que es posible que Hermes fuera a venir con alguien y que su acompañante no ha aparecido. Todavía le estoy dando vueltas al motivo por el que estamos todos aquí, pero, a juzgar por los invitados y el premio, me la jugaría a que Minos pretende juntar a al menos uno de sus hijos con alguno de los miembros solteros de los Trece. No he obtenido ninguna información del Minotauro, lo cual parece indicar que pretendía tenderte una trampa con el numerito y que has caído plenamente en ella. —Me tiembla la voz, así que me esfuerzo por darle asertividad—. Eso es todo lo que tengo que comunicarte. Ahora voy a lavarme la cara y a cambiarme. —Como no habla, suelto—: Lo cual significa que, en efecto, doy por terminada la conversación.

Después de eso, no vuelve a llamar mi atención.

Cierro la puerta del baño y me apoyo contra ella. La adrenalina de mi cuerpo está empezando a agotarse, dejando tras de sí una sensación de claridad. Apolo estaba preocupado por mí. Pensaba lo mismo que estaba pensando yo: que el Minotauro iba a hacerme daño.

Me aparto de la puerta y, tras un segundo de vacilación, me dirijo a la regadera. Necesito limpiar de mi cuerpo el recuerdo del laberinto y el miedo que he sentido. Mientras el agua se calienta, reflexiono sobre mi teoría.

Minos me parece un hombre inteligente. Nadie se va a ir de esta fiesta prometido en matrimonio, y, de todos modos, si lo que quería era hacer de casamentero, ¿para qué iba a dejar que los invitados vinieran con acompañantes? Algo no me cuadra. Podría haberme quitado de en medio ahogándome en el estanque de patos, pero tiene que saber que Apolo es lo bastante listo como para creer que fue un accidente. Eliminaría toda posibilidad de juntarle con uno de sus hijos.

Solo que esa lógica únicamente tiene sentido si partimos de la teoría de que lo que quiere es emparejar a sus hijos. Si no es así, no puedo dar por hecho que estoy a salvo.

Suspiro y me quito la ropa. Me va a tocar pedir perdón. Es cierto que tratar de huir en medio de la conversación fue inmaduro por mi parte. Yo no soy así. Sobre todo porque sé que no se está quejando por quejarse. No es un idiota. Está genuinamente preocupado por mí; además, es posible que tenga razones para estarlo.

No tardo mucho en bañarme y hacer mi ritual nocturno. Solo al terminar me doy cuenta de que no traje la maleta al baño, lo cual significa que la pijama que compré única y exclusivamente para este viaje está fuera, en la habitación.

Aunque no es algo tan importante, es un problema. Antes de que me dé tiempo a arrepentirme, abro la puerta y salgo al dormitorio. Apolo está sentado en el borde de la cama, con los codos apoyados en las rodillas y la cabeza colgando.

—Acabo de hablar con Héctor. Logró hackear el sistema y apagar tanto las cámaras como los micrófonos que hay instalados por toda la casa. Cuando se den cuenta de lo que pasó, probablemente traten de quitarle el acceso, pero por ahora lo tiene todo bajo control. Nos seguirá informando.

—Ah. —Debería haber preguntado antes de encerrarme en el baño.

—Volví a registrar la habitación en busca de dispositivos escondidos. Está limpia. El resto de los invitados se irán a la cama pronto, y entonces podríamos plantearnos inspeccionar el primer piso. Luego deberíamos seguir con el segundo o terminar de explorar la planta baja.

Claro. Para eso es para lo que hemos venido.

—Está bien —contesto sumisamente.

—Casandra, quería... —Levanta la cabeza y, aunque su boca se sigue moviendo, las palabras se le quedan atascadas.

Hasta ahora he sido capaz de convencerme de que Apolo no me estaba mirando de esa manera, pero en estos momentos no hay forma de negarlo. No cuando solo somos dos personas en esta habitación. Aquí no hay motivo para fingir, no hay nadie para quien interpretar un papel. Se queda mirando el lugar donde me he amarrado la toalla, justo encima de los pechos, como si pudiera hacer que se soltara a fuerza de concentración. Como si quisiera verme sin nada tapándome.

Como si... me deseara. Mucho.

Me entra el impulso ridículo de dejar caer la toalla. De ver qué haría, si recorrería la distancia que nos separa y cumpliría la promesa que arde en sus ojos oscuros.

¿Sería tierno? O, mejor aún, ¿usaría ese tono de voz severo tan excitante para ordenarme qué hacer? Me da un escalofrío.

Eso parece sacarlo de su ensimismamiento. Sacude la cabeza con rudeza.

—Si lo has desocupado ya, ahora yo me bañaré —dice.

El angustioso sentimiento que se me instala en la boca del estómago no es decepción, en absoluto. Me aparto a un lado.

—Sí, puedes pasar.

Apolo no se mueve hasta que bordeo la cama hasta el lugar donde está el equipaje. He colgado en perchas la mayoría de los vestidos, pero aún me quedan unas cuantas cosas en la maleta. Oigo como se cierra la puerta del baño y me giro para ver que no está.

No hemos hablado sobre los detalles de nuestro fisgoneo nocturno, pero ahora veo que tenemos un problema. Cuando Minos se dé cuenta de que las cámaras no están conectadas, pondrá algún tipo de patrulla de vigilancia. No he visto a nadie de seguridad en la finca, pero...

Me quedo hecha piedra.

No he visto a nadie de seguridad en la finca. Eso no tiene ningún sentido. Hay seis miembros de los Trece aquí, y jamás viajan sin sus dispositivos de seguridad, si bien es cierto que suelen ser muy sigilosos. ¿Por qué accederían a venir al campo sin protección alguna? Sé por qué lo ha hecho Apolo, pero ¿el resto?

No pueden ser tan arrogantes, ¿verdad?

Sacudo la cabeza. Sí, claro que pueden. Todos ellos se

piensan intocables. Incluso Apolo, aunque no hace tanto alarde de ello. Rebusco en mi maleta. Normalmente, duermo desnuda, pero, como es obvio, esa no es una opción en este viaje. No debería haber dejado que Psique me convenciera para comprar también varias pijamas de la tienda de Juliette, pero se puso tan pesada con que al menos me las probara que no me pude resistir.

Por no hablar de que Hera insistió en que adquiriera todo tipo de ropa. Ni siquiera yo estoy dispuesta a enfrentarme a ella cuando le veo ese destello en los ojos.

He traído varios conjuntos de camiseta de tirantes con pantaloncito corto que parecen del todo inocentes hasta que me los pongo. Me envuelven las curvas del cuerpo de una manera que me hace sentir tan sexy que debería ser ilegal. Y luego están los otros, los camisones que, de nuevo, parecen recatados hasta que me los pongo. No sé qué clase de magia hace Juliette, pero me quedan como si estuvieran hechos para un cuerpo como el mío. No aprietan por donde no deberían ni cuelgan por los demás sitios. Estas malditas prendas están creadas para seducir.

Debería haber dicho que no. Debería haber parado en una tienda de camino a casa para comprarme un pijama normal de franela que me cubriera de la cabeza a los pies. O al menos unas lycras y una camiseta de algodón. Aunque camisetas traje unas cuantas, por si me acobardaba.

Echo un vistazo a las pijamas. No sé si tengo el valor suficiente para ir por ese camino, con independencia de cómo me haya mirado antes Apolo. Aunque quizá tampoco pasa nada por hacerlo sufrir un poco. Al fin y al cabo, me gritó.

La excusa es endeble cuando menos, pero saco uno de los conjuntos sin pensar, uno negro con encaje rojo en la parte superior de la camiseta de tirantes y en los bajos de los shorts, de un tono casi igual que el de mi melena. Me hago una trenza para apartarme el pelo de la cara y me pregunto qué hacer cuando Apolo sale del baño. Lleva puestos unos pantalones de estar en la casa... y nada más.

Procuro mirarle a la cara, pero mis intentos son muy pobres. ¿Cómo puedo lograrlo cuando es la primera vez que lo veo sin camiseta y no era consciente del cuerpazo que escondía debajo de los trajes a medida? A ver, músculos sabía que tenía; los he sentido cada vez que me he apretado contra él para mantener las apariencias de nuestra relación falsa.

Pero verlos es una experiencia totalmente distinta.

No es que esté como esculpido en mármol ni nada de eso, pero tiene un pecho bien definido y me dan unas ganas raras de morderle los bíceps. Me quito esos pensamientos de la cabeza y me fuerzo a llevar los ojos a su cara. Pero no sonríe con suficiencia al verme prácticamente babeando, no.

Me lo encuentro mirándome los muslos ensimismado.

Me tenso y reprimo el impulso de taparme. No por vergüenza ni incomodidad, sino más bien por una necesidad instintiva de retirarme, de comprobar si vendría adonde estoy para apartarme la mano y satisfacer su deseo de mirarme.

Me humedezco los labios. «Céntrate.» Tenemos que centrarnos.

—Apolo. —Su nombre sale de mi boca en un tono demasiado grave, demasiado íntimo. Vamos, puedo hacerlo. Sé que puedo. Busco algo lógico y sensato que decir que no sea «Quítate los pantalones ahora mismo». Me aclaro la garganta—. No podemos deambular por la casa así como así, sería evidente que estamos husmeando. ¿Tienes algún plan?

—Tenía un plan, sí. Era un plan buenísimo. Pero entonces te pusiste esa pijama. —Se aclara la garganta él también y se reajusta sutilmente los pantalones—. Y ahora me cuesta bastante acordarme de cuál era.

La lujuria me obstruye la mente, amenazando con eliminar todo rastro de buenas intenciones. Una oleada de puro deseo me recorre el cuerpo y hace que se me endurezcan los pezones.

—No puedo pensar cuando me miras así —musito.

Un tono rojo tiñe su pecho y su cuello.

—Tenemos una misión que cumplir.

No le falta razón. Lo sé. Me humedezco los labios.

—¿Y si...? Estamos saliendo, ¿no? O eso es lo que ellos creen. Si nos atrapan, podemos decir que estábamos, eh..., explorando los cuartos de perversión esos con propósitos... pervertidos. Algo así. —No puedo creer la naturalidad con la que hablo. Como si mi corazón no estuviera tratando de salírseme del pecho para ir con Apolo. Como si no estuviera a punto de arrodillarme para suplicarle que me toque.

—Nos han dicho explícitamente que ya no son «cuartos de perversión».

—A lo mejor se nos ha olvidado. —No sé qué estoy diciendo. No tengo ningún interés en seguir explorando la primera planta; todo esto no es más que puro deseo egoísta. Me quedo mirando sus clavículas. Me gustaría recorrerlas con la lengua—. Ahora mismo siento que se me podría olvidar cualquier cosa.

—Lo mismo digo. —Las palabras salen de su boca más graves, más profundas de lo normal.

Me sostiene la mirada. Es el Apolo que conozco, por supuesto, incluso antes cuando me gritaba también lo era, pero nunca había visto este lado suyo. Es casi... peligroso. Se esfuerza por apartar la vista y aprieta la mandíbula.

—Casandra.

Oh, no. Está a punto de decir algo sensato.

—No tienes por qué hacer esto. Minos, con el solo hecho de invitarme, me está retando a averiguar qué trama. Cuando se dé cuenta de que las cámaras han dejado de funcionar, sabrá quién es el culpable. Si quieres que las cosas sean... sencillas, podemos decir que vamos por un vaso de agua para ti o algo por el estilo.

Debería elegir esa opción. Es una excusa bastante pobre, pero mucho más segura. Mis emociones están en peligro, ya lo estaban antes de que aceptara el trato de Zeus. Me voy a ir de la ciudad en cuanto tenga la oportunidad. Sucumbir a este anhelo que colma el aire que nos separa no hará sino garantizar que me iré de Olimpo con el corazón roto. En situaciones normales suelo ser capaz de separar los sentimientos del sexo, pero es que estamos hablando de Apolo.

Y puede que sea una idiota, pero ahora mismo me da igual el sufrimiento al que me condene. Lo deseo demasiado para decir que no. Tiene gracia; se suponía que los besos y los arrumacos iban a servir de excusa para poder fisgonear, pero ahora es más bien como si usáramos el fisgoneo como excusa para hacer mucho más que besarnos. Doy un paso atrás, hacia la puerta.

—Vamos, Apolo. Vayamos a ver los cuartos de perversión.

APOLO

No soy de los que dejan que sus instintos más básicos tomen las riendas. Mi cerebro casi nunca se desconecta y, por tanto, tiendo a sobreanalizarlo todo a un nivel patológico. Ese es el motivo por el que han terminado muchas de mis relaciones.

Pero ahora aquí, mirando a Casandra, no pienso en nada en absoluto.

Siempre ha sido una mujer preciosa, pero viéndola ahora con esa pijamita tan provocadora, que apenas tapa sus pechos y que se le ciñe a las caderas... está irresistible.

Quiero besar esa boca con una mueca permanente. Quiero pasar las manos por todo su exuberante cuerpo y apretarla contra mí. Dioses, quiero agarrarle la trenza con el puño y hacer que me mire a los ojos y que admita que ella también me desea.

Sacudo la cabeza e intento pensar con claridad.

—¿Estás segura?

—Por el amor de los dioses, Apolo. —Se dirige a la puerta.

Mierda.

Si la visión de la parte delantera ya me había cortocircuitado la mente, lo que deja a la vista cuando se gira hace que apenas pueda mantenerme en pie. Ya he visto su culo embutido en faldas apretadas, escondido tras vestidos vaporosos y, en días en los que me sonríe la suerte, delineado por pantalones hechos a medida. Pero nunca había podido disfrutar de tanta carne.

«Claro que no, porque no lleva puesta ropa de trabajo. Es un pijama, y tú estás babeando como un pervertido.»

—Apolo —me apremia, abriendo la puerta.

Me muevo antes siquiera de decidir conscientemente dar el primer paso. Tengo la desconcertante sensación de que la seguiría a cualquier parte siempre y cuando pudiera disfrutar de estas vistas.

—Espera —digo.

Se queda quieta en el umbral, pero no se gira.

—¿Qué pasa?

—Te prometí que no saldría a la luz ningún vídeo ni ninguna foto que pudiera...

—Apolo, por favor. Ya dijiste que Héctor se encargaría de ello. Y si resultara que no... —Casandra me mira por encima del hombro—. O hackeas los sistemas de Minos y lo borras, que sé que eres capaz de hacerlo, o le pido a Hermes que lo haga.

Parpadeo perplejo.

—¿Por qué haría eso por ti Hermes?

—Estuvimos saliendo hace un tiempo. —No lo veo con claridad, pero creo que se está poniendo roja—.

Ahora somos... amigas. Quizá debería habértelo contado antes.

No tenía ni idea, porque, como he dicho, me he cuidado mucho de no indagar en su pasado, por respeto a su privacidad. Aunque, teniendo en cuenta que estamos hablando de Hermes, dudo que de todas formas hubiera encontrado nada sobre esta relación. El hecho de que lo comparta conmigo ahora, por voluntad propia, es un regalo. Tengo que verlo así.

Pero no soy de piedra.

No puedo evitar sentir una punzada de celos al enterarme de que Hermes ha salido con la mujer a la que... no sé ni cómo expresarlo. Casandra no es para mí. No puede serlo. Pedirle que se quede sería tan egoísta que hace que se me revuelva el estómago, pero, aun así, el impulso aparece. Trago con dificultad.

—Entiendo.

Ella entra de nuevo en la habitación y cierra la puerta.

—No te dije nada antes porque no sabía si era algo raro que contar así porque sí. —Se pasa un mechón de pelo por detrás de la oreja.

El movimiento hace que devuelva la atención a su cuerpo. Dioses, esa pijama debería estar prohibida. No hay excusas para las palabras que salen de mi boca.

—Los gustos sexuales de Hermes son poco convencionales —suelto.

—Y que lo digas. —Casandra se queda muy quieta, casi como si no respirara—. ¿Por qué lo dices?

«Has salido con ella.»

«Debes de compartir sus gustos.»

—Deberías haberme contado que estuviste con ella. Si compartes ese tipo de gustos, creo que es algo que debería saber. —Mi tono de voz suena casi normal.

—Tienes razón. —Se estremece de tal manera que hace que se agiten un poco sus pechos. Los pezones son dos piedrecitas contra la tela negra sedosa de su pijama—. No me gusta el dolor. Hacíamos *bondage* y, en ocasiones, dominación y sumisión. A veces se ponía creativa y proponía juegos, pero siempre entre ella y yo. No compartíamos. —Aparta la vista—. Y sí, hicimos algunas cosas casi en público. Era joven y alocada, y no pensaba que importara si nos descubrían. Hermes se aseguró de que nunca ocurriera.

La tengo tan dura que me duele. *Bondage*. No me cuesta nada imaginarme el cuerpo de Casandra atada al estilo *shibari*. Puro arte. El arte más sexy que existe. Y una vez que estuviera bien atada...

—¿Cuándo fue eso?

—Hace unos seis años. No lo hicimos público a petición mía. —Esboza una media sonrisa—. Por muy impulsiva que fuera, era consciente de los peligros de que se te asocie oficialmente con uno de los Trece.

Tengo que alejarme, tengo que darme la vuelta para no besarla ahora mismo. Esto no es real, por muy visceral que sea la atracción. Tenemos una misión que cumplir.

—Ya veo. Pues... —Me aclaro la garganta de nuevo—. Bueno, en marcha.

Ella alza una ceja.

—No tendrás cuerdas en la maleta, ¿no?

No, pero si hubiera sabido todo esto, sin duda las habría traído.

—Seguro que Hermes tiene algunas guardadas en algún sitio.

—Sería una manera excelente de marcar tu territorio, como un novio de verdad. —Se relame—. Anda, vamos.

Tiene razón. A estas alturas estoy haciéndonos perder demasiado tiempo. No hay excusas.

—Tú primero —digo caballerosamente.

Salimos al pasillo vacío y echamos un vistazo a nuestro alrededor. Rozo con el brazo el hombro desnudo de Casandra y me contengo como puedo para no empotrarla contra la pared y comerle la boca. Con la poca ropa que llevamos puesta, sentiría su piel contra la mía, podría deslizar las manos por el dobladillo de su camiseta y...

Empieza a recorrer el pasillo hacia las escaleras principales. Su trasero es realmente algo de otro mundo. Por lo general me resisto a mirarla así, pero ahora mismo me resulta imposible. Sobre todo por cómo contonea las caderas.

—Estás haciéndolo a propósito.

—¿El qué? —No se vuelve hacia mí, pero el tono provocador de su voz confirma mis sospechas.

Me las arreglo para mantener la compostura mientras inspeccionamos las tres primeras habitaciones. Son justo lo que Ariadna nos ha dicho: salas. Y tan impersonales como el estudio de Minos.

La risita de Casandra capta mi atención.

—¿Qué pasa?

—Se olvidaron de esto. —Señala un gancho en el techo bastante robusto como para aguantar el peso de una persona.

De nuevo, la imagen de su cuerpo envuelto en un patrón de cuerdas me arrolla con la fuerza de un tren de mercancías. Los brazos atados por encima de la cabeza, permitiéndome un acceso completo a su cuerpo...

—¿Apolo?

Sacudo la cabeza con vehemencia.

—Vamos a la siguiente sala.

No espero encontrar nada durante la búsqueda, pero llevo demasiado tiempo haciendo esto como para dar nada por sentado. Tenemos que inspeccionar cada habitación a la que podamos acceder, aunque sea para tacharlas de la lista.

Volvemos al pasillo y vamos a la cuarta puerta. Tardo varios segundos en darme cuenta de que el sonido que estoy oyendo no es el de nuestros pasos. Alguien sube por las escaleras, y se mueve lo bastante deprisa como para que no nos dé tiempo a regresar al dormitorio.

No me paro a pensar. Rodeo la cintura de Casandra con un brazo y la arrastro a la cuarta sala. A su favor debo decir que no hace ni un solo ruido. Con un vistazo rápido no encuentro nada que nos sirva para escondernos, como mucho el sofá, que está de espaldas a la puerta.

Tiro de ella y la tumbo en él. Basta con que alguien entre en la habitación y eche un vistazo por el borde del sofá para que nos vea, pero con un poco de suerte eso no ocurrirá. Aun así, le tapo la boca con la mano y me agacho.

—Viene alguien —susurro.

Su única reacción es un leve estremecimiento.

Y es en ese momento cuando me doy cuenta de que me encuentro entre sus piernas. Es como si mi mente se cortocircuitara, como si mi cuerpo se hiciera con el control. No tengo intención alguna de moverme, pero aun así me aprieto contra ella, solo un poco. Noto en la palma de mi mano que suelta un gemidito.

Justo eso es lo que hace que me detenga.

Me quedo mirándola en la oscuridad. La luz tenue que entra por la ventana no llega adonde estamos. Hay demasiada penumbra para poder leer su expresión, pero lo que es evidente es que la he arrastrado en la oscuridad y ahora la tengo inmovilizada en el sofá.

¿Qué estoy haciendo?

No tengo tiempo para pensarlo, porque los pasos se detienen en la puerta de la sala. Me esfuerzo por oír algo por encima de los retumbos de mi corazón. ¿Nos habrá visto quien iba a entrar aquí? ¿O es que está inspeccionando todas las habitaciones?

La puerta se abre con suavidad, y yo aguanto la respiración. Debajo de mí, siento que Casandra hace lo mismo. Los segundos pasan despacio, pero no parece que entre nadie en la estancia. Por fin, tras una pequeña eternidad, la puerta se cierra con cuidado y los pasos se alejan. Eso sí, se paran en cada puerta.

¿Nos están buscando?

¿O no es más que una ronda nocturna normal, ya que las cámaras no funcionan?

No aparto la mano de la boca de Casandra hasta que no dejo de oír los pasos.

—Creo que estamos a salvo.

Solo que la adrenalina sigue recorriéndome, sobre todo cuando la noto moverse contra mi cuerpo, con los pechos pegados a mi torso y los suaves muslos rodeándome las caderas. El cerebro me falla de nuevo y me aprieto contra ella. Otra vez.

Vuelve a dejar escapar uno de esos gemiditos tan adorables. Dioses, me encantaría poder guardar en un frasco ese sonido. Haría lo que fuera por provocárselo una vez más.

—Apolo —suspira.

Ahora es cuando debería apartarme, poner algo de distancia entre nosotros. Es lo correcto, y me enorgullezco de ser un hombre correcto.

En su lugar, acomodo un poco más mi cuerpo encima de ella.

—Casandra.

Ella se estremece y se retuerce un poco, y noto que sus muslos se tensan alrededor de mis caderas.

—La tienes durísima.

—Teniendo en cuenta que estás debajo de mí, me sorprende que eso sea lo único que me ocurre. —Me acerco aún más a ella en vez de alejarme, como debería hacer, hasta que mis labios le rozan la oreja. Hasta que puedo susurrarle—: Ignóralo, por favor. Lo siento.

—¿De verdad lo sientes? —Se mueve de nuevo.

Esta vez, su movimiento no deja lugar a dudas. Alza las caderas un poco y se frota contra mi miembro. Dejo caer la cabeza en la curva de su hombro.

—Si no paras de hacer eso, vas a hacer que me ponga en evidencia corriéndome en los pantalones.

No para. Más bien al contrario: mi intento de control la anima a seguir.

—Me deseas —constata.

—Claro que te deseo. —Las palabras me salen cortantes, aunque hablo en un tono bajo como ella, pero es que se está restregando contra mí y me cuesta horrores quedarme quieto y no hacer lo propio—. Pero trabajas para mí, y sería inapropiado hacerte sentir que tienes que hacer algo que no quieres hacer ante un desequilibrio de poder. —Me cuesta mantener la voz baja, susurrar para que la conversación se quede entre nosotros. Para no llamar la atención de quien sea que esté patrullando los pasillos.

Ella se queda quieta unos segundos. Me maldigo y me enorgullezco a partes iguales por conseguir que cese el tormento. Pero entonces me sorprende con una risita. Levanto la cabeza y la miro con el ceño fruncido, aunque no pueda distinguir mi expresión en la oscuridad.

—¿Qué te resulta tan gracioso?

—¿En qué mundo me importaría una mierda ese supuesto desequilibrio? Voy a dejar el trabajo en seis días. No tienes ningún poder sobre mí, Apolo. —Se arquea un poco y se aprieta aún más contra mi pecho. Me acaricia la mandíbula con los labios—. A menos que quieras tenerlo. Solo en la cama, por supuesto.

—Casandra... —No sé si le estoy pidiendo que pare o si le estoy ordenando que continúe.

Su risa suena grave y directamente pecaminosa, pero no retoma el vaivén de antes. En su lugar, parece plantearse algo. Me sorprendo aguantando la respiración mientras espero a que hable. Por fin dice:

—¿Lo único que hace que te contengas es que no quieres aprovecharte de mí?

Debería mentir. Es lo más prudente. A mi pesar, deseo no estar equivocado con respecto adónde quiere llegar con esa pregunta. Aunque intento no hacerlo, respondo con sinceridad:

—Sí.

—Me deseas... —repite.

—Casandra, llevo años deseándote. —No pretendía decirlo. He andado con pies de plomo respecto a ella durante mucho tiempo, siempre consciente de su posición en Olimpo y de su deseo de mantenerse todo lo alejada posible de los Trece y de sus jueguecitos políticos, de nosotros.

Pero es que me gusta de verdad. El sentimiento se ha ido gestando poco a poco, como me pasa siempre. Las emociones y la empatía surgen primero, y luego aparece el deseo. ¿Cómo podría no sentir nada por ella? Es lista, espabilada e irascible, y puede que piense que no me he dado cuenta de todos los sacrificios que hace por su hermana, pero ¿cómo podría pasar tiempo con ella sin delatarme aunque fuera un poco?

La conmoción la deja sin palabras, pero no por mucho rato.

—Dioses, Apolo. —Suelta una carcajada temblorosa—. Lo dices en serio.

Ya es demasiado tarde para echarme atrás. Además, no quiero mentirle.

—Sí.

—¿Sabes qué? —Se acomoda en el sofá, abriendo una

distancia mínima entre nosotros. Me tiemblan los brazos con el deseo de eliminar ese espacio, pero me fuerzo a quedarme quieto. Casandra me lo recompensa un segundo después cuando cuela sus manos entre nuestros cuerpos y apoya una palma en mi vientre—. Solo voy a estar en Olimpo una semana más.

—Soy consciente —mascullo.

Me acaricia con las puntas de los dedos casi distraídamente, como si no fuera consciente del peligro que corre si me hace perder el control.

—¿Y si... lo hiciéramos de verdad? En plan, tener una relación... sexual, claro. Sentimental no, por motivos obvios.

Una decepción que no tengo derecho a sentir se instala en mi pecho. Pues claro que no querría tener una relación sentimental conmigo. Sería ridículo pretender algo así. Ella misma lo ha dicho, se va al cabo de una semana. Pedirle que sea mi novia durante ese tiempo sería injusto.

Si esto hubiera pasado hace un mes, incluso hace una semana, no aceptaría. Le diría que con ella lo quiero todo o nada. Que yo no soy así; no tengo sexo sin compromiso con gente que no significa nada para mí. El sexo es algo que me importa. Casandra me importa. Y desde hace bastante tiempo.

¿Estoy dispuesto a agravar el dolor que me provocará su partida a cambio del placer de tenerla ahora?

Conozco la respuesta antes incluso de terminar de plantearme la pregunta. Por supuesto que sí. Si el dolor va a ser inevitable, al menos podré acordarme de estos momentos, por muy agridulces que sean. Trago saliva con dificultad.

—No quiero presionarte.

—No podrías aunque quisieras. —Baja la mano por mi vientre y desliza los dedos por la cintura elástica de mis pantalones—. ¿Puedo tocarte, Apolo?

No puedo evitar sentir que nos estoy condenando a los dos. Debería ser yo quien pusiera freno a esto, pero la deseo demasiado como para hacer caso a la sensatez. Cuando hablo, mi voz suena grave y dominante.

—Hazlo.

CASANDRA

Comienzo a deslizar la mano por dentro de los pantalones de Apolo, pero de pronto dice:

—Espera.

Me quedo helada, convencida de que va a poner fin a esto tan extraño que está pasando. En vez de eso, se inclina hacia mí, con cuidado de mantener cierta distancia para no aplastarme el brazo, y me habla al oído.

—Dime una palabra de seguridad.

Tengo el impulso de discutírselo, por pura costumbre, pero no hay nada de malo en acordar una palabra entre nosotros con la que pararlo todo de inmediato. Ya lo he hecho antes. Además, me gusta que quiera fijar un límite claro para que los dos nos sintamos seguros. Me humedezco los labios.

—Pitón —propongo.

Él suelta una risita.

—Muy bien. —Sus labios me acarician la oreja, la mandíbula, la comisura de la boca—. Tócame, Casandra.

Esta vez no me detiene cuando introduzco las manos

en sus pants y le envuelvo el miembro con ellas. Ya lo había notado a través de la tela, pero el hecho de sentir su tamaño llenándome la mano hace que me falte el aliento. Lo acaricio suavemente, para provocarlo.

—¿Todo esto es para mí? —susurro.

—Solo para ti. —Sus brazos tiemblan un poco a ambos lados de mi cuerpo—. Ahora voy a besarte. Dame tu boca. —No es una petición, y apenas me da un segundo para protestar.

Por supuesto, no lo hago. Llevo pensando en nuestro último beso desde aquel día, reproduciéndolo en mi mente más veces de las que estoy dispuesta a admitir.

Apolo me besa como si supiera todo lo que me gusta. Sus besos cortos y embriagadores me distraen tanto que se me olvida seguir tocándole. En lugar de eso, me limito a perseguirle cuando se retira, soltando gemiditos a modo de protesta, para que vuelva a conquistar mi boca, esta vez durante más tiempo.

Alarga el brazo entre nuestros cuerpos para tomarme de la muñeca, llevarme la mano al lado de mi cabeza y sujetármela con firmeza. No deja de besarme mientras hace lo mismo con mi otra mano. Me quejaría por no poder tocarle, pero justo en ese momento decide descargar todo su peso sobre mí, inmovilizándome contra el sofá. Mi cerebro cortocircuita una vez más. Hacía mucho tiempo que no le permitía a nadie estar tan cerca de mí. Me muero de ganas de más... Me muero de ganas de él.

Rompe el beso despacio, pero no se aparta.

—Dime cómo te gusta, Casandra. —De nuevo, no hay ningún tono de pregunta en su voz, ni da lugar a discusión. Es una orden, calmada y severa al mismo tiempo, como él.

—Esto me gusta.

—Mmm... —Me da un empellón lento y suelta un gruñido torturado—. Es increíble.

Me toma por la nuca y me incorpora mientras él se echa para atrás. Apenas tengo tiempo de procesar el hecho de que estamos cambiando de posición cuando me sienta en el sofá y se arrodilla entre mis muslos. Alargo los brazos hacia él, pero niega con la cabeza y me vuelve a agarrar las muñecas con firmeza como antes, inmovilizándolas a ambos lados de mis caderas.

—Si me tocas, se va a acabar todo demasiado rápido.

No puede ser que se refiera a que me desea tanto que podría venirse antes de lo que le gustaría, ¿verdad? Creía que bromeaba cuando lo dijo antes. Me entran ganas de reírme, pero me tiembla todo el cuerpo como una hoja solo de pensar que estamos aquí, haciendo esto. Si me desea ni la mitad de lo que yo lo deseo, quizá sí que sea mejor mantener las manos quietas.

Por ahora.

Apolo levanta las manos despacio, dejando escapar un sonidito de satisfacción cuando ve que no aparto las manos de donde me las ha puesto.

—Buena chica.

Apenas me ha dado tiempo a procesar lo que ha dicho cuando me toma las rodillas y me las separa con delicadeza. Se queda mirando el lugar de unión de mis piernas con una intensidad que hace que me retuerza de placer.

Me acaricia los muslos despacio, separándolos un

poco más mientras se acerca a mi entrepierna, hasta que roza con los pulgares el ribete de encaje de la pijama.

—Ahora voy a tocarte.

Suelto una exhalación temblorosa.

—No tienes por qué narrar todo lo que vas a hacer antes de hacerlo.

Percibo, a pesar de las sombras, que me dedica una mirada penetrante.

—Me encanta ver cómo te retuerces cada vez que lo hago. —Acerca lentamente los pulgares al hueco entre la tela sedosa y mi piel caliente—. ¿No llevas calzones?

—No —jadeo—. No van bien con la pijama.

—El dinero mejor gastado —murmura. Me acaricia la vulva y aplica una presión mínima, abriéndose paso entre mis pliegues—. Estás mojada. ¿Es por mí?

Tardo unos segundos en darme cuenta de que no es una pregunta retórica. Intento quedarme quieta, pero no puedo evitar retorcerme de placer, justo como ha dicho.

—Apolo...

—Dime, Casandra. —Me recorre el sexo de arriba abajo con el dedo lentamente, como si tuviera todo el tiempo del mundo. Como si no fuera a derretirme en cuanto me toque el clítoris—. Dime qué es lo que hace que te vengas. Dime qué cosas te gustan y qué no. Cuéntamelo todo.

Me cortaría la lengua antes de admitir que, para mi desgracia, creo que con él me gustaría todo, solo por el hecho de que sea él. Le he propuesto algo sin compromiso, así que no pienso abrirle así mi corazón. Trago saliva con dificultad.

—Me gusta saber el efecto que tengo sobre ti. Hace que me retuerza de placer.

—Mmm... —Recompensa mi respuesta presionando con los pulgares entre mis pliegues—. ¿Solo eso?

Maldito sea... Estoy jadeando como si llevara un buen rato corriendo. No puedo pensar en nada más que en sus caricias, en el tono de voz suave pero dominante con el que me hace esas preguntas. Niego con la cabeza.

—No, no solo eso. —Esta vez no hago que insista más—. Me gustó cuando me arrastraste al sofá y me inmovilizaste contra él, aunque lo hayas hecho para que no nos vieran. Y me... me gusta esto.

—A mí también me gusta esto. —Se inclina y hunde la cabeza entre mis muslos. Inhala profundamente y casi me vengo en un segundo. Después me besa la parte interior de una pierna y luego de la otra—. Cuando volvamos al dormitorio, vas a dejar que te mire.

—Apolo...

—Eres preciosa, Casandra. —Me besa un poco más cerca de la entrepierna—. No me lo vas a negar después de que me haya pasado años imaginándote desnuda, ¿verdad?

Suelto un gemido cuando me da un beso directamente en la vulva a través de la tela de la pijama.

—Dioses... Es increíble —murmura.

Entre su boca y mis ganas de más, la tela está húmeda y resbaladiza. Me pasa la lengua entera por encima del clítoris. Quiero tocarle, quiero hundir los dedos en su pelo, mantenerlo ahí hasta que el orgasmo que empieza a gestarse en mi interior me arrolle por completo.

En vez de eso, aprieto las manos con más fuerza contra el sofá, obedeciendo la orden muda que me ha dado al colocarlas ahí. Aun así, no puedo evitar suplicar:

—Más.

Él no responde con palabras, pero no le hace falta. Se limita a continuar con su tortura. Yo me recuesto contra el sofá, retorciéndome pese a mis intentos de quedarme quieta.

—No... —gimo—. No puedo seguir sin hacer ruido. Es demasiado. Nos van a descubrir.

Sin perder un segundo, alarga un brazo y me cubre la boca con su enorme mano. No es un gesto brusco ni violento. Su agarre siempre es firme, pero en ningún momento me ha hecho daño. Me resulta tan propio de él que pierdo la cabeza.

El orgasmo me arranca un grito de los labios; me aprieta un poco más fuerte la boca mientras sigue jugando con la lengua. El placer va a más, y parece llegar al límite una y otra vez. Es demasiado. Toda la situación es demasiado. ¿Cómo voy a poder pasar página después de algo así, sabiendo lo increíble que es estar con él? Esto fue un error, pero no me importa que el paracaídas no se abra.

Estoy cayendo en picada y disfruto de cada segundo en el aire.

Apolo aparta la mano y la reemplaza por su boca. Noto un regusto a mí misma en su lengua, y me vuelve loca. Más. Necesito más. Si voy a condenarme a un dolor insuperable, más me vale aprovechar cada instante de placer en el tiempo que tengo. Hundo las manos en su pelo para acercarle aún más. Esta vez no es un beso provocador; esta vez me devora directamente.

De repente, se oyen pasos en el pasillo de nuevo.

Me tenso, y doy por hecho que él va a parar, pero me jala para bajarme al suelo. Sigo procesando el hecho de que me gusta que me mueva de un lado para otro cuando me coloca de rodillas delante de él, de cara al sofá, con él a mi espalda. Desliza una mano por la parte delantera del pantalón de pijama y me agarra el sexo entero, susurrándome al oído:

—No hagas ruido, Casandra, o nos atraparán.

Carajo, no pretende parar.

Tengo la palabra de seguridad en la punta de la lengua. No porque quiera que se detenga, sino porque debería hacerlo.

Cierro los labios con fuerza y me abro de piernas, una clara invitación que no duda en aceptar. Me mete dos dedos y ahoga mi gemido tapándome la boca con la mano. Me coge despacio con los dedos, como si no oyéramos los pasos que se acercan cada vez más a la puerta.

Sabía que tenía una vena exhibicionista, pero esto es distinto. Mucho más intenso. No deberíamos seguir, pero no me importa. No quiero parar. Muevo las caderas para restregarme contra su miembro, y me veo recompensada por una inhalación súbita.

La puerta se abre.

No veo más que la parte de arriba del marco desde donde me encuentro, así que no sé quién está ahí. Me quedo paralizada.

Apolo no.

Él sigue deslizando los dedos dentro y fuera de mi cuerpo, aunque noto que se tensa detrás de mí. Esto es una locura. Estamos locos. Y estoy... a punto de venirme. Me estremezco contra él, sin saber si quiero que pare o que continúe. Sin saber quién está en la puerta ni si va a acercarse al sofá para encontrarse con esta escena.

¿Nos estará oyendo?

Apolo se mueve con suavidad, pero debe de oírse el sonido leve de sus dedos mojados, ¿no? Me apoyo aún más contra su cuerpo y él responde introduciendo un tercer dedo.

Dioses, ahora sí que me voy a correr.

La puerta se cierra lentamente. El clic de la cerradura bien podría ser el gatillo de una pistola. Bajo el brazo y rodeo la mano de Apolo con la mía, instándole a seguir, a acabar con esto. No puedo parar de temblar, no puedo reprimir los gemidos que su palma ahoga a duras penas.

Él me besa en el cuello y me da mordisquitos en la oreja.

—Vente para mí, Casandra. Quiero sentirlo todo.

Mi cuerpo reacciona de inmediato a su orden, y me contraigo alrededor de sus dedos en un orgasmo que hace que me dé vueltas todo. Apolo se va deteniendo poco a poco.

—Esa es mi chica —susurra.

No soy su chica. Al menos no de forma permanente. Solo que no soy capaz de mandarle a mi boca la señal para contradecirlo.

—Fue un buen comienzo, pero todavía no he acabado contigo ni mucho menos. —Me da un último beso en ese punto sensible detrás de la oreja—. ¿Quieres caminar o prefieres que te lleve en brazos?

—Puedo caminar —respondo por pura costumbre.

Pero él no se mueve.

—Casandra —dice con cierto tono de reprimenda—. ¿Quieres que te lleve en brazos?

Sí, claro que quiero, pero ya estoy sintiendo algo extraño en el corazón y tengo que ponerme las pilas para mantener ese sentimiento a raya cuanto antes. Dejar que me lleve en brazos, que me cuide, es una pésima idea. Da igual cuánto lo desee.

—Quiero caminar —insisto. Intento decirlo con un tono firme, pero las palabras salen de mi boca como si formulara una pregunta.

Tras unos instantes, Apolo asiente.

—De acuerdo. —Se levanta y me ayuda a hacer lo propio, aunque una vez de pie me sujeta por los codos, como si supiera cuánto me cuesta mantener el equilibrio en estos momentos.

—Gracias.

Debería sentirme ridícula entrelazando los dedos con los suyos y permitiendo que me conduzca a la puerta. ¿Quién va de la mano de nadie cuando no lo necesita? Ni siquiera con Hermes lo hacía. Ella disfrutaba de cierta intimidad casual, pero no era tierna. Y la ternura de este gesto hace que me salten las alarmas.

El sentimiento sigue ahí hasta que doblamos la esquina y nos topamos de frente con el Minotauro.

Apolo se mueve antes de que me dé tiempo a asimilar la presencia del hombre. Me jala la mano que me tiene tomada para situarme tras él y coloca su cuerpo a modo de escudo. Si bien antes su lenguaje corporal era relajado y distendido, ahora es pura tensión. Apoyo una mano en su espalda en un gesto de mudo apoyo.

—Minotauro —dice.

Este lo mira con una expresión totalmente neutra. Apolo es alto, pero el Minotauro le saca bastante. Su rostro lleno de cicatrices es aún más aterrador en la penumbra del pasillo.

—No deberían estar merodeando.

Su afirmación me sorprende tanto que se me escapa una carcajada.

—¿Perdona? ¿Y eso por qué? No nos dirás que hay fantasmas acechando o algo así, ¿no?

Desvía sus escalofriantes ojos hacia mí.

—No puedo garantizar tu seguridad, Casandra.

Yo parpadeo.

—¿Qué quieres decir con eso? —No sé si habla de la seguridad de los invitados en general o de la mía en particular.

—No puedo garantizar tu seguridad —repite—. Ahora mismo no hay cámaras. ¿Quién sabe qué podría pasarte en la oscuridad de la noche? —Ni una palabra más, se gira y recorre el pasillo en la dirección contraria.

Apolo no se mueve hasta que el Minotauro desaparece de nuestra vista. Solo entonces me toma de nuevo la mano y me lleva de vuelta al dormitorio. Cierra la puerta y comprueba que el seguro funciona.

—Bueno, pues ya no tenemos que preocuparnos de las cámaras, pero al parecer van a usar eso de excusa para lavarse las manos si ocurre cualquier cosa.

Un escalofrío de terror inhibe cualquier pensamiento obsceno.

—Tienen algo planeado para la fiesta, ¿verdad?

—No lo sé. —Tensa la mandíbula—. Y eso me preocupa.

Mi cuerpo todavía está débil después de los dos orgasmos, lo que hace que me cueste pensar, pero lo intento de todos modos.

—¿Ignoramos la advertencia y seguimos investigando esta noche?

—No creo que haya nada que encontrar en la primera planta. Las salas son exactamente lo que se nos dijo que eran, y el resto de las habitaciones están ocupadas por invitados. Creo que tendremos más suerte con el segundo piso y con lo que nos queda de la planta baja. Tampoco podemos descartar la posibilidad de que se esté usando el garaje o algún otro edificio de la finca como lugar de almacenamiento. —Se pasa una mano por el pelo, haciendo que se le quede de punta—. Por esta noche ya hemos tenido suficiente. Intentemos dormir.

—O también podríamos hacer lo que hablamos antes y terminar lo que empezamos en la sala.

—Casandra...

Ignoro el tono de advertencia de su voz. De hecho, me provoca un escalofrío de placer que me recorre la columna. No podemos deshacer lo ya hecho, pero tampoco lo haría si pudiera. Me desea. Me cuesta creerlo, después de tanto tiempo de desearle yo a él.

Me voy dentro de una semana. No voy a desaprovechar la oportunidad de disfrutar de la promesa que encierra su mirada lasciva cuando me ve, cuando me toca. Si no vamos a continuar inspeccionando la casa esta noche, no hay motivo para no sucumbir a las llamas de la lujuria, a este sentimiento que hace que me cueste respirar cuando lo miro.

Aun así, me cuesta más de lo que me gustaría sostenerle la mirada mientras me quito la camiseta de la pijama. Apenas aprecio su inhalación repentina cuando me bajo los pantalones con un contoneo de caderas. Debería estar prohibido que alguien mire como me mira él. Me repasa de arriba abajo como si quisiera registrar cada detalle de mi cuerpo sin perder un segundo, como si esto fuera un regalo que le puedo arrebatar en cualquier momento y quisiera grabarse mi imagen completa a fuego en el cerebro. Eso hace que pierda el último ápice de duda. Esto está pasando. Los dos queremos que pase.

En lugar de dirigirme a la cama, me pongo de rodillas, la más clásica pose de sumisión.

—Casandra —murmura Apolo—. No tenemos por qué hacerlo.

Dioses, podría enamorarme de este hombre. Ignoro ese pensamiento y cambio un poco de postura, arqueando la espalda y abriéndome de piernas.

—Yo nunca hago nada que no quiera hacer, y ahora mismo lo único que quiero es cogerte.

—Conque quieres cogerme... —Sus labios se curvan en una sonrisa escéptica.

—Sí. —Me quedo mirando el bulto duro que se ve tras sus pants—. Y creo que tú también quieres cogerme a mí.

Da un paso hacia mí y me pasa los dedos por el pelo hasta que de repente me agarra de la trenza. Me sobresalto, pero lo cierto es que no me hace daño. Solo me mantiene inmóvil. Me observa unos segundos.

—Puedes usar la palabra de seguridad cuando quieras, y yo lo respetaré, sea lo que sea lo que estemos haciendo.

Me humedezco los labios.

—Lo sé.

Eso parece reconfortarlo. Claro que sí. Cualquier dominante que se precie tiene en consideración las necesidades de su sumiso. No digo que yo sea su... Trago saliva. Mejor no pensar en eso. Mejor no pensar en un montón de cosas.

Me jala un poco el pelo para que me incline. Luego pasa la mirada por mi boca, por mi cuello, por mis pechos, hasta posarse en mi barriga. Empiezo a ponerme nerviosa, anticipando cierto sentimiento de vergüenza, pero ¿cómo voy a sentir vergüenza cuando me mira como si por fin le hubieran dejado disfrutar de aquello que lleva años anhelando?

—Apolo.

—No me metas prisa.

Sonrío y me relajo, apoyándome ligeramente en el puño con el que me agarra. Al instante, pasa de asirme la trenza a sujetarme la nuca con delicadeza. Dejo que me sostenga y alzo la barbilla.

—Ya me tienes. ¿Qué piensas hacer conmigo?

APOLO

Una vocecita en el fondo de mi mente me susurra que lo que estoy haciendo es imperdonable, pero esas advertencias se ven ahogadas por una marea de deseo tan intenso que es un milagro que no me flaqueen las piernas.

Tener a Casandra desnuda y arrodillada a mis pies es una experiencia que nunca pensé que fuera a vivir. Me siento tentado de limitarme a quedarme mirándola durante horas, pero tenemos poco tiempo.

El deber nos llama en cuanto se haga de día.

Pretendo hacer que se venga unas cuantas veces más antes de que eso ocurra. Le jalo el pelo, con cuidado de que la tensión no le produzca dolor.

—Puedes seguir provocándome todo lo que quieras, pero ya sabes lo que me gusta, Casandra. Pórtate bien y dámelo.

Ella se estremece.

—Odio cuando haces eso. Pero basta de hablar; pasemos a los preliminares.

—Es que los preliminares consisten en hablar —replico.

Mis gustos sexuales no son demasiado duros, pero cualquiera con algunos conocimientos sabe que se puede llegar a lo más vulnerable de una persona tanto con palabras como con un flagelo. No hay nada más satisfactorio que ver a mi sumiso dudando entre quedarse callado para mantener el orgullo o sucumbir a sabiendas de que entonces haré justo lo que está deseando.

Lo que los dos estamos deseando.

Ella alza la mirada hacia mi cara, pero en su rostro no hay ni rastro de su expresión adusta habitual; tiene los ojos entrecerrados y se apoya con suavidad contra mi mano, confiando en que no voy a dejar que se caiga.

La gente tiende a llenar los silencios. Es un impulso que nunca he compartido. Los silencios sirven para muchas cosas, y son valiosos por numerosas razones. Como esta. Veo el conflicto que se desarrolla en su mente. Quiere entregarse, pero no es del tipo de persona que entrega nada sin oponer resistencia.

No tengo ninguna prisa.

Casandra va a entregarse a mí, y va a hacerlo por voluntad propia. Solo necesita un rato para dar el paso.

No me hace esperar demasiado antes de soltar un suspiro.

—Está bien, de acuerdo. —Alza la vista hacia mí, con un brillo desafiante en sus enormes ojos oscuros—. Me gustaría chupártela entera hasta que te vengas en mi boca.

Procuro con todas mis fuerzas quedarme completamente quieto, no mostrar ninguna reacción.

—¿Y después?

—Después... —Sus labios se curvan hacia arriba—.

Cuando hayas tenido tiempo suficiente para recuperarte, me gustaría que me cojas.

Dioses, qué mujer...

Le tiro del pelo un poco más. Aunque soy más o menos capaz de contener mi reacción, el hecho es que provoca un efecto tremendo en mí. Me encanta que incluso sumisa siga dando guerra. Mi voz suena rasposa cuando al fin contesto:

—Pues gánatelo.

—¿Perdona?

Bajo la barbilla hacia ella.

—Si me la chupas bien, me plantearé cogerte.

Se queda con la boca abierta.

—No sé si decirte que te vayas a la mierda o correrme ahora mismo.

—Quieres las dos cosas, pero no vas a mandarme a la mierda, porque por encima de todo deseas que haga que te vengas de nuevo. —Es muy gratificante la sumisión por voluntad propia. Podría animarla a hacer lo que yo quiera, lo que ambos queremos, pero esto es considerablemente más satisfactorio—. Recuerda cómo te recompensé antes, en la sala.

Ella se humedece los labios; se le nublan los ojos.

—Pero no me habías pedido nada.

—Quería palabras. Ahora quiero tu boca. —Le doy otro jalón a la trenza, un recordatorio de lo que acaba de pasar y una promesa de lo que está por venir—. Y tú quieres complacerme, Casandra.

Alarga los brazos y me agarra la cinturilla de los pantalones con los dedos.

—Que no se te suba a la cabeza.

—Nunca paras con los comentarios impertinentes, ¿eh? —Permito que me jale para acercarme y que me baje los pantalones lo justo para dejar expuesto mi miembro—. La inteligente y deslenguada Casandra... Dale un buen uso a esa boca.

Me rodea la base del pene con el puño y se relame. No puedo creer que esto sea real. He fantaseado con esta mujer más veces de las que estoy dispuesto a admitir, pero tenerla de rodillas pasándole la lengua a mi sexo cuando todavía noto su sabor en los labios...

Echo la cabeza para atrás y miro al techo mientras trato de mantener el control. Casandra, la muy traviesa, suelta una risita y entonces se la mete en la boca. Me la chupa entera, sin darme tiempo para adaptarme. Dioses, no voy a durar mucho.

Aunque sé que solo conseguiré perder el control aún más, bajo la vista. Me está mirando a la cara, y verla ahí chupándomela... No pretendía agarrarla del pelo con más fuerza, pero responde con un gemido y aumenta el ritmo, succionando con más fiereza.

—Dioses —jadeo—. Sí que debes de querer que te coja.

Se la saca de la boca y se la pasa por los labios.

—Cógeme, Apolo. —Me da lengüetazos con la punta de la lengua—. Pero todavía no. Me está encantando esto.

—Lo sé. —Apenas reconozco mi voz.

Casandra vuelve a mirarme, y veo en sus ojos un brillo juguetón.

—¿Te gustaría saber qué más quiero?

—Dímelo. —La orden me sale brusca.

—Que te vengas en mi boca. —No me da opción a responder. Se limita a seguir chupándomela como si su vida dependiera de que llegue al orgasmo.

Intento aguantar todo lo que puedo, para que tenga que esforzarse. A Casandra se le da bien todo lo que hace, y esto no es una excepción. Pero no quiero que se acabe demasiado pronto.

«Va a acabar demasiado pronto pase lo que pase esta noche.»

Ignoro el pensamiento. No voy a tener un futuro con ella, pero tengo el presente. Con eso ha de bastar. Se la mete hasta el fondo, hasta que sus labios me tocan la base. Aunque estaba decidido a aguantar más, esto es demasiado. Una oleada de placer me inunda, llevándose con ella mi último ápice de control, así que le sujeto la cara con las manos y le embisto la boca. Casandra se relaja al instante, entregándose a mí. No lo hago con violencia, pero tampoco le doy tiempo a decidir si quiere retomar el control.

—Toma —mascullo—. Te lo has ganado con creces.

Ella hace un ruidito de asentimiento, con una expresión de puro gozo. La confianza que siente conmigo, sus ganas de someterse, hacen que llegue al límite. Maldigo en voz alta y me vengo, bombeando mientras se lo traga todo. Parece que no se va a acabar.

Cuando por fin se la saco de la boca, Casandra se relame y me sonríe. Sin pensar, me arrodillo frente a ella para besarla y veo que ella se disponía a hacer lo mismo. Por supuesto: es igual que yo en todos los sentidos que importan. Una compañera perfecta... al menos por ahora.

—Apolo. —Se aparta un poco y se muerde el labio inferior—. Cógeme esta noche, por favor. Necesito tanto tenerte dentro... Por favor, no me hagas esperar más.

Me cuesta ponerme de pie, dejarla ahí en el suelo, para ir a la maleta a sacar una tira de condones. Los lanzo en la cama. Casandra sigue de rodillas, aún un poco aturdida. Voy hacia ella y la agarro de los hombros con cuidado para ayudarla a levantarse. Pretendo darle un beso suave, pero las buenas intenciones se disipan cuando me rodea el cuello con los brazos.

De repente, es como si no pudiera estar lo suficientemente cerca. Como si no pudiera tocarla lo suficiente. Saborearla lo suficiente. La tomo por las caderas y la jalo hacia mí, eliminando el último milímetro de distancia entre nosotros. Siento sus pechos y su vientre contra mi torso, y el contacto hace que me olvide por completo de mi idea inicial de ir despacio.

Por lo general suelo tardar más tiempo en recuperarme, pero las normas habituales no tienen validez ahora, con esta mujer entre mis brazos. Se me pone dura en cuanto la empujo hacia la cama. Todavía sabe a mí, a lujuria, y me embriaga sentir su lengua contra la mía, saber que puedo besarla todo lo que quiera.

Al menos durante unos pocos días.

Rompo el beso el tiempo justo para decir:

—Acuéstate.

—Apolo, si no me coges ahora mismo, me voy a morir. En serio. —Me agarra la nuca y me da otro beso apasionado—. Estoy muy mojada y te necesito dentro. Ya.

La empujo para que se tienda en la cama y me quedo

embobado al verla así. Es suave y preciosa y, dioses, quiero que sea mía. Mía de verdad.

«Basta. No le puedes pedir eso.»

Casandra suelta un quejidito.

—Deja de mirarme y ven aquí. No me hagas suplicar.

En otro momento, lo haría. En otro momento...

Tomo un condón y me lo pongo sin perder un segundo. Casandra se abre de piernas cuando me subo a la cama, dejando a la vista su sexo perfecto.

Necesito estar dentro de ella, pero no puedo evitar agachar la cabeza y pasarle la lengua por su parte más sensible. Ella suelta un gemido y me toma del pelo con fuerza.

—Ven aquí —me ordena.

A pesar de que me cuesta respirar con la oleada de deseo que me asola, consigo soltar una risita.

—Siempre tan impaciente.

—No hagas como si fuera la única. —Me agarra el miembro y me da un ligero apretón—. ¿Cuánto has tardado en recuperarte? ¿Un minuto? —Sonríe contra mis labios—. Me deseas tanto que estás temblando.

Le beso el contorno de la mandíbula y le doy un mordisquito en el lóbulo de la oreja.

—¿Qué esperas, que lo niegue? —Aguanto la respiración mientras me guía a su entrada—. Ahora pórtate bien y deja que te coja.

Ella se estremece.

—Odio que me guste tanto esto.

—No, no es verdad. —De nuevo, tengo intención de ir despacio. Pero, como con el beso, enseguida se me cruzan los cables y hago justo lo contrario: se la meto entera de un envite.

Casandra suelta un grito. Yo me tenso, y mi sensatez brega con mi deseo, pero finalmente ella toma la decisión por mí. Me recorre la espalda con los dedos y me hunde las uñas en el trasero.

—Más fuerte. Quiero más.

Obedezco sus órdenes y la embisto más fuerte, más adentro. Los pensamientos desaparecen de mi mente. No hay nada más que su exuberante cuerpo rodeando el mío. Nada más que el placer que me hace sentir estar dentro de ella. Nada más que sus palabras, instándome a seguir. No hay tiempo que perder. No hay tanteos. Solo sexo duro que llena la habitación con el sonido de nuestros cuerpos chocando una y otra vez.

Intento calmarme, recuperar el control, pero Casandra se arquea contra mí, gimiendo mientras se contrae a mi alrededor. El descarnado placer que siento me saca una maldición de entre los labios y hace que siga acometiéndola para llegar a mi propio orgasmo. Me vengo con tanta intensidad que me mareo un poco.

—Casandra... —murmuro.

Acabamos acostados uno al lado del otro, con los cuerpos enredados. Soy vagamente consciente de que debería levantarme y deshacerme del condón, pero en estos momentos no tengo control alguno sobre la parte inferior de mi cuerpo.

Ella me da un besito en la nariz.

—Carajo, Apolo. Simplemente... carajo.

No hay nada que quiera más que entregarme a esta mujer, olvidarme del resto del mundo y hacerla mía durante todo el tiempo que esté aquí. Hacer lo que sea necesario para convencerla de que se quede. Es la decisión equivocada, la decisión egoísta. También ha sido egoísta en extremo dejar que todo esto ocurriera tan rápido. Puede que luego me arrepienta, pero ahora mismo no soy capaz.

La tomo de la barbilla y la beso con pasión.

—Me has dado mucho placer.

Sonríe contra mi boca.

—Bueno, contigo sí me interesa conseguir el título de chica buena. ¿Quién iba a decirlo?

Yo. A mí no me toma por sorpresa. La dejo descansando y me levanto para lidiar con el condón. Caminar por la habitación como si nada después de lo que ha pasado se me antoja irreal.

Casandra se tapa con las sábanas hasta la barbilla y me sonríe somnolienta.

—Dame unos minutos y estaré lista para el segundo asalto.

Lo que necesita no es otra ronda de sexo, sino relajarse y dormir. Esta semana no ha hecho más que empezar, y vamos a necesitar tener la mente despejada para lo que sea que nos espera. Todavía no sé qué está planeando Minos, pero una cosa es segura: haré lo que haga falta para asegurarme de que Casandra está a salvo y no traicionar su confianza.

Cueste lo que cueste.

APOLO

Cuando Casandra y yo accedimos a compartir la cama, esperaba pasarme las noches en vela. Pero eso era antes de conocer su sabor, de comprobar lo irresistible que está de rodillas, de oír los ruidos que hace cuando llega al orgasmo.

Nos arropo a los dos en la cama. Ella hace un amago de apartarse de mí, pero la tomo de la muñeca.

—Ven aquí. —Cuando veo que vacila, añado—: No tienes que quedarte así toda la noche, pero vas a dejar que te abrace un rato.

Suelta un resoplido divertido.

—Estás hecho todo un dominante, ¿eh? Y eso que no hemos hecho nada particularmente raro...

—Casandra, no me esperaba esto de ti. —Los fetiches no tienen una definición tan clara y delimitada, y ella lo sabe bien. Solo quiere dar guerra.

Emite otro resoplido, pero se desliza hacia mí.

—Bueno, bueno. Tienes razón. Adelante, hazme todos los arrumacos que quieras.

Para lo quejumbrosa que es, se acomoda con gusto sobre mi pecho y entierra la cara en mi cuello. Le paso una mano por la columna, instándola a acercarse un poco más, y hace un ruidito peligrosamente similar a un ronroneo. Se tensa de inmediato.

—No has oído nada —dice.

Yo sonrío en la oscuridad. Ya habrá tiempo mañana para preocuparse por cosas complicadas. Ahora mismo, estoy tan contento que podría ronronear yo también.

—A mí también me gusta esto.

—¿Seguro que estás cansado? Podríamos... —sugiere mientras su mano va bajando por mi pecho.

Se la agarro y le doy un beso en la palma antes de colocarla de nuevo en su lugar.

—Hemos tenido suficiente por esta noche. Duérmete.

—Qué mandón.

Me hace gracia su comentario, porque literalmente mi trabajo consiste en darle órdenes, pero no quiero acordarme de eso en estos momentos. Quiero tocarla mucho más, pero confía en mí y no pretendo darle motivos para arrepentirse. Ahora mismo, lo que necesita Casandra es dormir.

Veo que no me equivocaba cuando, pasados unos minutos, su respiración se ralentiza y se vuelve más profunda y la tensión abandona su cuerpo por completo. Solo entonces me permito soltar la exhalación temblorosa que llevo aguantándome durante lo que me parecen horas.

Quiero que se quede. Ya lo quería antes incluso de saber que éramos tan compatibles. Es una de las personas más desconcertantes y frustrantes que he conocido, y es dada a arremeter contra quien sea antes que arriesgarse a que la gente perciba en ella algo semejante a la debilidad. A veces es directamente cruel. Pero también es muy considerada y buena cuando cree que nadie la mira. Ha sacrificado más por su hermana de lo que nadie estaría dispuesto a hacer, ha tenido que soportar el peso de los errores de sus padres. Por no decir que es una de las personas más inteligentes de Olimpo. Ve cosas que a mí se me escapan, hace conexiones que parecen desafiar la realidad que tiene delante... y casi nunca se equivoca.

Encima, después de esta noche, sé que le gusta jugar en la cama. Que es atrevida, valiente, que no le incomoda sucumbir a sus deseos. Que sus fetiches casan a la perfección con los míos.

Cierro los ojos y le pido a mi cuerpo que se calme. Es una batalla perdida, igual que la de no enamorarme de ella. Se va a marchar. De todas maneras, iba a acabar marchándose. Odia la vida aquí, y jamás me aprovecharía de su confianza para convencerla de que se quede. Es más, estar conmigo le conllevaría implicarse de lleno justo en las cosas que menos le gustan de esta ciudad. Sería el blanco de las críticas. Ni siquiera yo podría protegerla de eso. Puedo mantenerla a salvo físicamente, pero los ataques a su reputación... A la reputación de su hermana...

¿Cómo podría mantenerlas al margen de los juegos políticos que son precisamente la esencia de Olimpo? Cada día conmigo le supondría un recordatorio del precio que sus padres pagaron por su ambición. Cada día mis enemigos tendrían la oportunidad de usar a Casandra y a su hermana para hacerme daño.

No puedo pedirle eso. No puedo ser así de egoísta.

Me niego a serlo.

Me despierto con una erección dolorosísima. Hemos cambiado de postura durante la noche, pero no mucho. Sigo acostado de lado, abrazando a Casandra contra mí, su perfecto trasero contra mi entrepierna. Se mueve un poco y me espabilo del todo.

—Estás haciéndolo a propósito.

—¿Quién, yo?

Sería tan fácil dejar que esto se salga de control... De hecho... Miro el reloj y me trago una proposición indecente cuando veo la hora que es.

—No podemos.

—No podemos ¿qué? —Casandra me pasa las uñas suavemente por los brazos y se acurruca más contra mi cuerpo—. Se está bien aquí.

«Bien» es quedarse corto. Pero si seguimos por este camino, sospecho que nos perderemos el desayuno y todos los eventos que sin duda Minos tiene planeados para hoy. No podemos permitírnoslo, por muy tentadora que sea la idea.

—Casandra...

Ella suspira de forma exagerada.

—Estás siendo muy responsable, no me gusta.

—A mí me gusta esto —replico, la abrazo con fuerza y le doy un beso en la espalda desnuda—. Pórtate muy bien hoy y te lo compensaré esta noche.

La aparición del Minotauro anoche no hizo sino dejar

claro que las exploraciones nocturnas quedan descartadas. Era necesario deshacerse de las cámaras, pero, ahora que nada puede quedar registrado, no hay garantías de que no le pueda pasar «algo» a quien deambule por los pasillos de noche. No vale la pena arriesgarse.

Tendremos que encontrar otro modo. Procuro no regodearme en el hecho de que, a efectos prácticos, Casandra y yo estaremos encerrados en la habitación desde la hora de acostarse hasta la hora del desayuno.

—Nunca me porto bien. Pero considero que sigo mereciéndome la recompensa. —Se contonea una última vez contra mi cuerpo y después se zafa de mi abrazo.

Estoy a punto de jalarla de nuevo, pero soy yo quien le ha puesto fin a esto y no puedo retractarme ahora.

Solo que, cuando sale de la cama y la veo caminar de puntitas hacia la puerta del baño, se me hace la boca agua. Dioses, qué mujer. Sigo con la mirada cada curva de su cuerpo, recreándome en su imagen. Es absolutamente perfecta. Quiero recorrer cada centímetro de su piel con las manos y la boca, descubrir qué le gusta y qué hace que se vuelva loca. Lo de anoche fue solo el principio.

Mientras la observo, su piel adquiere un adorable tono rosado.

—No me quitas los ojos de encima.

—Ya te dije que quería poder mirarte entera. —Me relamo, para mi vergüenza—. Solo estoy cumpliendo mi palabra.

Se sonroja aún más.

—Ordéname que vaya a darme un baño y a prepararme, porque si no voy a volver a la cama y...

—Ve a darte un baño y prepárate —digo con un tono intencionalmente severo, y me veo recompensado por un rojo aún más intenso en su piel—. Y que no se te ocurra tocarte. Mientras estemos aquí, tus orgasmos me pertenecen.

Mueve la boca como si quisiera replicar, pero en su lugar asiente con la cabeza.

—Más te vale complacerme, entonces.

—Ay, Casandra... —La miro de arriba abajo—. Cuenta con ello.

Ella vacila un instante. Luego se gira, dejándome una vista espectacular de su trasero, y se mete en el cuarto de baño. Yo me dejo caer en la cama y me maldigo por que esté ocurriendo esto justo ahora. Tengo una responsabilidad con Olimpo, lo cual debería pesar más que cualquier tipo de satisfacción personal. Sobre todo teniendo en cuenta lo efímera que va a ser con esta mujer.

No puedo permitirme perder ese detalle de vista.

Debo levantarme y ponerme en marcha, pero, cuando oigo el agua de la regadera, no puedo evitar tocarme. No me ando con rodeos, como Casandra anoche. No, me masturbo casi con brusquedad, recreándome mentalmente en los recuerdos de ayer.

Estar entre sus muslos, hundirme en su calor húmedo.

Los gemiditos que no se esforzaba por reprimir.

Su sabor.

Aparto la mano antes de llegar a venirme. No suele gustarme el masoquismo, pero, si le estoy prohibiendo correrse por su cuenta, sería tremendamente injusto no acatar la misma regla.

Suena el teléfono de repente y, en cuanto veo el nombre en la pantalla, se me corta la inspiración del todo. Aun así, me lleva unos segundos recomponerme antes de responder.

—¿Sí?

—¿Puedes hablar?

Echo un vistazo a la puerta del baño. Todavía se oye la regadera. Teniendo en cuenta lo que tardó ayer, aún queda una hora hasta que Casandra salga.

—Sí —contesto.

—Ponme al día. —No me sorprende que Zeus quiera estar informado, pero podía haberme dado al menos veinticuatro horas antes de llamar.

—No he tenido demasiado tiempo para recabar información.

—Cuéntame —insiste, y el tono de su voz no admite réplicas.

Contengo un suspiro.

—No tengo más que teorías y la lista de invitados. Están Minos y los suyos, por supuesto. Seis miembros de los Trece: Hefesto, Artemisa, Hermes, Dionisio, Afrodita y yo. Luego están Pan, Adonis, Caronte, Eurídice y Atalanta. No queda claro si Hermes iba a venir con acompañante o no, pero, si fuera así, no ha aparecido.

—Por el amor de los dioses, Eris... —murmura.

Yo decido no responder. Al fin y al cabo, la frase no es mí, sino por su hermana, antiguamente conocida como Eris, hasta que se hizo con el título de Afrodita. Pero Zeus no deja que su presencia en la fiesta lo distraiga más tiempo.

—¿Y las teorías?

—Casandra cree que pretende casar a sus hijos. Todos los invitados están solteros, o lo estaban hasta hace poco. No sé qué hay entre Afrodita y Adonis. Parece una de esas relaciones en las que se dejan y vuelven una y otra vez, pero nunca han hecho nada público. A veces se les ve juntos durante varias semanas o incluso meses y luego se mueven en diferentes círculos un tiempo, hasta que se juntan de nuevo y vuelta a empezar. Aunque ella, incluso antes de ser Afrodita, debería saber que su hermano jamás aceptaría que se casara con Adonis. Él viene de una de las familias originales, pero están demasiado abajo en la pirámide de poder como para que nadie de la estirpe pueda llegar a formar parte de los Trece, al menos en esta generación, por no decir nunca.

—No te pregunté qué piensa Casandra. Quiero saber qué piensas tú.

Me esfuerzo por no indignarme ante su tono desdeñoso respecto a la teoría de Casandra; yo creo que hay otro motivo para reunirnos en esta fiesta, pero eso no significa que ella esté equivocada. Minos es demasiado inteligente para tener solo un plan. Vino a Olimpo bajo el pretexto de que sus hijos compitieran para ser Ares, pero cuando fracasaron en el intento no tardó ni un segundo en pasar a negociar con la información sobre un supuesto enemigo para asegurarse una posición de importancia en la ciudad. Algo de lo que no había dicho una palabra hasta que perdieron.

—Yo creo que lo de casar a sus hijos es un ardid, igual que lo del torneo de Ares. —Vacilo un segundo, pero no tiene sentido ocultarlo—. Hay otra cosa más. —Le resumo brevemente la conversación con Minos en su estudio—. Y no solo eso. Tiene una extraña obsesión con Casandra, y prácticamente la amenazó de forma explícita. Y anoche el Minotauro hizo lo mismo. No sé qué conexión puede tener esto con lo que ya sabemos.

—Averígualo.

Aprieto la mandíbula unos segundos en un intento por mantener a raya la frustración. No es culpa de Zeus. Es una persona complicada y habla de un modo cortante rayado en la mala educación, pero hace cuanto puede. Solo que saber eso no implica que resulte más sencillo tratar con él.

—Eso es lo que vine a hacer.

—Soy consciente. —Maldice entre dientes—. Ya sabes lo importante que es esto. No podemos permitirnos dar un paso en falso.

—Te llamaré cuando tenga novedades.

—Apolo... —Vacila un momento—. Ten cuidado.

—Siempre lo tengo. —Cuelgo y me paso la mano por la cara. Por muy frustrante que me resulte en ocasiones hablar con Zeus, esta conversación me sirvió para recordar lo qué he venido a hacer.

Por desgracia, seducir a Casandra va a tener que esperar.

Sigo oyendo la regadera, así que me visto y bajo a buscar algo para desayunar. Si comemos en la habitación, tendremos la oportunidad de elaborar un plan para hoy más allá de hacer que Casandra se venga el máximo de veces posible.

Apuesto algo a que hay otra forma de entrar al despacho de Minos. Al fin y al cabo, esta casa pertenecía a Hermes. Pero eso también implica que, de haberla, debe de estar bien oculta, y, con el Minotauro patrullando por los pasillos, es bastante probable que nos atrapen buscándola. No, lo mejor sería entrar por la puerta principal, aunque no tenemos una buena excusa para hacerlo, por mucho que nos guste la idea de que puedan sorprendernos.

Sea como sea, tenemos que intentar entrar en el estudio hoy durante alguno de los descansos.

Hay poca gente fuera. Diviso a Afrodita y Adonis por la ventana que da a los jardines. Están caminando por el sendero que conduce al laberinto con los brazos entrelazados. Ella se ríe de algo que él ha dicho. Hacen muy buena pareja, la verdad, pero no tengo tiempo para fijarme en ellos ahora mismo.

Como nos prometieron, hay un bufet de desayuno dispuesto en la misma estancia donde cenamos anoche. Barajo las distintas opciones y tomo un par de platos. Casandra no parece de las que desayunan fuerte, pero no estoy del todo seguro de qué le gusta. Pongo un poco de todo en su plato y luego preparo el mío.

Justo estoy terminando cuando Hefesto y Artemisa entran en la sala. Ambos se me quedan mirando unos segundos y después rodean la mesa para colocarse al otro lado de donde estoy, retomando su conversación e ignorándome intencionadamente.

Contengo un suspiro. Sería una ingenuidad pretender que todos los miembros de los Trece nos llevemos bien y trabajemos sin problemas en pos de un objetivo común. Creo que los propios títulos están diseñados justo para que eso no pase; o al menos esa es la sensación que da la mayor parte de los días. Muchos de ellos comparten algunas especialidades, lo cual instiga rivalidades incluso en las personas más juiciosas. Atenea y Ares, las fuerzas militares. Hermes y yo, la información. Deméter y Poseidón, los acuerdos de comercio y el abastecimiento.

Incluso sin tener en cuenta ese factor, hay desavenencias profundas entre los actuales Trece. ¿Cómo no va a haberlas, si la mayoría de nosotros venimos de familias originales con largas historias de alianzas, contiendas y traiciones políticas que aseguran que sea imposible confiar en nadie?

—Ay, Apolo. —Artemisa se gira hacia mí con una falsa alegría—. Se me había olvidado darte la enhorabuena por esa novia que tienes. —Suelta una risa afilada—. Aunque, a decir verdad, de haber sabido que estabas tan desesperado como para acabar con una... sirvienta, te habría juntado con una de mis hermanas.

Hefesto no me da opción a contestar. Se une a la carcajada de su prima.

—No sería más que un pequeño escándalo si fuera solo una empleada, pero ¿alguien de la familia Gataki? —Niega con la cabeza—. Debe de gustarte el riesgo. Si te despiertas con un cuchillo en las costillas es responsabilidad tuya.

Agarro los platos con tal fuerza que por un momento pienso que podría hacerlos añicos. El deseo de defender a Casandra entra en conflicto con la eterna necesidad de mantener las apariencias en público.

—Casandra no es como sus padres —digo al fin.

—Supongo que lo descubriremos en algún momento, ¿verdad?

Me niego a continuar esta conversación.

—¿Dónde está Atalanta? —pregunto para cambiar de tema.

Ellos intercambian una mirada que no soy capaz de descifrar. Frunzo el ceño, pero Artemisa habla antes de que pueda hacer más preguntas. Hace un gesto despreocupado con la mano.

—Ah, le encargué una tarea anoche. Debe de seguir durmiendo; no la he visto desde entonces.

—Le encargaste una tarea... en plena noche... en medio de una fiesta en casa de una persona que aún está por ver si es enemigo o no de Olimpo.

La voz áspera del Minotauro resuena en mi mente: «No puedo garantizar tu seguridad». ¿Se encontraría a Atalanta en los pasillos?

No me gusta nada esa idea. Como todos los ciudadanos de Olimpo, vi su enfrentamiento al final de la segunda prueba en el torneo de Ares. Ella peleó bien y aun así perdió, y por un momento estuve seguro de que el Minotauro iba a matarla ahí mismo.

—El Minotauro... —empiezo a decir.

—Gracias por preocuparte por uno de los míos —me interrumpe Artemisa—, pero te aseguro que no es necesario. —Sonríe con suficiencia y se va de la sala antes de que se me ocurra una respuesta apropiada.

Hefesto, por supuesto, sigue aquí. Echa una ojeada a los platos que tengo en las manos.

—No estás jugando bien tus cartas. Si apuestas por el caballo perdedor, te hundirás con él.

Le sostengo la mirada.

—¿Seguro que Atalanta está bien, Hefesto? ¿Por qué a Artemisa no le preocupa no haber vuelto a saber nada de ella?

—No es asunto mío. —Se encoge de hombros—. Solo sé que conoce el precio de la lealtad, y que está dispuesta a pagarlo si se le pide que lo haga. Una lección que tú también deberías aprender. Minos es carne fresca. Una oportunidad de dejar atrás ciertas formas de hacer las cosas.

—Tu familia ha prosperado gracias a esas formas de hacer las cosas. La mía también.

—Ya. —Hace un gesto de despreocupación—. Pero somos los Trece. Ahora somos intocables.

—Hefesto...

—Puede que este Zeus confíe en ti, pero todos sabemos lo rápido que puede cambiar la situación. ¿Quién sabe qué oportunidades y conexiones puede traernos Minos de fuera de la ciudad? Si quieres dejarlas pasar por estar tonteando con la hija de un par de asesinos inútiles, pues no sé qué decirte. Buena suerte, supongo. —Y, con esto, se marcha detrás de su prima.

«Ahora somos intocables.»

Esas palabras suenan a profecía, pero a profecía fallida. Solo espero equivocarme.

CASANDRA

Pensaba que iba a ser más incómodo, pero debería haberme imaginado que con Apolo no sería así. Desayunamos juntos y después él se prepara en una décima parte del tiempo que tardo yo. Hoy elijo la ropa con cuidado: uno de los vestidos engañosamente sencillos de Juliette y un par de zapatos planos. Si el laberinto sirve de ejemplo de los «juegos» que nos esperan esta semana, voy a abstenerme de los tacones... por ahora. No tengo problemas con llevarlos todo el día en la oficina, pero es que me paso la mayor parte de la jornada sentada.

Apolo se fija en mi elección de calzado, pero no hace ningún comentario. Se limita a abrirme la puerta y a animarme a pasar por delante de él.

—Dentro de poco será la hora de comer —anota—. Vamos a ver quién anda por ahí. Quizá ya haya vuelto Atalanta.

—Eso espero. —No me gusta que Artemisa haya dicho que no la había visto desde anoche, aunque, a juzgar por la nefasta relación que tienen Apolo y ella, no me extrañaría que le estuviera tomando el pelo. No lo sabremos hasta que se confirme si Atalanta está desaparecida.

De ser así... Ya serían dos acompañantes desaparecidos. Bueno, eso si el de Hermes hubiera llegado a aparecer. No tenemos mucha información al respecto; deberíamos intentar conseguirla hoy.

Si fuera así, significaría que Minos va detrás de los acompañantes de los Trece... Pero ¿por qué?

No tiene sentido.

Deslizo la mano por el brazo de Apolo y recorro con él el pasillo hacia las escaleras. Damos un rodeo para ir al comedor, para poder explorar una parte de la planta baja que no pudimos ver ayer.

La casa es por demás increíble. Incluso con los cambios que ha hecho Minos, sigue siendo muy... Hermes. Me resulta bastante agridulce ese pensamiento. Nunca me trajo aquí. Ni siquiera me lo propuso. No la culpo por ello; pusimos unos límites muy claros en nuestra relación cuando empezamos a salir: no iba a ser para siempre, no iba a ser pública siquiera. Muy pocas personas en Olimpo están al tanto de que ocurrió, y así es como lo preferimos. Puede que Hermes sea bastante excéntrica para los estándares de los Trece, pero también es muy celosa de su privacidad. La mayoría de la gente no se da cuenta; les causa demasiada impresión el hecho de que aparezca en cualquier parte cuando menos se lo esperan como para prestar atención a eso.

En nuestro paseo vemos una biblioteca inmensa, tres salas más que quizá fueran cuartos de perversión en su momento y una terraza acristalada que te invita a pasar espléndidas tardes ociosas en ella.

Nos encontramos a Hermes repantingada en un sillón, con una pierna encima del brazo del asiento, en la estancia que hay justo al lado del comedor. Hoy se ha contenido un poco con su vestuario: lleva unos *jeans* y una camiseta estampada tan grande que sospecho que pertenece a Dionisio, y tiene el pelo rizado recogido en dos moños en lo alto de la cabeza. Destaca entre todos los demás asistentes, engalanados con sus mejores ropas de día.

Claro que Hermes siempre llama la atención.

Se pone en pie de un salto en cuanto nos ve, y casi tira a Dionisio del taburete de diseño en el que está sentado. Él tiene mala cara, evidentemente fruto de la resaca, y parpadea hacia ella un par de veces con ojos somnolientos.

—Estás muy vivaracha hoy, ¿no?

—Tengo que ir al baño de chicas —le suelta ella, y atraviesa la estancia pasando de alguna manera entre nosotros de camino a la puerta. Me esperaba algo así, pero de todos modos me sorprendo un poco cuando veo que ya no voy tomada del brazo de Apolo, sino del suyo. Ella le dedica una sonrisa radiante—. Espero que no te importe que te robe a tu chica. Reglas de la casa. Una no puede ir a mear sola.

No tengo ni idea de qué pretende decir Apolo cuando hace el amago de protestar, porque Hermes no se detiene ni un instante mientras me saca a rastras de la sala.

—Hermes... —empiezo.

—Calla. —En ningún momento flaquea la interpretación del personaje alegre que aparenta ser de cara al público, pero percibo en su voz un matiz que conozco bien.

Prácticamente me arrastra a una puerta que hay pasado el baño, que conduce a otra sala. Esta se halla decorada con sencillez, con una paleta de colores neutra y mobiliario elegante que parece que pudiera romperse bajo el peso de una persona normal.

Echo un vistazo alrededor de la estancia.

—¿Otro cuarto de perversión reconvertido?

—Ni confirmo ni desmiento —dice con una media sonrisa, pero luego, cuando me mira, su expresión es seria—. Al menos Apolo ha hecho algo bien encargándose de las cámaras para que podamos hablar abiertamente. —Me agarra de los hombros—. Tienes que irte, Cass.

—¿Cómo?

Me sostiene la mirada.

—Tienes que marcharte de aquí.

—Te oí bien la primera vez. No te estaba pidiendo que me lo repitieras, sino que me lo explicaras. —Dejo que me tome del brazo y me lleve al fondo de la habitación. No puedo permitirme ser sincera ahora mismo, ni siquiera con ella—. A mi novio no le va a hacer ninguna gracia que me eches así.

—Tu novio. Ya. —Pone los ojos en blanco—. Las dos sabemos que jamás te dejarías ver en público con uno de los Trece, ni aunque Apolo sea un angelito en comparación con los demás.

Debería haberme imaginado que esto pasaría. El resto de Olimpo está dispuesto a creer lo peor de mí, pero Hermes me conoce demasiado bien. Alzo la barbilla.

—Me gusta mucho.

—Ah, eso no lo dudo. —Esboza una pequeña sonrisa

y se le enternecen los ojos—. Veo cómo lo miras. A mí también me mirabas así.

Me siento tan expuesta que me dan ganas de salir corriendo de la habitación y no volver jamás. Sé perfectamente lo fácil que es acabar dando vueltas en círculos cuando discutes con Hermes, sobre todo si se le ha metido algo entre ceja y ceja. Aunque yo soy igual de terca que ella.

—Si has visto cómo lo miro, ¿por qué te cuesta tanto creer que estamos juntos? No te tomaba por una persona celosa.

—Te conozco, Cass. —Hace un gesto de desdén con la mano y añade—: Y no estoy celosa, aunque es cierto que estás tremenda. Pero no estás hecha para estar conmigo. No se trata de eso. Tienes que irte; no estás a salvo aquí.

—No estoy a salvo en ninguna parte de Olimpo.

Por eso estoy aquí: porque necesito sacar a Alejandra de este lugar. No me hace falta explicárselo a Hermes. Ya sabe que mi objetivo es marcharme de esta maldita ciudad para no volver. Y es probable que esté al corriente del plan de Zeus y Apolo para averiguar qué se trae Minos entre manos.

De hecho, ahora que lo pienso, toda esta interacción es algo extraña. La Hermes que yo conozco jamás me habría llevado a un aparte así. Amusgo los ojos.

—¿Qué está pasando? Nunca me has hecho una advertencia como esta.

—No me habrías hecho caso si lo hubiera intentado, y lo sabes. —Hace lo posible por seguir con su máscara de persona alegre, pero en algún punto se rinde. Aparta la vista un segundo y luego vuelve a mirarme.

La amistad que desarrollamos tras nuestra relación condenada al fracaso puede ser turbulenta por momentos, en ocasiones incluso incómoda, pero no parece que ese sea el problema ahora. No es que a Hermes le esté dando un ataque de celos, ni nada por el estilo. Está preocupada de verdad.

—Hermes...

—Si en algún momento has confiado en mí, tienes que hacerlo también ahora. Lárgate de aquí.

Frunzo el ceño más aún.

—Si tan peligroso es, ¿tú por qué te quedas? ¿Y Dionisio? De hecho, ¿dónde está tu acompañante?

Hermes a veces es cruel y despiadada, pero jamás pondría en peligro a las pocas personas que le importan.

De ahí esta conversación.

—Ah, Tique regresó a casa enferma al poco de llegar. Le había sentado mal la comida o algo así. —Lo dice como si no le importara que lo crea o no—. Y Dionisio puede cuidar de sí mismo.

«Claro, y yo no.» Trato de ignorar la punzada de humillación y centrarme en reunir toda la información posible.

—Según Artemisa, Atalanta ha desaparecido también. ¿Tienes alguna confirmación de que Tique ha llegado sana y salva a la ciudad?

—Me gustaría tener una confirmación de que tú vas a volver sana y salva a la ciudad.

Qué forma tan cutre de desviar la pregunta. No me voy a ir, pero si Hermes estuviera dispuesta a compartir conmigo lo que sabe, eso nos daría cierta ventaja.

—Si no eres capaz de ser sincera, ¿cómo puedes pretender que me vaya?

Maldice entre dientes.

—Carajo, eres tan necia...

—Le dijo la sartén al cazo. —Le sostengo la mirada—. Si sabes algo sobre los planes de Minos respecto a Olimpo, deberías contárselo al grupo.

—¿Desde cuándo te importan los rollos políticos? —Pone los ojos en blanco—. Dioses, Zeus podría haber elegido a cualquier otra persona mejor preparada para esto, pero ha dejado que Apolo tome las decisiones con la verga y ahora por su culpa estás en peligro. ¿Qué más da por qué te lo esté pidiendo? Si confías en mí, si alguna vez has confiado en mí, vete, Cass.

Doy un paso atrás y me paso el pelo por detrás de las orejas. Si estuviera aquí por cualquier otra razón, que Hermes me pida que me vaya sería motivo más que de sobra para obedecerla. Un sentimiento de frustración aflora en mi interior.

—¿Por qué Minos va detrás de los acompañantes? —aventuro a preguntar.

—¿Por qué no te vas? —Sacude la cabeza despacio—. ¿Es por el dinero? Márchate hoy mismo y te pagaré lo que sea que se te haya prometido en ese pacto con el diablo que te hizo firmar nuestro insensato líder.

Dioses, sí que quiere que me vaya de esta casa. Por un segundo me siento tentada a aceptar su oferta. No le falta razón: odio estar aquí, participando en estos jueguecitos políticos con gente a la que desprecio. Pero Apolo...

Apolo.

Intento centrarme, analizar lo que dijo y lo que no ha dicho. Si hay algún peligro, no nos afecta solo a mí y al resto de los acompañantes, porque, si no, no habría dicho que Dioniso puede cuidar de sí mismo.

—Hermes. —Empiezo a alargar la mano hacia ella, pero me detengo a medio camino y la dejo caer—. ¿Va a salir alguien herido de aquí? ¿Hay alguien herido ya?

—Ni confirmo ni desmiento. —Las palabras casan con ella, con su habitual personalidad guasona, pero su tono de voz apagado hace que suenen agridulces—. Un gran poder conlleva un gran riesgo. Todo el mundo en esta fiesta lo sabe. Salvo tú, al parecer.

—No es así la frase —murmuro, con la cabeza yéndome a mil—. Minos no se atrevería a atacar a nadie aquí, no con las conexiones que tienen todos los invitados. Zeus lo haría picadillo. —A decir verdad, soy la única que no cuenta con ese tipo de enchufe con la gente poderosa de la ciudad. Incluso Pan está aliado con personas importantes.

Durante un segundo parece como si fuera a proporcionarme información útil, pero entonces sacude la cabeza.

—Sabes que me importas, Casandra.

Maldita sea. Esta conversación va a ir por el mismo camino que tantas otras, aunque normalmente hay mucho menos en juego. Chismorrear y beber y escaparse a restaurantes escondidos que nadie conoce no suele ser motivo de advertencias de este tipo. Pero, con independencia de eso, nunca he dudado que le importo tanto como ella me importa a mí.

—Sí, lo sé.

Ella suspira.

—Esto no está saliendo en absoluto como esperaba que saliera.

Suelto una risita ahogada.

—Bueno, nuestras conversaciones nunca suelen ir por donde me imagino, la verdad. —Es una forma de honrar nuestro pasado y nuestra amistad que haya intentado advertirme. Trato de esbozar una sonrisa—. Agradezco tu preocupación, pero lo tengo todo bajo control. —O eso espero.

Por un momento da la impresión de que pretende seguir discutiendo. En su lugar, suelta otro de esos suspiros hastiados y su habitual alegría brilla por su ausencia.

—Al menos prométeme que vas a tener cuidado.

Es una promesa fácil de hacer, a pesar de mi trato con Zeus. No tengo intención de ponerme en peligro. El dinero y una vía de escape suenan genial en la teoría, pero no puedo proteger a mi hermana si me muero. De ninguna manera voy a sacrificar mi vida por esta ciudad. La sola idea me resulta absurda. Hermes sería consciente de ello si pensara con claridad. El hecho de que no parezca hacerlo me preocupa.

Asiento despacio.

—Te prometo que no me voy a exponer a ningún riesgo innecesario. —La promesa suena vacía y deja mucho que desear; si no se equivoca, me encuentro en peligro por el simple hecho de estar aquí.

Ella sacude la cabeza una última vez.

—Si acabas muerta por culpa del plan de Apolo y Zeus, los mato a ambos con mis propias manos. —Sigue sin aparecer ni un asomo de su acostumbrado júbilo.

Esta es la Hermes que me robó el corazón hace tantos años. Me encantaba su astucia y su habilidad para meterse en problemas y para salir de ellos con un par de palabras. Pero, como se suele decir, los dioses los crían y ellos se juntan.

Por dentro está tan triste y afligida como yo.

Siempre hemos tenido objetivos distintos, eso sí. Ese es el motivo por el que era imposible que lo nuestro saliera bien. Yo siempre he querido irme de Olimpo, y Hermes... Bueno, nunca ha confiado en mí lo suficiente para decirme qué es lo que quiere exactamente.

Es posible que sus motivaciones sean parecidas a las de Apolo, en el sentido de que solo quiere lo mejor para Olimpo, pero no estoy segura. Hermes siempre ha jugado en una liga aparte. Ninguno de los Trece es consciente de hasta dónde es capaz de llegar. Lo único que ven es a una ladrona traviesa y atolondrada que aparece donde no la han invitado y roba cosas por el placer de reírse. No ven esta mirada que veo yo ahora.

La de una persona que estaría dispuesta a matar para conseguir sus objetivos. Algo quc, siendo sincera, estoy convencida que ya ha hecho, aunque nunca hemos hablado de ello.

No soy lo bastante ingenua como para creer que mataría por mí, con independencia de que sea mi ex o mi amiga. O al menos antes no lo creía. Quizá debería dejarlo pasar, pero, si hay una mínima oportunidad de que deje caer alguna información útil, tengo que intentarlo.

—¿Qué haces aquí, Hermes? Si hay tanto peligro y están pasando tantas cosas de las que yo no estoy al tanto... ¿Para qué has venido a la fiesta? —Me cruzo de brazos—. Sé que no es para que Minos te junte con uno de sus hijos —aventuro de nuevo. A estas alturas, no puedo hacer más que arriesgarme con conjeturas.

Ella se echa a reír, y por fin vuelve ese tono divertido a su voz.

—¿Cómo voy a casarme con uno de sus hijos? —Suelta otra carcajada—. ¿Los has visto? Ariadna no está mal, pero ¿los hijos? Ni de broma. Los destrozaría a los pobres.

A Ícaro probablemente sí, pero a los otros no sé yo... Tanto Teseo como el Minotauro le sacan bastante más de una cabeza y no tienen ningún problema en recurrir a la violencia en pos de sus metas. No estoy del todo segura de que Hermes pueda con ellos. Al menos no en una pelea justa. Claro que dudo mucho que Hermes haya estado en una pelea justa ni una sola vez en su vida. Así que, de hecho, si fuera uno de esos dos, me guardaría las espaldas cuando ella estuviera cerca.

Aun así...

—No has respondido a mi pregunta.

Su sonrisa se torna apenada.

—Tú sabes mejor que nadie que por muchas preguntas que hagas, hay respuestas que no te puedo dar.

Es cierto, podría haberme ahorrado saliva. Hermes no le cuenta a nadie sus secretos, ni siquiera a la gente que más le importa. Pero, bueno, tenía que intentarlo.

—Siempre he procurado respetar tu privacidad. Ahora necesito que tú respetes la mía.

Otra carcajada alegre.

—Ay, Cass, sabes que no respeto la privacidad de nadie —dice, pero al instante se pone seria—. Pero voy a intentarlo. Por esta vez.

Apolo técnicamente se dedica a gestionar y custodiar la información, pero Hermes custodia más secretos de los que puedo empezar a imaginarme. Aun así, nuestra historia hace que las palabras broten de mis labios, palabras que sé que sería mejor no pronunciar. Puede que ya sepa que he hecho algún tipo de trato con Zeus, pero no puedo evitar contarle por qué.

—Voy a irme. Con Alejandra. Nos vamos las dos, esta vez de verdad, a empezar una nueva vida en algún lugar donde nadie conozca nuestra historia.

Su sonrisa se desvanece por completo.

—Me alegro por ti, Casandra. De verdad. —Alarga el brazo y me toma la mano—. Pero no voy a fingir que no te voy a extrañar.

Más allá de lo que opine de la gran ciudad, más allá de lo que opine de los Trece en general, mi relación con Hermes siempre ha sido una luz en medio de la oscuridad. Nunca constante, pero brillante al fin y al cabo.

—Yo también te voy a extrañar.

No hay nada más que decir después de eso.

Volvemos a la sala donde todo el mundo se ha reunido. Apolo me mira con un gesto preocupado, y percibo un atisbo de sospecha en sus ojos oscuros. ¿Sospecha... o celos? Por poco me tropiezo. No puede ser que esté celoso de Hermes, ¿no? Da igual el pasado que tengamos; por algo es pasado. Por no hablar de que lo que tengo con Apolo ahora, por muy real que sea la parte del sexo, es temporal. Nuestra relación es falsa. Puro teatro.

Odio tener que recordármelo tan a menudo, pero es necesario para evitar acorralarme de una manera de la que no me pueda recuperar. Como acabo de contarle a Hermes hace treinta segundos, me voy de Olimpo en menos de una semana. Nadie va a hacerme cambiar de opinión al respecto.

Si se tratara solo de mí...

Pero no se trata solo de mí, sino también de Alejandra. Y, si bien nuestros padres fueron tan egoístas como para no tener en cuenta a sus hijas cuando intentaron asesinar a Atenea, yo no pienso cometer el mismo error. Me niego a poner a mi hermana y su futuro en peligro.

Desde luego no por algo tan mundano como el sexo.

Incluso mientras me acerco a Apolo y deslizo la mano por el hueco de su brazo, me siento como una impostora. Porque lo cierto es que no es solo sexo. Si fuera así, todo sería mucho más fácil. Si no lleváramos cinco años trabajando juntos, cinco años sabiendo lo amable y considerado que es, cinco años en los que me ha cuidado tanto como le he permitido.

Ahora que sé que cuidaría de mí tanto en la cama como fuera de ella... Sacudo la cabeza. No importa. No voy a dejar que importe. Nada va a apartarme de mi camino.

Por mucho que duela al final.

APOLO

A Casandra le pasa algo. No sé si su conversación con Hermes ha hecho que dude de si debe estar aquí, si es que esta intentó reavivar la llama de lo que tuvieron o si el problema es otro totalmente distinto.

Con Hermes, nunca se puede estar seguro de nada.

No tengo derecho a ponerme celoso, lo sé. Soy consciente de ello, por mucho que me frustre. Aunque hayamos llegado a un acuerdo para mantener relaciones íntimas, Casandra no me pertenece. Y, de todos modos, es normal que tenga un pasado. No es justo este horrible sentimiento en las entrañas cada vez que la veo con Hermes. Nunca he sido celoso ni me han preocupado los ex de mis parejas. Habían elegido estar conmigo y eso me bastaba. Al fin y al cabo, yo también tengo mi pasado.

Pero con Casandra es diferente. Los sentimientos son reales. La atracción es más que real. Pero nuestra relación es tan sólida como una niebla, y eso es lo que me perturba.

No puedo preguntarle de qué han hablado, porque estamos en una sala con todos los invitados de Minos. Tenemos que mantener las apariencias, algo que sería mucho más sencillo si fuera capaz de concentrarme.

A mi pesar, me resulta imposible no mirarla, y la veo con el entrecejo fruncido y tensión en los hombros. Está, como siempre, absolutamente preciosa. Su vestido de hoy es negro con un estampado algo caótico que no acabo de entender. Tiene un escote insinuante que provoca que se me haga agua la boca, pues se ciñe a la perfección a su voluptuosa figura. El propio vestido me recuerda a ella.

Guarda tantos secretos como Hermes.

Me di cuenta al poco tiempo de contratarla de que había una enorme parte de ella a la que no tenía acceso. Me he cuidado mucho de no husmear en su vida, de respetar su privacidad, pero tengo este puesto en la estructura de poder de Olimpo por algo. Al principio, la tentación de ahondar en la información y descubrir todo lo que pudiera sobre ella me resultaba casi insoportable. En su lugar, hice una somera revisión de antecedentes y me consolé con el pensamiento de que sabía todo lo que hacía falta para intuir si era una potencial amenaza o un valioso recurso. Puede que no conozca sus secretos más íntimos o su forma de pensar, pero sé lo suficiente.

—¿Todo bien? —pregunto con suavidad. Una pregunta perfectamente normal de un novio perfectamente normal que no está teniendo en absoluto un ataque de nervios por el hecho de que la ex de su novia falsa, la única persona que siempre le ha superado en todo, esté aquí al lado.

Me dedica una breve mirada de preocupación y esboza una media sonrisa.

—Claro, todo perfecto.

Mentira. Ni siquiera intentó ocultarlo; me lo tomaré como un halago: se habrá imaginado que no me iba a engañar si intentaba tranquilizarme. No sé si eso me consuela o inquieta aún más. Sea como sea, no tengo ocasión de pensar en ello, porque Minos elige ese momento para entrar en la sala, precedido de su bulliciosa energía.

—¡Buenas tardes! —exclama—. Espero que hayan dormido bien. —Su mirada nos encuentra a Casandra y a mí y se mantiene en nosotros un segundo de más.

No me gusta, sobre todo después de su amenaza velada y de la otra más explícita del Minotauro.

Minos abre los brazos y dedica una sonrisa encantadora a todos los invitados. Tiene el mismo carisma que el anterior Zeus, por lo que capta la atención incluso de los más apáticos de los invitados. Lo veo en la manera en que Afrodita deja su copa a un lado y Dionisio se las arregla para abrir del todo los ojos y centrarlos en nuestro anfitrión.

—Tengo otro juego preparado. Estoy entusiasmado por esta audiencia tan generosa. —Se ríe—. No lo tomen a mal, soy un poco sensible.

Todo el mundo se ríe educadamente con él, algunos de forma más genuina que otros. Casandra no se molesta en imitarlos, y yo tampoco. Estos juegos parecen un intento de Minos de atraernos a su órbita. Cada vez que accedemos a seguirle el juego, más control tiene sobre nosotros. Es un modo de hacerse un hueco en nuestro interior.

Rodea la estancia y se detiene ante la chimenea.

—Esta tarde... —Se interrumpe, y todas y cada una de las personas en la sala se inclinan ligeramente hacia él, expectantes—. Esta tarde vamos a jugar al escondite.

Se oye un coro de quejidos tanto vagos como divertidos entre la concurrencia. Quiere que juguemos a un juego infantil. Sumado al laberinto de anoche, parece como si en realidad quisiera recrear las fiestas que se hacían antiguamente en los caserones de los nobles.

La ciudad de Olimpo tiende a desentonar un poco con la época. Somos capaces más que de sobra de seguir el ritmo a los avances tecnológicos del mundo de más allá, y Poseidón y sus predecesores han hecho un buen trabajo a la hora de procurarnos cualquier recurso que pudiéramos necesitar. Pero nuestras normas y nuestras leyes son solo nuestras, igual que nuestras costumbres.

Aun así, incluso en esta ciudad, este tipo de evento está fuera de lugar. Sacudo la cabeza. La tentación de creer que Minos no es más que lo que aparenta ser —un señor mayor autocomplaciente con más dinero que sentido común— es fuerte, pero no caigo en ella.

Se le da bien esto.

Afrodita trastea con un mechón de su pelo oscuro.

—¿Y si preferimos pasar de los jueguecitos que tienes planeados? Este en concreto suena aburridísimo.

Como no le quito el ojo de encima a Minos, me doy cuenta de que tensa la mandíbula un instante antes de girarse hacia ella.

—Me temo que la participación es obligatoria para todos los invitados. Si quieres rescindir tu asistencia a la fiesta, no tengo problemas con disponerte un vehículo.

Ella alza una ceja.

—Entiendo. —Echa un vistazo a Adonis, y se comunican sin palabras algo que no me da tiempo a identificar—. Seguro que será entretenido. ¿Cuándo empezamos?

—Ahora mismo —responde Minos, señalando la puerta—. Teseo, mi hijo adoptivo, será el primero al que le toque buscar. Pórtense bien con el muchacho. Ya saben que no tiene la rodilla para muchos trotes. Quien logre eludirle durante más tiempo gana.

—¿Y qué ganamos? —pregunta Hermes, con un tono divertido—. ¿Otra cita con uno de tus hijos?

La expresión de nuestro anfitrión no flaquea, pero noto algo afilado en sus ojos oscuros.

—Por supuesto. ¿Esperabas otra cosa?

—Para nada —contesta ella con un gesto burlón—. Eres un hombre de ideas fijas, Minos, lo admiro.

Él vuelve su atención el resto de los invitados, y de nuevo se nos queda mirando un instante de más a Casandra y a mí.

—Está permitido esconderse tanto en la casa como en los terrenos. No hace falta ponérselo demasiado fácil a nuestro querido Teseo, ¿no creen? —Se acaricia la barba—. Aunque es un buen cazador; no dudo en que los hará esforzarse.

Es un juego dentro de un juego, una especie de provocación. Sabe a qué vine. Está prácticamente invitándome a inspeccionar su casa, a ver si soy capaz de descubrir qué se trae entre manos sin que me descubran.

—Una última cosa. —Se mete las manos en los bolsillos—. Tengan cuidado, por favor. Hay muchas maneras de salir herido si uno se mete donde no debe. —Sus labios se curvan—. Ya hemos... perdido a algún que otro invitado. Sería una pena perder a más.

¿Es una advertencia o un reto?

¿Y qué quiere decir con «perdido»?

Solo hay una manera de averiguarlo. No disponemos más que unos días aquí, y es improbable que vuelva a tener la ocasión de inspeccionar la casa libremente. Le doy un apretón en la mano a Casandra.

—Vamos, querida.

Su sonrisa tiembla un poco en las comisuras.

—Te sigo.

—Tienen quince minutos para encontrar su escondite —anuncia Minos—. Después, Teseo empezará su caza.

Los invitados salen por la puerta a una velocidad pasmosa, dispersándose en cuanto llegan al pasillo. Hermes y Dionisio se dirigen a la puerta de atrás, con las cabezas juntas y dejando una estela de risas tras ellos. Después de una larga mirada elocuente, Hefesto y Artemisa van en la misma dirección solo para separarse al franquear la puerta. Afrodita y Adonis se cuelan en un comedor, probablemente con la idea de salir por el otro lado y atravesar la cocina.

¿Y los demás? Los demás siguen el mismo camino que Casandra y yo, por el pasillo que lleva a la parte delantera de la casa. Llegamos a la entrada principal y vemos a Pan escabullirse por ella. Eurídice y Caronte suben las escaleras. No van tomados de la mano, pero, por la manera en que él la sigue, con una mano alargada como si pretendiera sujetarla en caso de que se caiga, doy por confirmadas mis conjeturas de que su relación va más allá de la mera amistad.

Pero ahora mismo tengo cosas más importantes de las que ocuparme.

La mayor parte de la gente va en parejas, aunque el juego no especifica que sea necesario. Me detengo un segundo, repasando las mejores opciones para aprovechar esta oportunidad de husmear. El despacho de Minos no; es demasiado evidente y será el primer lugar en el que mire Teseo. Me tienta la idea de separarme de Casandra para abarcar más terreno, pero no quiero perderla de vista. No cuando ya hemos «perdido» a al menos un invitado.

—No te separes de mí.

—No pienso discutírtelo.

Echo una ojeada a Casandra. Vuelve a haber una fina línea entre sus cejas; no la había visto tan preocupada desde que llegamos. ¿Qué le habrá dicho Hermes para que ahora esté así?

—¿Crees que es hora de explorar el segundo piso? —sugiero.

—Sí. Es una oportunidad única para registrar las habitaciones de la familia.

—Exacto.

Aunque empiezo a preguntarme si de veras hay algo que encontrar.

O si estamos metiéndonos directamente en la boca del lobo.

APOLO

El pasillo del primer piso está vacío. Imposible saber si Eurídice y Caronte se han separado o se han metido en alguna de las salas; hay tantas que pueden ser una buena opción si el objetivo realmente es esconderse de Teseo... Mejor para nosotros si ese es su plan. No quiero explicar por qué vamos directamente al dormitorio de nuestro anfitrión cuando hay un montón de alternativas válidas.

Casandra espera hasta que hemos doblado la esquina para soltarme la mano.

—Vamos a darnos brío. Minos tiene pinta de ser un poco tramposo, así que es posible que Teseo venga directamente por nosotros.

No se lo discuto, pero no me gusta cómo evita mirarme a los ojos.

—¿Qué te dijo Hermes?

—Ya hablaremos de eso luego. —Debe de notar que por poco me tropiezo, porque suelta un resoplido—. No es nada nuevo, si es lo que te preocupa. Es solo... no sé, raro. Todo esto es raro.

No le falta razón. No solo por los juegos ni por la velada amenaza que se torna más evidente según va pasando el tiempo. O participas o te expulsan de la casa. Cuidado con los posibles peligros que puedas encontrarte. No deambules por la noche, no vaya a ser que te ocurra una desgracia.

Pero ¿con qué fin?

Aminoro la marcha, pero Casandra acelera el paso, me toma de nuevo la mano y me jala para que la siga.

—Con suerte, Teseo no hará trampas y saldrá a buscar por los terrenos de la finca, pero no apostaría a que vayamos a ser tan afortunados. No hay tiempo que perder.

Tiene razón. Nos apresuramos por el pasillo hasta pasadas las habitaciones de los invitados. Esta parte se parece mucho al resto: un pasillo con puertas a intervalos regulares. Deberíamos comprobarlo para estar seguros, pero el número de habitaciones coincide con el número de invitados, y todos parecen estar alojados en la primera planta.

—Hermes está sola. ¿Para qué querría una casa tan grande? —Por lo que puedo deducir, no recibía visitas. O, si lo hacía, eran fiestas tan exclusivas que nadie hablaba de ellas después. En Olimpo el chisme es un deporte de élite, así que me inclino por la primera opción.

—Tendrás que preguntárselo a ella. Yo ni siquiera sabía que este lugar existía. —Casandra frunce el ceño aún más—. No entiendo por qué a nadie parece importarle que haya desaparecido una persona. O dos. No hay forma de saber si Tique llegó a la fiesta, pero Atalanta sí que ha estado aquí.

Le doy un apretón en la mano.

—Todo el mundo ha venido por sus propios motivos.

—Y no son los Trece los que están en peligro, así que qué más da. —Sus palabras están envueltas en rencor, y lo peor es que no puedo negarlo. No tengo claros los motivos de los demás, pero cuando llevas varios años en el poder empiezas a sentirte intocable de alguna manera. Hefesto mismo lo dijo.

Solo que eso no explica por qué a Hermes y Artemisa no parece preocuparles la ausencia de sus acompañantes.

Por fin encontramos la escalera que lleva al segundo piso, escondida en un rincón relativamente discreto que recuerda a una mansión victoriana encantada, con las paredes tan juntas que parece como si se te fueran a caer encima. No sé si están inclinadas de verdad o si solo es un efecto visual, pero tengo que contenerme para no encorvar los hombros. El descanso de arriba está envuelto en la oscuridad, lo cual es sorprendente teniendo en cuenta que tiene una vidriera que da al jardín trasero. Debe de ser el color verde intenso de las paredes, que estimulan demasiado la imaginación.

—Sí que le gusta el dramatismo a Hermes, sí —comento mientras subimos las escaleras a toda prisa.

—Ya —es todo lo que responde Casandra.

En el segundo piso, el pasillo es prácticamente igual que el del primero: amplio, con alfombra y las paredes repletas de puertas.

Casandra vuelve a soltarme la mano, y esta vez no me importa. Estamos investigando juntos, pero no tiene sentido que la tenga agarrada todo el rato, por muy reconfortante que me resulte.

—Tú ve por la izquierda y yo por la derecha, ¿te parece? —propone.

—Perfecto.

Las puertas están cerradas con llave. Por supuesto. Echo un vistazo en dirección a Casandra, y veo que ella también se encuentra con el mismo problema.

—No serás experta en forzar cerraduras, ¿verdad? —tanteo.

—¿Por qué iba a serlo, Apolo? Eso no es algo que sepa hacer la gente fuera del reino de la ficción.

—Bueno, estuviste saliendo con Hermes.

Me mira de reojo un poco a la defensiva.

—Sabía que te ibas a poner raro con eso.

—No me he puesto raro.

—Te aseguro que sí. —Suelta un suspiro—. ¿Forzar cerraduras? Por favor. Tú eres el que va por ahí tirando puertas abajo de una patada. Adelante, toda tuya. —Hace un gesto hacia la que tiene detrás—. Además, el espía eres tú. Si alguno de los dos tuviera que saber forzar cerraduras, serías tú.

Hago una mueca.

—Para algo tengo un equipo. A mí se me da bien gestionar e interpretar la información, pero se me habría dado mucho mejor el puesto de Hefesto. La parte del espionaje no es mi fuerte. De hecho, Héctor intentó enseñarme a abrir cerraduras, pero soy un negado. Podría acabar forzándola, si me dieras todo el tiempo del mundo, pero tiempo es justo lo que nos falta. —Carraspeo—. Y no voy por ahí tirando puertas.

—Con lo preocupado que estabas ayer por la de mi

casa, me imaginaba que sería algo tan común para ti como manipular cerraduras.

La vergüenza hace que me sonroje.

—Bueno, bueno, ya lo dejaste claro.

—Me alegro —concluye, satisfecha. Se dirige a la última puerta del pasillo y prueba abrirla. La manija gira en su mano y la puerta se abre con un rechinido. Casandra parpadea un par de veces—. No me lo esperaba.

—No teníamos las de ganar.

Nos miramos el uno al otro.

—Parece una trampa —murmura.

—Sin duda.

—Bueno, tú primero. —Abre más la puerta y se hace a un lado para dejarme pasar.

La habitación está en penumbra: unas cortinas gruesas tapan las ventanas. Es más o menos del mismo tamaño que nuestro dormitorio, y distingo la silueta de una cama con dosel, una cómoda y dos mesillas de noche. Tanteo en busca de un interruptor hasta que por fin doy con la luz. Siento una punzada de decepción cuando se ilumina el cuarto.

Allá donde miro todo apunta a que es la habitación de la hija de Minos. La decoración es más bien frívola y cursi: el dosel de encaje, la colcha como de antiguo cuarto nupcial... incluso la alfombra que hay al lado de la cama parece tener volantes.

No es el dormitorio de Minos, y desde luego tampoco pertenece al Minotauro ni a Teseo. Frunzo el ceño.

—Bueno, pues qué pérdida de tiempo.

Es probable que los hijos varones de Minos se encuentren al corriente de su plan, pero no estoy seguro de poder decir lo mismo de Ariadna. No soy tan ingenuo como para confiar en las apariencias, pero en su caso creo que es justo como aparenta ser: una mujer encantadora que se ha resignado a ser un producto en el mercado nupcial de su padre.

—Aún no sabemos si lo ha sido —replica ella.

Echo otro vistazo a la estancia.

—Supongo que podría ser la habitación de la otra mujer que hay en la familia: Pandora. —No es adoptada como los dos hombres, pero vino con ellos a Olimpo de todos modos—. Dudo que ella o Ariadna dispongan de información de valor. —Sobre todo teniendo en cuenta que la puerta no estaba cerrada con llave. Minos no ha dado un paso en falso todavía; no parece probable que esta sea la excepción.

—No te adelantes tanto. —Casandra pasa a mi lado para entrar en el cuarto, y me roza el brazo con los pechos.

Me trago la reacción física que me provoca su cercanía. Debería centrarme en la misión, en encontrar toda la información posible durante el tiempo que se nos ha dado, pero, de repente, lo único en lo que soy capaz de pensar es en si llevará algo debajo del vestido o estará tan desnuda como anoche. Hasta cierro los puños para evitar hacer nada impulsivo en lugar de aprovechar esta oportunidad para registrar la habitación como ella comenzó a hacer.

Esta mujer me vuelve loco. Trago con dificultad y la sigo.

Tras tres minutos de revolver en los cajones de la cómoda, sintiéndome como un pervertido, me enderezo.

—Aquí no hay nada.

¿Qué esperaba? Está claro que Minos guarda la información que necesito en el estudio. Buscar en el resto de la casa solo sirve para asegurarnos de no estar pasando nada por alto mientras encontramos el modo de acceder a esa estancia. La frustración se apodera de mí sin que pueda hacer nada por contenerla.

—Carajo —suspiro.

—Cuida esa lengua —me reprende. No me mira: está hojeando un cuaderno—. Sigue buscando. Si esta es la única habitación a la que podemos entrar esta tarde, tenemos que peinarla entera. —Deja con cuidado el cuaderno justo donde lo encontró.

—Minos no parece ser una persona demasiado feminista —digo al fin—. No me sorprende del todo que ni su hija ni su amiga tengan información de utilidad en sus cuartos.

—Supongo. —Se lleva las manos a las caderas y recorre la estancia con la mirada—. Se nos está escapando algo. Estoy convencida.

Me doy cuenta de inmediato de qué es lo que está buscando.

—No pensarás en serio que hay pasadizos secretos en la casa, ¿no?

—Apostaría bastante dinero a que sí, visto lo visto. —Entrecierra los ojos observando el espejo de cuerpo entero que se encuentra en la pared opuesta, y rodea la cama para plantarse delante de él—. Nos resultaría bastante conveniente encontrar un pasadizo, ¿no crees?

No le falta razón, pero por ahora no hemos tenido suerte, y dudo que eso vaya a cambiar de repente.

—A la realidad le importa bastante poco lo conveniente que sea algo, Casandra. Tú lo sabes bien.

—Sí, supongo —contesta de nuevo. Lleva las manos al marco dorado y ornamentado que rodea el espejo.

Me sorprendo aguantando la respiración, aunque sé que no va a servir de nada. Como dijo ella antes, hay cosas que solo pasan en la ficción. Esta no es la parte de la historia donde el marco cede y se abre para nosotros. Aun así, de alguna manera espero que suceda. Cuando no ocurre, soltamos un suspiro de decepción.

Me paso la mano por el pelo.

—Maldita sea. Llegué a pensar que podía funcionar.

—Yo también. —Se recoge el pelo detrás de las orejas y resopla—. Qué vergüenza.

CASANDRA

En realidad no confiaba en encontrar nada detrás del espejo: sería demasiado obvio. De hecho, creo que Hermes puso este espejo aquí justo para que la gente piense que esconde algo. Así se divierte ella, con ese tipo de bromas. Y tiene sentido: aquí estamos nosotros dos, como un par de bobos, toqueteando el marco y esperando un milagro.

Me giro hacia Apolo, con un sentimiento de decepción instalado en el pecho. Tiene razón. Estamos en un callejón sin salida, hemos perdido nuestra oportunidad. Cuando acepté el trato de Zeus, una semana se me antojaba una eternidad. Ahora me preocupa que no sea tiempo suficiente.

—Bueno, valía la pena intentarlo —suspiro.

Por primera vez en mi vida me arrepiento de no haber aprendido a forzar cerraduras. Lo cierto es que Hermes se ofreció a enseñarme hace mucho tiempo, como si fuera un juego, solo que se le daba demasiado bien la parte de entretenerme como para aprender nada. Debería haberle pedido que me enseñara de verdad. Habría accedido, le habría encantado hacerlo. Pero no se lo pedí. A decir verdad, ni se me pasó por la cabeza. Forzar cerraduras es cosa de pelis de acción y de espías. Es pura ficción. ¿Cuándo iba a necesitar hacerlo en la vida real?

Pues ahora.

Ahora lo necesito.

No pude prever que fuera a fallarle a Apolo por no disponer de esa habilidad. Estoy segura de que él no considera que le esté fallando, pero aun así me carcome.

—Lo siento —murmuro.

—No tienes nada de lo que disculparte. —Se gira despacio hacia mí, con los ojos oscuros entrecerrados—. Toda esta situación es bastante compleja. Estamos haciéndolo lo mejor que podemos con lo que sabemos. —Me mira y la expresión de su rostro se enternece—. Lo estás haciendo de maravilla, Casandra.

Suena sincero, y el elogio hace que se me caliente un poco el corazón helado. Bajo la vista; no puedo mirarle a la cara cuando sé que estoy roja como un tomate.

—No he ayudado en nada.

—Al contrario, has hecho mucho. Tu sola presencia aquí ha esclarecido bastantes cosas, y dudo que Minos se hubiera molestado en hablar conmigo a solas de no haber sido por eso. Se ha visto obligado a pasar a la acción. —Suelta un suspiro agridulce—. A veces me cuesta un poco ver esas cosas.

Me río por la nariz. No puedo evitarlo.

—Ya, bueno, te has pasado cinco años sin darte cuenta de que te estaba poniendo ojitos, así que supongo que no vas desencaminado.

Un sonido ahogado hace que le mire de soslayo. Tiene los ojos abiertos como platos y mueve la boca, pero no sale ninguna palabra de entre sus labios.

Me enderezo de golpe.

—Apolo, ¿estás bien?

—¿Qué dijiste?

No sé por qué me sonrojo. Me acosté con él; ya vio cada parte de mi cuerpo. No tiene sentido que confesar que lleva todo este tiempo gustándome me haga sentir más vulnerable que el sexo, por mucho que me esté mirando como si le acabara de dar un golpe en la cabeza con el bolso.

Me humedezco los labios.

—A ver, mírate al espejo. Tienes que ser consciente de que eres una de las personas más insoportablemente atractivas de esta maldita ciudad.

Me sorprende (siempre me sorprende) con su respuesta.

—No hagas eso. —Niega despacio con la cabeza—. No hagas como si fueras capaz de dejar que algo tan simple como el deseo te nuble el juicio.

—El deseo no es simple en absoluto —replico. Como no responde, claudico—: Bien, de acuerdo. Me gustas. Siempre me has parecido atractivo, pero trabajar codo con codo contigo solo ha conseguido intensificar el sentimiento. Eres muy buen tipo. Y... me gustas.

Se pasa la mano por la cara.

—¿Por qué nunca me has dicho nada?

—Creía que no era recíproco. —No pretendía decirlo con una voz tan apocada—. No sé si habría cambiado algo, pero... no pensé en ningún momento que pudieras sentirte atraído por mí.

Veo en sus ojos oscuros una mezcla de enojo y frustración.

—Casandra, después de cinco años trabajando conmigo, esperaba que entendieras que nunca te pondría en una posición en la que pudieras sentirte incómoda. Cuanto más te conocía, más me atraías, y eso solo me hacía reafirmarme en mi determinación de no hacerte sentir que estabas obligada a... —Nos señala a uno y a otro alternativamente, como con indefensión—. Nada.

—Si me conoces tan bien como dices, deberías saber que de ninguna manera me sentiría obligada a hacer nada que no quisiera.

Él se encoge de hombros.

—No quería complicarte la vida solo porque me gustes.

Anoche sin duda cruzamos un montón de líneas, y no voy a fingir que fue por nuestra relación falsa. Dejamos ambos muy claro que estábamos en la misma página respecto a la atracción que sentimos por el otro. Aun así, creo que no está de más aclararlo de forma más explícita.

—Apolo.

—Dime.

No sé si tiene una expresión esperanzada o si son imaginaciones mías. Da igual; he llegado muy lejos para echarme atrás ahora. Trago saliva.

—Me gustaría volver a acostarme contigo en cuanto tengamos oportunidad, y tantas veces como podamos antes de que esto se acabe.

Las puntas de las orejas se le ponen rosas, pero reacciona con caballerosidad, igual que anoche.

—Dalo por hecho.

—Muy bien. Perfecto. —Estoy casi tartamudeando, pero me gusta un poco sentirme desconcertada, porque sé que él no lo va a usar en mi contra. De hecho, él también parece disfrutarlo. Se fija en mis mejillas y en mis labios antes de recorrer mi cuerpo con la mirada en un repaso lento que me resulta casi palpable.

Empiezo a girarme hacia la puerta, pero freno en seco.

—¡Apolo, mira! —Señalo la cama, la cual tiene una cantidad ridícula de almohadas. Almohadas que, salvo desde el ángulo exacto en el que estoy, ocultan lo que parece una laptop.

Intercambiamos una mirada y nos acercamos deprisa. Él toma la computadora y la abre.

—No vamos a tener tanta suerte, ¿verdad? —masculla.

Se enciende enseguida y aparece un escritorio con unos cuantos iconos.

—No tiene contraseña —murmuro.

Ajusta el ángulo de la pantalla y comienza a teclear con unos dedos ágiles una serie de comandos tan rápido que estoy a punto de marearme. A mí no se me dan demasiado mal las computadoras, pero lo de Apolo es otro nivel. En cuestión de segundos se ha hecho del historial de búsqueda de Ariadna, sus contraseñas y un montón de documentos que parecen... *fanfics*.

—Es todo basura —comento.

—Dame un segundo. —Entrecierra los ojos y se inclina hacia la pantalla—. Eso es. —Se abre una nueva ventana del navegador con la sesión iniciada en otra cuenta de correo electrónico—. Minos se ha metido a su correo con esta computadora.

Me echo para atrás.

—Bastante descuidado por su parte, ¿no crees? —Con las molestias que se tomó para mantenerlo todo bien custodiado... Cuesta creer que haya iniciado sesión en una computadora que ni siquiera está protegida con contraseña.

—A caballo regalado... —Con unos pocos comandos, selecciona cientos de emails y se los reenvía a Héctor—. Va a ser un segundo, ya se encargará Héctor de revisarlos, pero es el mejor hilo que podemos jalar ahora mismo.

Se puede encontrar todo tipo de cosas almacenadas en las cuentas de correo: contraseñas, avisos bancarios... Un hacker de la talla de Héctor puede sacar mucho de ahí.

—Esto es increíble —digo—. Pero tampoco podemos descartar la idea de que no sea más que una maniobra de distracción. ¿No parece demasiado... conveniente?

—Sí, sin duda. —Ya han terminado de reenviarse todos los correos, así que cierra con cuidado todas las ventanas y elimina el historial—. Pero no podemos permitirnos ignorarlo. —Se queda quieto de repente—. ¿Oyes eso?

No lo había advertido antes, pero se escuchan pasos acercándose por el pasillo.

—Apolo...

Todo pasa muy rápido. Mientras trato de decidir si deberíamos escondernos o dejar que nos atrapen, Apolo lanza la computadora debajo de las almohadas, me rodea la cintura con el brazo y me lleva a toda prisa al clóset.

Aparta las prendas colgadas en perchas y cierra la puerta, dejando que nos envuelva la oscuridad. Yo sigo parpadeando, preguntándome qué carajos acaba de pasar. Nunca lo había visto moverse tan rápido... salvo anoche, cuando me acostó en el sofá.

A pesar de las circunstancias en las que nos encontramos, no puedo evitar que me recorra una oleada de excitación prohibida. No soy una mujer precisamente pequeña, y además soy una obsesa del control, así que la idea de que alguien me lleve a rastras de un lado para otro nunca me ha atraído demasiado, ni siquiera como parte de un juego erótico.

Ahora ya le veo la gracia.

Sacudo la cabeza, tratando de centrarme. No es momento de pensar en sexo, tenemos cosas más importantes entre manos... como, por ejemplo, la persona que se acerca al dormitorio con pasos firmes y pesados.

El único problema es que no voy a poder ver quién es. Apolo cerró el clóset por completo, impidiendo toda posibilidad de identificar a nuestra visita. Alargo el brazo hacia la puerta con la intención de abrirla un poco para poder echar un vistazo a quien sea que entre en la habitación, pero él me agarra la muñeca al instante.

Intento zafarme. Descubrir quién viene es mejor idea que esconderse y cruzar los dedos, ¿no? Sé que no es Teseo: la cadencia de los pasos no es irregular, como la suya. Es otra persona, por lo que conocer su identidad puede resultarnos muy importante.

Sin embargo, cuando voy a susurrarle a Apolo que me suelte, él me tapa la boca firmemente con la mano. El tacto de su palma me paraliza. Entonces aprovecha la oportunidad para inclinarse hacia mí y hablarme en voz baja al oído.

—Silencio, Casandra.

Me doy cuenta en cuestión de segundos de que no es alguien que nos esté buscando, porque, de ser así, no estaría revolviendo entre las cosas igual que hemos hecho nosotros hace unos minutos. No, se trata de otra persona en pos de respuestas. Frunzo el ceño en la oscuridad del armario. ¿Quién será?

Hermes no. No sería tan bruta como para dejar que se oigan sus pasos. Ella se mueve como un felino, sin hacer ruido, apareciendo donde menos te lo esperas. También es improbable que se trate de algún miembro de la familia de Minos. Sigue habiendo, pues, bastantes opciones sobre quiénes podrían ser, por no hablar del personal de la casa, que siempre está revoloteando en segundo plano.

Demasiadas opciones.

Si tuviera que arriesgarme, apostaría por Caronte o Afrodita. Zeus es de los que prefieren curarse en salud, lo cual en este caso se traduce en mandar a otra persona, además de a Apolo, en busca de información. No le confiaría a otro de los Trece una tarea así, pero Afrodita es su hermana. Y Caronte está aquí en representación de Hades por el mismo motivo: este no confía en que el resto de los Trece le transmitan la información relevante necesaria para garantizar la seguridad de la zona baja.

Pero podría equivocarme. No lo sabré hasta que no vea de quién se trata.

La tentación de abrir una rendija es abrumadora. Mi curiosidad toma forma como de criatura viva en mi interior, instándome con uñas y dientes a actuar. Lo único que me mantiene calladita en mi sitio es la presencia de Apolo, que me aprieta con delicadeza contra la pared del clóset. Sus palabras se repiten en mi mente: «Silencio, Casandra».

Me estremezco.

Huele a jabón caro mezclado con su olor particular, y hago todo lo posible por no enterrar el rostro en su cuello para inhalar hondo. Me acerco un poco a él, aunque no pretendía hacerlo... Vaya mentira. Me gusta sentir cómo me sujeta, incluso de un modo tan leve, y no puedo evitar apoyarme contra su fuerte cuerpo. Solo un poco.

Apolo cambia ligeramente de posición, colocando su fornido muslo entre mis piernas, y entonces soy incapaz de pensar en nada. Solo somos él y yo en esta oscuridad. Podríamos ser las únicas personas que existen en el mundo y me parecería bien.

Me derrito contra él. Hay algo en toda esta situación que me afecta a un nivel muy profundo. Me he pasado los últimos cinco años convenciéndome de que no quería esto, pero, en cuanto se da la oportunidad de que las cosas cambien, es como si una presa estallara y salieran de golpe mis necesidades y mis déseos, inundándolo todo.

Quiero estar con Apolo. No puedo hacer como que es solo sexo. Este maldito hombre lleva años importándome, y si hubiera alguien en Olimpo capaz de hacerme pensar que merece la pena quedarse...

No, no puedo hacerlo.

Para empezar, porque no me lo ha sugerido. E, incluso si lo hubiera hecho, con ese estilo suyo amable y firme al mismo tiempo, no podría aceptarlo. Forma parte del grupo de gente poderosa que más odio en este mundo. Da igual lo que sienta por él, seguro que mi rencor acabaría arruinando toda posibilidad de una relación duradera. Es más, él terminaría harto de mí. Mis padres se aseguraron de que nunca nadie pudiera confiar en mi capacidad de cumplir el rol de novia de uno de los Trece.

Además, si algo merece Apolo es una buena pareja, y yo no lo soy. Mi pasado me lo impide.

¿En qué estoy pensando?

Ni siquiera me ha propuesto nada. Puede que le guste, lo cual significa que le importo lo suficiente como para desearme, pero en ningún momento ha hecho el amago de tratar de convencerme de que me quede.

Él pretende dejarme ir, y yo pretendo irme.

CASANDRA

Por su parte, Apolo no parece impasible, como demuestra su erección contra mis caderas. Mueve la mano con la que me tapa la boca para acariciarme la mandíbula. Se echa hacia atrás lo justo para que sus labios rocen los míos, un beso suave, una advertencia y una provocación. Lo que me hacen los besos de este hombre debería estar prohibido. ¿Cómo voy a pensar con claridad si me degusta como si fuera su postre favorito? No es justo.

Vuelve a inclinarse para hablarme directamente al oído.

—No hagas ruido; nos van a descubrir.

Nunca en mi vida me había planteado que la idea de que me descubran en medio de un momento íntimo pudiera ser algo deseable. En las últimas veinticuatro horas, Apolo me ha mostrado cuán errada estaba. Aguanto la respiración y asiento temblorosamente.

—Buena chica. —Me pasa los dedos por el brazo hasta llegar a mi cintura. Ya no le importa.

Iba a soltar un quejidito, pero me ordenó guardar

silencio. Aprieto los labios con fuerza y él me recompensa rodeándome un pecho con la mano y acariciándome el pezón con el pulgar. Es como si la fina tela de mi vestido y del brasier no existiera. Me va a volver loca.

—Quieres más, ¿verdad? —Su voz no es ni un susurro; apenas una exhalación contra mi oreja.

Me toca como si se tratara de su última oportunidad de hacerlo. Como si yo fuera una obra de arte de la que quiere disfrutar en todos los sentidos posibles. Como si no estuviéramos encerrados en un clóset. Solo de pensarlo me entran ganas de reírme, pero me falta el aliento; me lo ha robado. ¿Cómo iba a no hacerlo?

Este hombre lo es todo.

Vuelvo a asentir temblando. Claro que quiero más, por muy mala idea que sea. Apolo es un fuego que corre por mis venas, y puede que me queme viva, pero estoy dispuesta a prender la mecha siempre y cuando no pare de tocarme.

Alza ligeramente la pierna y me levanta un poco con el movimiento. Yo muevo las caderas para frotarme contra su muslo; la deliciosa fricción me hace jadear. Cuando menos me lo espero, su boca conquista la mía. Esta vez, los besos no son una provocación, no son suaves, no tienen un mensaje oculto. Ha probado un poco y ha decidido que lo quiere todo.

Por fin recuerdo que puedo moverme y le hundo las manos en el pelo para atraerlo hacia mí. Ahora mismo no me importa dónde estamos ni quién pueda oírnos ni las implicaciones que eso podría tener. Lo único que necesito es tener a Apolo lo más cerca posible.

Lo necesito todo.

—Casandra —gruñe contra mi piel. En su lengua mi nombre suena como una maldición y una promesa al mismo tiempo. Nunca me había sentido tan seductora como en este momento. He hecho que este hombre, una de las personas más poderosas de la ciudad, llegue al límite del deseo—. Dime dónde me necesitas.

No podría parar ahora ni aunque quisiera, y no quiero en absoluto. Me reclino contra la pared y agarro la mano con la que me acaricia la cara por la muñeca para volver a ponerla sobre mi boca. Una petición muda de que me siga manteniendo en silencio, porque los dioses saben que no voy a ser capaz de hacerlo por mí misma.

Él se queda muy quieto durante un segundo, dos. Al tercero, me sostiene por la corva y me obliga a rodearle la cintura con la pierna. En esta nueva posición me quedo abierta a él, y no tarda en aprovecharse de ello, apretándose más contra mí y levantándome aún más con el muslo.

Jadeo en su palma, y el sonido se convierte en un gemido amortiguado cuando me pasa la otra mano por la pierna hasta aferrarse a mi trasero.

—¿Otra vez sin calzones, Casandra? —Suelta una exhalación temblorosa—. Me encanta. Me gusta saber que puedo tenerte así a mi antojo. Que estás mojada y preparada para mí.

Su agarre me incita a montarle la pierna. La presión y la fricción hacen que se me cortocircuite el cerebro. Que siempre sea tan increíble con él es algo que desafía toda lógica. No tiene sentido, salvo porque es Apolo, y de alguna manera siempre supe que iba a ser como el fin del mundo con él. Me restriego contra su pierna sin parar, buscando que me inunde una oleada de placer. No debería ser tan fácil, pero él es la excepción a toda regla.

—Alguien va a oír cómo acabas. —Baja la boca a mi cuello y luego sube de nuevo—. Me da igual. Que te oigan. No pares.

Su voz grave solo logra excitarme más. Jadeo tanto que empiezo a marearme. Estoy tan cerca... Solo necesito que...

Apolo lleva los dientes a ese punto sensible entre el cuello y el hombro. No me muerde como tal, es más bien una presión que no llega a doler. Es perfecto.

Termino, y gimo tan alto que el sonido atraviesa la mano con la que me tapa la boca.

—Pero ¿qué...?

Antes de que pueda asimilar que no es la voz de Apolo la que habló, se abre la puerta y nos baña la luz de la habitación.

Intento retroceder, pero detrás de mí solo hay pared, y me doy un golpe en la cabeza contra ella.

—¡Au! —protesto contra la palma de su mano.

—Mierda. —Apolo me suelta y se aparta lo suficiente para bajarme el vestido y cubrirme. Luego me pasa la mano por el pelo, en busca de algún chichón—. ¿Estás bien?

¿Cómo puede hablar con tanta naturalidad cuando hace unos segundos estaba viniéndome en su muslo? Yo estoy temblequeando, mareada, y sigo tratando de asimilar el hecho de que nos han interrumpido, pero nada en su tono parece indicar que haya sido así, aparte de una sutil aspereza que no suele estar presente.

Eso y la impresionante erección que aún noto contra la cadera.

—Sí, todo en orden —logro contestar. Le agarro la muñeca y le aparto la mano de mi cabeza—. En serio, estoy bien.

—Bien.

Nos giramos para ver a la persona que está de pie al otro lado de las puertas, observándonos. Ariadna. Frunzo el ceño. ¿Cuánto tiempo hemos estado aquí enrollándonos para no darnos cuenta de que el otro intruso ya se había marchado y había entrado otra persona en su lugar?

El nivel de distracción es preocupante, pero no hay tiempo para prestarle atención a ese hecho en este momento. Ahora mismo nos toca dar explicaciones. Suelto una risita nerviosa patética.

—Uy, nos has descubierto.

Ella pone los brazos en la cintura y nos mira exasperada.

—Entiendo que jugar al escondite siendo adulto es la oportunidad perfecta para escabullirse a coger en algún lado, pero si por favor pudieran no hacerlo en mi habitación, les estaría muy agradecida.

—Lo siento —digo. Esta vez ya sueno más a mí. La lujuria empieza a evaporarse para ser reemplazada por una vergüenza que me hace desear que me trague la tierra.

Apolo me acaricia una última vez la parte de atrás de la cabeza, tratando de nuevo de ver si hay algún chichón, y se separa de mí. Lo sorprendo acomodándose los pantalones y me sorprendo sonriendo como una idiota a pesar de que debo de estar roja como un tomate. No puedo negar que me encanta el efecto que tengo sobre él. Es embriagador. Podría emborracharme con ese sentimiento.

Pero luego; ahora tengo que centrarme.

Fue una suerte encontrar su laptop, pero puede que lo sea aún más encontrárnosla a ella. Todavía me cuesta creer que dejara la puerta abierta y la computadora por ahí sin querer. Me hace preguntarme si...

Me paso el pelo por detrás de las orejas y salgo del clóset.

—No pretendíamos que se nos fuera tanto de las manos —le explico. Mi voz aún suena un poco extraña, pero creo que es excusable teniendo en cuenta de qué manera nos encontró—. ¿Ya acabó el juego?

—Ah, ¿eso? —Hace un gesto desdeñoso con la mano—. No, Teseo continúa cazando al resto de los invitados. Creo que ahora está en el laberinto. —Echa un vistazo a la puerta y frunce el ceño—. No es... He decidido que... No estoy participando en el juego ahora mismo —balbucea.

—Debe de ser un alivio no ser el premio esta vez.

Se gira hacia mí de inmediato.

—Ya, sí. Esta vez. —Baja la vista al suelo, lo cual confirma mis sospechas de que no ha tenido ni voz ni voto en todo este circo.

Cuando lo pensé por primera vez, me pareció un movimiento un tanto torpe, pero, ahora que sé por boca de Hermes que se está cociendo algo, creo que es intencionado, para que subestimemos a Minos. Todavía no entiendo qué espera conseguir traicionando a los Trece. Si pretende facilitar una invasión o lo que sea que sospecha Zeus, tiene que ser consciente de que no va a sobrevivir en el intento.

Pero ¿y si no es así? ¿Y si lo logra?

Apolo va a seguir aquí, luchando por proteger esta ciudad que no lo merece, mientras yo escapo. ¿Quién va a cuidar de él si no estoy yo? No es que se me dé demasiado bien proteger a la gente, pero nadie más se preocupa por él. Héctor es un buen compañero de trabajo, pero siempre va a velar antes por su familia, claro. Y lo mismo se puede decir del resto del equipo. Todos tienen sus familias. Es más, él nunca pretendería que antepusieran el trabajo a sus seres queridos.

Zeus usa a Apolo como maza o como bisturí, según convenga. El resto de los Trece están demasiado ocupados con peleas internas y mierdas políticas como para que les importen los otros más allá del poder que les pueden brindar sus aliados. Y ser un aliado es igual de peligroso que ser un enemigo.

Apolo es la única excepción. Si yo fuera Minos, un recién llegado a la ciudad que claramente busca hacerse con el poder, me centraría en él. Es el pilar de la alianza que jura lealtad a Zeus. Sin él, Zeus tendría el apoyo de Ares y a Afrodita, porque son sus hermanas, pero ¿sería capaz de mantener al resto de su lado?

Lo dudo.

—¿Estás bien, Casandra? —Apolo me pone una mano firme en el hombro.

—Sí, claro. —No sueno convincente, pero ¿qué puedo decir? Incluso si no estuviera Ariadna aquí, nada disuadiría a Apolo de su misión. Es uno de los Trece; sabe mejor que nadie el peligro al que se exponía al aceptar el título.

El solo pensamiento me dibuja una sonrisa amarga en los labios. Aunque me partiera la cabeza y le suplicara que se viniera conmigo, es demasiado honrado para irse de Olimpo, y menos cuando más lo necesita la ciudad.

Qué paradójico que lo que me atrajo de él en primer lugar sea justo el motivo por el que nunca estaremos juntos.

APOLO

No puedo negar la satisfacción que se me instala en el pecho cuando me doy cuenta de que mis besos y mis caricias pueden hacer que Casandra se convierta en esta persona que se ruboriza y tartamudea. Me vuelve loco pensar que tengo un efecto tan profundo en ella como el que ella tiene sobre mí, pero ahora no me puedo permitir distracciones. Parece que mi entrepierna no se ha enterado; sigo con el recuerdo de su suavidad grabado en mi cuerpo. Me aclaro la garganta. ¿Qué acaba de decir? Que está bien. Claro que está bien. Siempre está «bien».

Coloco la mano en la parte baja de su espalda y esbozo una sonrisa encantadora cuando me giro hacia Ariadna.

—¿No te gusta jugar al escondite?

Ella pone una mueca, y la sombra de un recuerdo doloroso le cruza la cara y desaparece casi al instante.

—No, no me gusta la oscuridad. —Su tono no es del todo adecuado para la ligereza que busca transmitir, pero sus miedos no son asunto mío.

Lo que sí es asunto mío es la información que pueda tener sobre su padre.

Salgo del clóset y me dirijo lentamente a la puerta, tomándome mi tiempo. Si piensa que solo queremos sacarle información, seguro que nos echa a patadas. Mejor fingir que nos estamos yendo, a ver qué puedo sacar en los preciados segundos que tengo.

—¿Te está gustando Olimpo, Ariadna?

—Es una ciudad muy agradable —contesta.

Percibo ciertas reservas en ella que no había la última vez que hablamos. No sé si es porque está molesta por que hayamos invadido su espacio privado o si sabe más de lo que dice. Le doy unos toquecitos en la espalda a Casandra y ella, avispada, finge tropezarse y se sujeta en la cómoda.

—Ay, perdón —dice—. Es que estoy un poco mareada.

Ariadna, como sospechaba, es demasiado buena como para ignorar a una persona que evidentemente necesita ayuda.

—Ven, siéntate. —Va corriendo a su lado y la acompaña hasta el borde de la cama. Se nota que no está demasiado contenta al respecto, pero sus sentimientos son menos importantes que la oportunidad que acaba de brindarnos Casandra.

—Olimpo es en cierto modo un gusto adquirido —comento.

Casandra se mofa.

—Adquirido si tienes el poder para adquirirlo. —Sacude la cabeza y se aprieta las sienes con los dedos. Incluso conociéndola como la conozco, si no supiera que está actuando, me creería su malestar—. Hay quien ve Olimpo tal y como es: una fachada de lujo y glamur que oculta un interior putrefacto.

Ariadna esboza una sonrisa leve, aunque sus ojos permanecen serios.

—Parece que no tienes en alta estima a tu ciudad.

—Es la verdad, por mucho que todos finjan lo contrario. —Se encoge de hombros—. Pero es lo único que conozco. ¿Es así de donde tú vienes?

—No —contesta Ariadna despacio—. Eea no se parece en nada a Olimpo. Cuando era pequeña estaba muy bien, pero... las cosas han cambiado.

Intercambio una mirada con Casandra. Nunca había oído hablar de Eea. ¿Es una ciudad? ¿Un pueblo? ¿El nombre de una finca, como se refiere alguna gente a sus propiedades?

—¿Qué ha cambiado?

Ariadna niega con la cabeza lentamente.

—Pareces un buen hombre, Apolo.

No tengo oportunidad de responder, porque Casandra se ríe y dice:

—Al contrario que todo lo demás en Olimpo, Apolo es justo lo que parece. No puedes decir lo mismo de la mayoría de los invitados a esta fiesta, y no hablemos ya de los miembros de los Trece, pero Apolo se las ha ingeniado de alguna manera para crecer en el seno de una de las familias originales, hacerse con uno de los trece títulos más importantes de la ciudad y seguir siendo un buen tipo. Es prácticamente un ser mitológico. —Levanta la vista. Su mareo falso ha desaparecido y ahora solo queda una expresión de seriedad—. Hay muchas personas en el poder que se merecen todos los problemas que tu padre quiera causarles y más, pero Apolo no es una de ellas.

—Ya, bueno, mi padre hace lo que quiere. —Lo dice como quien ha perdido toda esperanza, un contraste enorme con la personalidad que había exhibido hasta ahora. Parece darse cuenta, porque entonces fuerza una sonrisa radiante—. Ya saben cómo son los padres.

«No es asunto mío —me recuerdo—. Esta mujer no es asunto mío. Olimpo es lo único que importa.»

No puedo ir por ahí recogiendo animales heridos, por mucho que Casandra me acuse de hacerlo de vez en cuando. Ya solo el hecho de contratarla hace cinco años hizo que mi familia estuviera resentida conmigo durante meses, hasta que por fin se rindieron y admitieron que soy perfectamente capaz de tomar mis propias decisiones. Todavía piensan que Casandra me manipula, que me seduce para entrar en mi vida y aprovecharse de mi posición. Sobre todo ahora que hemos hecho público que estamos saliendo.

Pero eso no viene al caso.

—Ariadna, si en algún momento necesitas un lugar seguro... —me sorprendo diciendo—, conozco un par de sitios que ofrecen asilo.

No hay muchos en Olimpo, pero los que hay son buenos. La zona baja ofrece un tipo especial de asilo a aquellos que Hades (y ahora Perséfone) consideren que se lo merecen, y la fortaleza de ese refugio solo ha aumentado desde que ha obligado a la ciudad a reconocer que es mucho más que un mito.

El otro pertenece a Hera, una especie de templo que ahora alberga a niños huérfanos, pero que solía proteger también a cualquiera que solicitara asilo. Los últimos años ha dejado de ser tan eficaz como antes, cortesía del difunto Zeus, pero la Hera actual está moviendo hilos tras bambalinas para recuperar la trascendencia que tenía su título antes de que un hombre avaro y peligroso la despojara de todo poder.

Me da curiosidad ver qué será capaz de hacer la nueva Hera con el tiempo necesario.

Ariadna alza las cejas.

—Es una oferta muy amable, pero no me conoces. Podría aceptarla y, a la mínima de cambio, volverme en tu contra.

Me encojo de hombros. No suelo dejar que el instinto guíe mis decisiones, pero de algún modo tengo la sensación de que esta mujer se encuentra en problemas. Minos interpreta muy bien el papel de padre cariñoso y complaciente, pero ya ha quedado demostrado que miente que da gusto. Después de lo del último Zeus...

No era lo bastante poderoso para detenerlo, para impedir lo que le hizo a su propia familia. Estaba demasiado verde cuando me hice con el título de Apolo y, aun cuando tuve experiencia suficiente para socavar su autoridad en la medida de lo posible, era como usar un colador para reflotar un barco que se hunde. Zeus tenía demasiado poder, sin más.

Ariadna no es Helena, ni Eris, ni Perseo, ni Hércules, ni ninguna de las últimas Heras, que murieron demasiado jóvenes en «accidentes»... Pero no sería capaz de perdonármelo si ni siquiera lo intentara.

—La oferta queda en pie —digo al fin, y le ofrezco una mano a Casandra—. Deberíamos irnos, dejar a Ariadna tranquila.

Esta no habla hasta que ya estamos en el umbral.

—Eh... Agradezco la oferta. No voy a aceptarla, pero la agradezco de veras. —Vacila un instante—. Me alegra no haberme equivocado contigo.

Me sorprende su última frase.

—Como ya dije, la oferta queda en pie. —Le dedico una media sonrisa y me giro para salir de la habitación, con Casandra detrás de mí.

No sé muy bien cuál es el plan ahora. El juego sigue en marcha, pero hasta que Héctor no haya repasado todos los emails y seguido cualquier pista que pueda encontrar, no sabremos si la misión fue un éxito. Aun así, es nuestra mejor carta hasta ahora, y, con cómo se está desarrollando todo, puede que la única. Será mejor que bajemos al primer piso y finjamos que continuamos jugando.

Miro de reojo a Casandra y veo que está intentando no resollar mientras la arrastro a toda prisa por el pasillo, así que me obligo a bajar el ritmo.

—Lo siento.

—¿En qué estás pensando? —me pregunta.

—Deberíamos irnos.

Ella se tropieza.

—¿Cómo?

—Que deberíamos irnos. —Disminuyo aún más la velocidad y echo un vistazo a nuestro alrededor.

Escondernos en nuestra habitación sería una estupidez; mejor ir a una de las salas. Volver a la planta baja es una pérdida de tiempo. Teseo subirá solo cuando haya peinado los jardines y la planta principal. Le aprieto la mano a Casandra y la guío para doblar la esquina. El pasillo está vacío, pero a lo lejos oigo a alguien desternillándose de risa. Suena a Dionisio.

—Espera. —Casandra se detiene—. Aquí. —Abre la puerta que tiene a la derecha y entra jalando de mí.

La estancia tiene una disposición similar a la de anoche, aunque la paleta de colores consiste en una variedad de tonos morados y púrpura que hace que me duelan los ojos. Es casi impecable, pero algo no termina de encajar y los matices desentonan a pesar de ser en esencia monocromáticos.

Cierro la puerta tras nosotros automáticamente.

—Aquí no hay ningún sitio bueno donde esconderse.

—Me da igual. —Retrocede un paso y pone los brazos en la cintura—. ¿Por qué de repente dices que deberíamos irnos?

—No estamos avanzando, salvo por el golpe de suerte de la laptop. En este punto, sería de más utilidad si estuviera en el centro, trabajando con Héctor para repasar toda esa información. Aquí no sirvo de nada. No sé a qué está jugando Minos, y él se está riendo de nosotros con todo lo que nos obliga a hacer. —Decirlo en voz alta me resulta casi abrumador. Me siento tan frustrado que podría romper algo—. Además, ya nos han advertido dos veces sobre tu presencia. Hay al menos una persona desaparecida, y con eso me basta para sacarte de aquí ahora que ya hemos conseguido algo.

—No ha sido un despiste. —Tiene la mirada fija en algún punto indeterminado—. La computadora y los emails. ¿No has oído lo que dijo? Lo de que se alegra de no haberse equivocado contigo.

Me encojo de hombros.

—Tengo una reputación, no significa nada.

—Apolo, a veces eres demasiado inocente. —Niega con la cabeza—. Estoy segura de que vamos a encontrar justo lo que buscamos en esos correos, y apostaría los ahorros para la universidad de Alejandra a que Ariadna lo sabe.

Me quedo paralizado.

—¿Crees que está tratando de perjudicar a su padre?

—Es posible. —Casandra frunce el ceño—. O puede que sea un doble engaño y que Minos la haya incitado a hacerlo, pero no me cuadra que nuestro anfitrión le confiara una tarea así a ella. Minos no tiene en alta estima a los que considera débiles, y Ariadna es un sol, justo el tipo de persona que él desprecia.

Me alucina la facilidad con la que es capaz de sacar estas conclusiones. Casi siempre acabo llegando a los mismos razonamientos que ella, pero me lleva mucho más tiempo (y dudo mucho más de mí).

—Si eso es cierto...

Veo un destello de entusiasmo en sus ojos oscuros.

—Podríamos tener un topo, o, al menos, si lográramos ponerla de nuestro lado, contaríamos con información privilegiada.

—Y por eso no podemos irnos. —Hasta esta fiesta, Minos ha mantenido a Ariadna fuera del ojo público, y dudo que eso vaya a cambiar de aquí en adelante. Si nos vamos ahora, no volveremos a tener contacto con ella—. Tenemos que...

Me interrumpe un grito en la distancia.

Me quedo helado.

—¿Acabo de...?

—Sí. —Casandra va a toda prisa hacia la puerta—. Era un grito. Sonaba a la voz de Eurídice.

La tomo de la muñeca.

—Quédate aquí —le ordeno. Si hay algún peligro, no quiero que se acerque ni un poco—. O, mejor aún, ve a nuestra habitación y enciérrate.

—Estás loco si piensas que no voy a ir contigo —me espeta zafándose de mi agarre—. ¿Vas a seguir perdiendo tiempo discutiendo o vas a venir?

Tiene razón, no hay tiempo que perder.

—No te alejes —le pido, y salgo al pasillo. Ya se empiezan a oír voces a lo lejos. En la planta baja—. Vamos.

En la biblioteca nos encontramos a Eurídice y Caronte. En un primer momento, no veo cuál es el problema, pero entonces Caronte le pasa un brazo a Eurídice por los hombros y se hace a un lado, dejando al descubierto el cuerpo de Pan. Está bocabajo, con un charco de sangre manchando la alfombra a su alrededor.

—No.

Las lágrimas brotan de los ojos de Eurídice. Caronte la rodea con los brazos y le apoya la cabeza contra su pecho.

—¿Cómo ha podido ocurrir?

—No lo sé —contesta él—. Estábamos en la sala, porque Teseo nos había encontrado, y de pronto oímos un estruendo.

—¿Vieron algo?

—No.

Casandra pasa por delante de mí y se arrodilla junto al cuerpo, con cuidado de no tocar la sangre. Antes de que pueda decir nada, aprieta con los dedos el cuello de Pan. Transcurren unos segundos.

—Sigue vivo.

Y, en un abrir y cerrar de ojos, la situación cambia por completo.

—¡Caronte, llama a una ambulancia! ¡Ya!

Él tarda el tiempo justo para dejar a Eurídice en una silla donde no interrumpe el paso (y donde no ve a Pan) y después sale corriendo de la estancia. Yo me uno a Casandra.

—¿Lo ponemos bocarriba?

—No. —Niega con la cabeza—. Podría tener alguna lesión vertebral. No podemos moverlo hasta que lleguen los de emergencias. Ellos sabrán qué hacer.

Me quedo mirando al hombre.

—¿Qué hacía aquí? Creía que había salido por la puerta principal.

—Debe de haber dado la vuelta.

Da igual por qué esté aquí, lo que importa es que lo está. Me pongo de cuclillas y echo un vistazo a nuestro alrededor. Hemos explorado poco esta estancia, pero es como cualquier otra biblioteca privada que haya visto. Es relativamente menos ostentosa que el resto de la casa, una sala de un tamaño razonable con estantes oscuros y varios sofás tapizados con pinta de ser comodísimos rodeando una ventana mirador. Debe de ser un lugar perfecto para pasar la tarde.

No hay nada afilado sobre lo que caer por accidente, por no hablar de que la herida de Pan está en la parte trasera de su cabeza, como si alguien le hubiera aporreado con algo cuando él no estaba mirando. Pero ¿qué...?

—¿Apolo?

Levanto la vista y veo a Eurídice de pie al otro lado de la silla, con una tortuga de mármol en las manos. El caparazón tallado de la figura está manchado de sangre.

—He encontrado esto debajo de mi silla. Estaba tirada como si alguien hubiera tratado de esconderla a toda prisa.

No necesitamos más pruebas.

Alguien intentó matar a Pan.

CASANDRA

Todo ocurre muy deprisa después de eso. La mayoría de los invitados aparecen juntos. En otro momento, me habría hecho gracia el caos que es ver a media docena de miembros de los Trece tratando de hacerse cargo de la situación.

Difícil que me haga gracia nada cuando no aparto los ojos de la espalda de Pan para asegurarme de que no ha parado de respirar.

Me caía bien el hombrecillo. Deseo con todo mi ser que esté bien.

Minos hace su entrada cinco minutos más tarde con dos hombres uniformados que puede que sean de emergencias, pero no van vestidos como ningún paramédico que haya visto. Se detiene al lado de Pan y lo observa.

La adrenalina me recorre el cuerpo. No puedo parar de temblar. Eso casi hace que me pierda la expresión de pura rabia de su rostro. La enmascara enseguida. Estoy segura de que soy la única que la ha visto, al estar arrodillada al lado del herido.

Tras unos instantes, chasquea los dedos.

—Basta de riñas. Tenemos que ayudar a este hombre. —Hace un gesto a los dos que lo acompañan—. Traigan una camilla y prepárenlo para la ambulancia. Debería llegar en breve.

El impulso de abalanzarme sobre el cuerpo de Pan para que no se lo lleven es casi abrumador. Alguien lo ha atacado, y no se me ocurre nadie que pudiera querer que muriera salvo, por motivos que aún están por ver, Minos.

¿O puede ser que me equivoque?

Miro a Apolo con impotencia. No mueve ni un músculo de la cara. Se acerca a mí y me toma del codo para ayudarme a levantarme.

—Deja que los médicos hagan su trabajo, Casandra.

—Si le hacen daño...

—No va a pasar. —Lo dice lo bastante alto como para que todo el mundo deje de discutir y se vuelva hacia él—. Pan es un buen amigo. Muchas personas en esta sala, y fuera de ella, se lo tomarían muy a pecho si le ocurriera algo.

Estoy a punto de señalar que ya le ocurrió algo, pero caigo a tiempo en la cuenta de que lo único que importa ahora mismo es que Apolo se asegure de que nadie termine el trabajo.

—Por supuesto. —Minos sonríe de nuevo como un anfitrión encantador—. Es mi invitado, está bajo mi cuidado.

—No es que eso le haya ayudado mucho —farfullo—. Lo han atacado mientras estaba «bajo tu cuidado».

Los médicos no tardan en trasladar a Pan a una camilla

y sacarlo de la estancia. Una vez que se ha ido, nos quedamos mirándonos unos a otros con una desconfianza creciente. Sabemos que no se resbaló y cayó encima de la escultura. Alguien lo golpeó con ella.

Probablemente alguien que se encuentra ahora mismo en esta habitación.

Eurídice abre la boca, con el rostro aún descompuesto, pero, antes de que diga algo, Afrodita irrumpe hecha una furia por la puerta. Analiza la escena de un vistazo.

—¿Por qué todo el mundo tiene cara de que hayan apaleado a su perro?

—Pan...

La puerta se abre de nuevo, interrumpiendo a Eurídice por segunda vez. En esta ocasión aparece Teseo con el brazo colgando de los hombros de Adonis. Este último tiene una sonrisa dibujada en la cara, y ni siquiera yo soy capaz de distinguir si es falsa o no. Ah, eso explica la ira en los ojos de Afrodita.

Teseo no lo suelta.

—Ganó Adonis.

—Maravilloso. Vamos a tomarnos un breve descanso para, eh..., lidiar con algunas cosas. —Minos pasea la mirada por la sala—. Nos juntaremos de nuevo para la cena.

—Para la cena —repite Eurídice. Da un paso adelante, ignorando la mano que Caronte le pone en el brazo—. No pretenderás que ignoremos lo que le pasó a Pan, ¿no? Creía que estaba muerto.

—No lo está —replica Minos con suavidad—. Estuvo bebiendo con Dionisio durante la comida; evidentemente se tropezó con la alfombra y se hizo daño.

Parpadeo un par de veces. No puede ser que piense que nos vamos a tragar eso. Carece por completo de sentido.

Dionisio elige ese momento para hipar.

—Pan empina el codo que da gusto. Se bebió hasta el agua de los jarrones.

Fulmino a Hermes con la mirada, pero ella tiene una sonrisita en la cara y, para variar, no parece tener nada que decir. Afrodita se lleva las manos a las caderas.

—¿Puede alguien explicarme qué sucedió?

—Ya lo hice, querida —contesta Minos, dirigiéndose hacia la puerta sin importarle pisar la mancha de sangre—. ¿Estamos? —Se marcha sin decir una palabra más.

Teseo se agarra con fuerza a Adonis y lo conduce tras los pasos de su padre adoptivo. Es en ese momento cuando me doy cuenta de que no hay nadie más de la familia de Minos en la sala.

«Fue uno de ellos.»

Solo que no hay forma de probarlo. Ariadna no pudo ser; es imposible que haya bajado a tiempo para atacarlo. Pero es la única a la que puedo descartar de la lista de sospechosos. Retrocedo un paso y le tomo la mano a Apolo.

—Deberíamos llamar a Ares. Esto no ha sido un accidente: ha sido un intento de asesinato.

Caronte niega despacio con la cabeza.

—No tenemos pruebas.

Lo miro parpadeando.

—¿Perdona?

—Que no tenemos pruebas —repite con impaciencia—. Van a llegar y lo primero que van a hacer es buscar huellas. ¿Sabes qué huellas hay en esa tortuga?

Las de Eurídice.

Apolo suspira.

—Puede que haya otras.

—Solo va a complicar las cosas —repone, y se gira hacia Eurídice—. Podemos irnos si quieres. No creo que aquí vayamos a encontrar las respuestas que estamos buscando.

A ella le tiembla el labio inferior, el cual se esfuerza claramente por tratar de mantener quieto.

—Estoy bien, no hay motivos para irse. No hasta que hayas conseguido lo que has venido a hacer.

Eso no hace sino confirmar mis sospechas de que Caronte está aquí en una misión de Hades para encontrar información, igual que nosotros. Es una suerte que al menos Hades no pretenda aliarse con Minos. No puedo decir lo mismo de los otros, salvo de Afrodita.

—Eurídice... —insiste él.

—¿Te irías si no estuviera yo aquí? —rebate ella. El silencio de Caronte es respuesta suficiente. Eurídice se gira al resto de nosotros—. ¿Se van a ir ustedes?

—Ni de broma —se ríe Hermes—. Esto empieza a ponerse interesante.

Dionisio se encoge de hombros.

—Tiene buen vino —comenta, solo que su júbilo habitual brilla por su ausencia. Es más, se le ve muy desmejorado, y dudo que se deba solo al alcohol.

No puedo creer lo que estoy oyendo. Deberían estar todos corriendo a la salida. Pero, en vez de eso, pretenden... quedarse.

—¿Es en serio? —estallo—. ¿Alguien acaba de intentar

asesinar a Pan y van a quedarse aquí esperando a que prueben suerte de nuevo? ¿Y qué me dicen de Atalanta y Tique? Ya son tres personas.

—A Pan lo van a llevar al hospital. —Dionisio hipa—. Seguro que va a estar bien.

—Atalanta me ha escrito. Está perfectamente. —Artemisa se examina las uñas—. A veces las fiestas se salen de control, Casandra. Lo sabrías si te hubieran invitado a más. —Detrás de ella, Hefesto suelta una risa ahogada.

—Como si no hubiera podido alguien levantar el teléfono para mandarte un mensaje. —Me entra una fuerte tentación de tomar la maldita tortuga esa y lanzársela, pero, aparte de que la figura parece bastante pesada, la violencia nunca ha resuelto ningún problema. Si se obcecan en no entenderte, no puedes obligarlos a entrar en razón a base de golpes—. Son unos necios. El siguiente será uno de ustedes.

Hefesto se ríe por la nariz.

—Por favor. Somos los Trece. No nos va a pasar nada.

—De todas las...

—Ponle la correa a tu novia, Apolo. Antes de que tenga que hacerlo uno de nosotros. —Artemisa se gira y se marcha.

Su salida provoca una huida en cadena. Uno a uno, todos siguen sus pasos, incluso Eurídice y Caronte. Hermes es la última que queda, y niega con la cabeza despacio.

—Te dije que te fueras, Cass. No es demasiado tarde para hacerlo. Sea como sea, nadie va a creerse tus advertencias. —Se va antes de que se me ocurra una respuesta.

¿Qué puedo decir? Tiene razón.

Me giro hacia Apolo. Se le ve preocupado, pero, aun conociéndolo como lo conozco, no sé si es por lo que ha ocurrido o por lo que puede suceder en el futuro. Por fin me devuelve la mirada y me da un apretón en la mano.

—Odio decirlo, pero tiene razón. Deberías irte.

No se me escapa que ha hablado en segunda persona.

—¿Y tú? ¿Y qué pasa con Ariadna?

Él me ignora.

—No sé por qué alguien tendría algo en contra de Pan, pero cada vez es más evidente que no estás a salvo.

—Apolo...

—Si te preocupa que Zeus anule el trato, puedo argüir que ya has hecho más de lo que se pedía de ti y que en ningún momento aceptaste poner en peligro tu integridad física. Puede que intente deducir algo del pago, pero yo te compensaré la diferencia.

Me exaspero. Qué terco es.

—No puedes hacerme un cheque por más de un millón de dólares. Tu familia me echaría de la ciudad con horcas y antorchas.

—Ya planeabas irte. ¿Qué más te da lo que piense mi familia?

Tiene razón. Como siempre. Pero eso no cambia el hecho de que pensar en dejarle aquí solo hace que todo mi cuerpo se rebele contra la idea.

—No se trata de eso.

Se acerca a mí y me rodea la cara con las manos.

—Yo me ocupo del dinero. Tú vete a un lugar seguro.

Le cubro las manos con las mías.

—Me voy si tú te vienes conmigo.

—No puedo. —Suspira—. No si existe la posibilidad de que Ariadna se pase a nuestro bando.

—Pues llamamos a Ares. —Sé que me estoy excediendo, pero no puedo quitarme de encima esta sensación de fatalidad inminente.

—Ares no puede interferir sin una invitación directa o una orden de Zeus, y él no va a darla por miedo a molestar a los miembros de los Trece que han acudido a la fiesta. —Apolo niega con la cabeza—. No puedo irme. Aún no. Pero tú sí. Por favor.

—No. Sin ti no. —Le rodeo las muñecas con las manos y le doy un apretón—. Si yo no estoy aquí, no hay nadie que te guarde las espaldas. No soy Ares, ni Atenea, ni Artemisa siquiera, pero no puedo dejarte solo. No me pidas que lo haga.

—Yo no soy el que está en peligro, Casandra.

Me niego a cambiar de opinión. Él parece que quiere seguir discutiendo, pero al final se limita a soltar otro suspiro.

—A menos que te meta en la cajuela del coche y te lleve a la ciudad yo mismo, no voy a convencerte, ¿verdad?

A pesar de todo, me río un poco.

—No. Si no me secuestras, va a ser imposible.

Me da un beso rápido en la frente y baja las manos.

—De acuerdo. Pues, si no te vas, veamos qué podemos hacer ahora. —Se detiene un segundo—. Eso sí, no vayas a ninguna parte sola. No puedo permitir que corras ningún riesgo.

—Bien, no lo haré. Te lo prometo.

Apolo me toma de la mano.

—Vamos.

Encontramos al resto de los invitados reunidos en la sala. Afrodita está sentada en el sofá al lado de Dionisio, con los brazos cruzados y los ojos iracundos. Él la mira perplejo, pero, para variar, no parece tener un comentario ingenioso preparado. De hecho, da la impresión de que estuviera a punto de vomitar, con la piel pálida y cerosa y la frente perlada de sudor.

Teseo está sentado junto a Adonis en otro sofá. No están del todo acurrucados, pero Teseo está despatarrado de tal forma que parte de su enorme cuerpo se apoya en el otro... y Adonis no se queja por motivos que desconozco.

Hacen buena pareja, eso sí.

Adonis, por su parte, tiene dibujada su habitual sonrisa encantadora. Nunca he terminado de entender si de veras es tan indiferente que nada le perturba o si es el mejor actor que conozco. No tengo ni la menor idea, lo cual me preocuparía si me importara en lo más mínimo la política de Olimpo más allá de saber a quién evitar por todos los medios.

Teseo, en cambio, tiene una cara de póquer terrible. Rezuma satisfacción por los poros mientras toca a Adonis con posesividad, dedicándole una sonrisa de suficiencia a Afrodita. Teniendo en cuenta que apenas le he visto mirar a Adonis desde que llegaron, todo esto debe de ser solo para hacerla rabiar.

Ella parece fastidiada (puede que por ser familia de

Helena, quien le lesionó la rodilla y le hizo perder la oportunidad de convertirse en Ares), y da la impresión de que solo quiere restregarle su «cita» con Adonis por las narices.

Si Minos pretende juntar a sus hijos con gente poderosa, Adonis no debería estar en la lista. Es probablemente la persona menos poderosa de la sala, exceptuándome a mí.

Tiene tanto sentido como atacar a Pan.

Se me está escapando algo. Algo importante. Si tuviera tiempo y espacio para reflexionar bien sobre ello...

—¿Casandra?

Me sobresalto y me vuelvo hacia Apolo. Solo entonces me doy cuenta de que me había quedado mirando a Teseo y Adonis como pasmada. Trato de esbozar una sonrisa.

—Perdona, perdí la noción del tiempo.

No parece que me crea, pero, bueno, no soy más que una persona normal que acaba de vivir una experiencia impactante. Todavía me tiemblan un poco los brazos y las piernas sin que pueda hacer nada por evitarlo. No entiendo cómo todo el mundo es capaz de charlar con tanta ligereza, como si no hubiera una persona en la biblioteca limpiando las manchas de sangre de la alfombra. Solo Caronte y Eurídice parecen afectados, y ponen una excusa vaga para irse de la sala.

Incluso a Apolo se ve bastante entero mientras me guía para que nos sentemos cerca de Dionisio y Afrodita. Se mete en su conversación con facilidad, y distrae a Afrodita casi lo suficiente para que deje de fulminar con la mirada a su novio y a Teseo. Casi.

Esto es lo que significa ser uno de los Trece.

Sabía que eran distintos del resto de los mortales, pero pasar tanto tiempo con Hermes y Apolo me ha llevado a hacerme una idea falsa de lo que eso implicaba realmente.

No podía imaginármelo. Pero ahora sí que lo sé.

La tarde va dejando paso a la noche y llega la hora de la cena.

Me gustaría decir que me concentro sin problemas en todas las conversaciones que se desarrollan a mi alrededor durante la cena. Minos interpreta su papel de rey carismático. Los otros hablan de... algo. Y lo único que yo hago es pensar que estuvieron a punto de matar a Pan y ni una sola persona ha preguntado si hay novedades del hospital. Ni siquiera Dionisio, que es el que lo trajo a la fiesta.

Todo el mundo se cuida mucho de no mirar hacia mí. Creen que estoy paranoica y que soy una débil. Incluso Caronte y Eurídice parecen llevar esto mil veces mejor que yo. ¿Y por qué no? Ninguno de ellos ha visto de lo que es capaz la élite de Olimpo.

¿Así es como actuaron los Trece después de mandar asesinar a mis padres? ¿Se sentaron alrededor de una mesa bebiendo y riéndose mientras los sicarios de Atenea perseguían a mis padres por las calles del centro y provocaban su fatídico final?

El Apolo que ostentaba el título en ese momento era otro, pero no puedo engañarme y creer que el mío hubiera tomado una decisión diferente. Tiene sus prioridades muy claras: haría lo que fuera con tal de proteger Olimpo, incluso si fuera en contra de sus principios morales. Sabe lo que pasaría si saliera a la luz la existencia de la cláusula de asesinato. No le gustaría condenar a muerte a mis padres, pero lo haría por el bien común.

¿Y si hubiera sido yo la que hubiera aparecido en la biblioteca medio muerta con un golpe en la cabeza? No pondría la mano en el fuego por que estuviera comportándose de un modo distinto a como lo está haciendo ahora, charlando tranquilamente con Afrodita. Puede que disfrute de mi compañía, puede que incluso le importe de alguna manera, pero no antepondría mi seguridad a la de la ciudad.

Esperar otra cosa de él solo sería condenarme al sufrimiento.

De repente me cuesta respirar. Dioses, no puedo hacer esto.

El tiempo transcurre de forma extraña. Siento como si acabáramos de sentarnos a cenar cuando el personal empieza a recoger los platos del postre. Yo no pruebo bocado. Me cuesta cada gramo de mi fuerza de voluntad quedarme sentada y no salir corriendo de la habitación. Apolo me lanza miradas de reojo, pero tenemos a Ariadna sentada justo al lado y está centrándose en ganarse su simpatía.

Solo cuando la cena llega a su fin me doy cuenta de que aún nos queda por aguantar otro maldito juego de Minos antes de poder huir de aquí.

Pero nuestro anfitrión me sorprende. Se aclara la garganta y anuncia:

—Creo que, dados los acontecimientos de esta tarde, será mejor si pospusiéramos el entretenimiento de esta noche. Habrá un cóctel de sobremesa en la sala, pero no es obligatorio asistir.

Agarro a Apolo del brazo cuando empieza a arrastrar su silla hacia atrás.

—No puedo... —Me sale la voz ronca, y tengo que carraspear e intentar hablar de nuevo, en voz baja, para que nadie más nos oiga—. Apolo, no puedo con más conversaciones insustanciales. Voy a ponerme a gritar en cualquier momento.

Junta las cejas oscuras en un gesto de preocupación y asiente con la cabeza.

—Claro. No tenía ni idea de que estabas tan mal.

«Yo no tengo ni idea de cómo puedes no estarlo tú.»

Pero no lo digo. No es justo. No es culpa suya que seamos tan distintos en este sentido. Si mis padres hubieran logrado lo que se proponían, puede que yo también fuera así de indiferente. Tal vez.

Lo que sea que ve en mi cara hace que frunza el ceño aún más.

—Vámonos a la habitación.

—Bien —susurro. Me estoy desmoronando. No estoy hecha para este tipo de cosas.

Creía que Hermes exageraba cuando me dijo que estaba en peligro. Debería haberle hecho caso. Nunca bromea con las personas que le importan, aunque tampoco se entromete para tratar de salvarlas de sus malas decisiones. Yo elegí quedarme.

No me esperaba verme invadida por los recuerdos traumáticos de mi vida. Mis padres no me creyeron cuando les dije que los Trece jamás consentirían que se aprovecharan de la cláusula de asesinato. La policía no me creyó cuando dije que los Trece habían matado a mis padres. Y ahora nadie me cree cuando hablo de los peligros que entraña esta fiesta.

¿Estoy condenada a repetir una y otra vez las mismas advertencias para acabar viendo cómo la gente que me importa sale herida?

APOLO

He cometido un error. No me he dado cuenta de lo mal que estaba Casandra hasta que me lo dijo. En lugar de cuidar de ella, me centré en el misterio de quién habrá atacado a Pan. En especular qué motivos tendrán los demás para seguir aquí. Con independencia de sus actos, los Trece no suelen ser tan imprudentes. Y, hasta donde sé, Caronte nunca lo es. Dice mucho de lo decididos que están a acercarse al entorno de Minos que den más importancia a los deseos del anfitrión que a mantener los habituales niveles de cautela.

Me hace pensar si algunos de ellos sabrán más de Minos y de sus relaciones con este supuesto enemigo de Olimpo de lo que dicen.

Llevo a Casandra de vuelta a nuestro dormitorio y cierro la puerta con cuidado después de pasar. Me invade un sentimiento de culpa cuando me paro a mirarla. Está temblando.

—Lo siento.

—Es que... —Exhala—. A veces se me olvida que

estás hecho diferente a la gente normal. Tú y los demás.

Le tomo las manos.

—Casandra. —Está más pálida que de costumbre, demacrada—. Deja que...

—Deberías ir a tomarte una copa o dos. —Me suelta las manos con delicadeza—. Ariadna sigue abajo, y si consigues hablar con ella al margen del grupo, puedes hacerle una oferta en firme para que cambie de bando.

No le falta razón. Durante toda la cena Ariadna ha estado riéndose demasiado alto y hablando demasiado deprisa. Es evidente que está asustada, y puede que aprovecharme de su miedo en pro del bienestar de Olimpo me convierta en un monstruo, pero es la mejor carta que tengo para convencerla.

Solo que eso implicaría dejar a Casandra sola, nerviosa y vulnerable.

—No voy a abandonarte.

—Apolo. —Esboza una sonrisa triste—. No tienes que hacerte el héroe por mí. Sé que Olimpo es tu gran amor y tu mayor responsabilidad. Cumple con tu deber. Yo cerraré con seguro.

Tiene razón. Sé que la tiene. Pero ahora que estamos aquí, solos, se me vienen encima de repente los eventos de esta tarde. No sé por qué nadie querría atacar a Pan, pero bien podría haber sido Casandra en vez de él. Ya ha recibido amenazas varias veces desde que llegamos a la fiesta.

Si alguien se le acercara sigilosamente por detrás y le golpeara en la cabeza antes de que tuviera tiempo de huir...

La sola idea hace que alargue los brazos hacia ella.

—Ven aquí.

—Apolo...

—Ni de broma voy a irme de tu lado, Casandra. Puedes seguir discutiendo o puedes venir aquí y dejar que te abrace hasta que los dos estemos un poco mejor.

Que me tome la mano y me permita jalarla hacia mí y envolverla con mis brazos es indicativo de lo consternada que está. En esta posición puedo sentir los pequeños temblores que le recorren el cuerpo. Una parte de mí quiere seguir insistiendo en que se vaya, pero ha tomado una decisión y pienso respetarla.

Yo haré lo que esté en mis manos para asegurarme de que no lo pague caro.

Pero eso no viene al caso esta noche. Ahora mismo haría lo que fuera por hacerla sentir mejor. Con cualquier otra persona eso podría traducirse en acostarla, arroparla y abrazarla hasta que se quede dormida, pero he aprendido a no dar nada por hecho con esta mujer.

—¿Qué necesitas que haga?

Ella suelta una risita un poco ronca contra mi pecho.

—Vas a pensar que soy lo peor.

—Jamás podría pensar que eres lo peor.

Un silencio largo. Le acaricio la espalda mientras espero a que hable. Por fin, apoya los puños sobre la tela de mi camisa y murmura:

—Necesito que me cojas hasta que ya no pueda pensar en nada.

Me quedo hecho piedra.

—Pero...

—Si no quieres, no pasa nada. Soy consciente de que no es algo muy normal. —Sigue hablando en susurros, con la cabeza apoyada en mi pecho para no tener que mirarme—. Pero, por si ibas a recordarme que no tengo que sentirme obligada a hacer nada contigo, dejaré claro una vez más que el único poder que tienes sobre mí es el que yo elijo darte.

El corazón me da un doloroso vuelco.

—Casandra, mírame.

Ella levanta la cabeza a regañadientes. Ya no tiembla tanto como antes.

—Por favor, Apolo.

No puedo negarle nada. Hay cierto componente de cuidado en el sexo y los fetiches, y no es lo que yo habría sugerido, pero, si es lo que necesita, se lo daré encantado. Al menos esto sí está en mis manos. Le acaricio la mejilla con el pulgar.

—Dime tu palabra de seguridad.

Esboza una sonrisa tenue, y el alivio se hace patente en su precioso rostro.

—Pitón.

Es muy fácil meterse en el papel con ella. Le doy un besito en la frente y retrocedo un paso.

—Quítate el vestido. —Mi voz es más suave que las otras veces que hemos estado en esta situación, pero es que ahora mismo, después de todo lo que ha pasado hoy, necesita un lugar donde sentirse segura.

Puedo ofrecerle eso. Quiero hacerlo.

Casandra no es dada a obedecer ciegamente en la vida diaria, y es algo que valoro en ella. A decir verdad, esperaba que fuera más contestona en este tipo de interacciones, pero se entrega con una facilidad que me encanta. No duda en apartarse el pelo y girarse.

—¿Me bajas el cierre?

Me acerco a ella y tomo el cierre ridículamente pequeño de la parte superior de su vestido. Sería facilísimo rompérselo, pero, aunque en ocasiones me gustan esa clase de juegos, no es lo que necesitamos ninguno de los dos en este momento. Todo esto es un preámbulo del sexo, sí, pero lo importante son los cuidados, no la lujuria.

Le bajo el cierre del vestido hasta el final y después le paso los nudillos por el centro de la espalda. Está tan suave que me vuelve loco. Aunque le ordené que se quite el vestido, soy yo quien le retira suavemente los tirantes por los hombros y se los baja por los brazos. Después, recorro sus costados con las manos hasta llegar a las caderas, llevándome la tela conmigo.

Como ya he descubierto antes, no lleva calzones, pero sí brasier. Me deshago de él enseguida, desabrochándolo y repitiendo el movimiento de retirarle los tirantes por los brazos. Le doy un beso en el hombro antes de dar un paso atrás.

Y entonces disfruto de la vista que tengo ante mí.

Casandra no tarda en empezar a retorcerse, y cada movimiento hace que sus nalgas se tensen. Aprieto los puños para contener el impulso de tocarla. Todavía no. Esto es como una especie de baile en el que hay que conseguir mantener la tensión a flor de piel. Si me paso de estímulos, su cerebro se pondrá en marcha. Si me quedo corto, no tendrá la vía de escape que necesita. Además, me encanta mirarla.

Es perfecta.

Cintura y caderas anchas, trasero enorme, muslos gruesos entre los que me encanta haber estado. Respiro hondo. Sí, suficiente por ahora.

—Date la vuelta.

Esta vez tarda más tiempo en obedecer. Mientras se gira hacia mí, hace el amago de levantar las manos para taparse, pero las deja caer de nuevo.

Carraspeo. Es tan perfecta por delante como por detrás. Y no de esa manera postiza a la que parece aspirar tanta gente, no; Casandra es real. Pero, lo más importante, es mía y puedo cuidar de ella, al menos esta noche.

Echo un vistazo por la habitación y por fin me decanto por el sillón que hay en la esquina, al lado de la cómoda. Voy hacia allí con paso decidido y me desplomo en él.

—Ven aquí.

Obedece con vacilación. Me reclino en el asiento y la observo mientras se acerca a mí. Está algo más tranquila, pero todavía no ha entrado del todo en el juego.

—Dioses, Casandra, no sabes lo que me haces. Eres la tentación personificada.

Se queda quieta, perpleja, mirándome a los ojos.

—¿Perdona?

—Es por las faldas entubadas. Cada vez que te das la vuelta, ahí está tu perfecto trasero, y yo tengo que esforzarme horrores para mantener las distancias y ser profesional.

—Apolo. —Alza las cejas—. Me siento bastante segura

con mi cuerpo, pero dudo que nadie pueda ver mi trasero y decir que es perfecto.

—¿Me estás llamando mentiroso?

Se mordisquea el labio inferior.

—Supongo que no. —Se detiene frente a mí, a unos centímetros de mis rodillas—. Yo también te miraba.

—Ah, ¿sí?

El tono rosado de su piel se torna de un rojo más intenso. Para ser una persona capaz de mantener la compostura y mostrarse impasible incluso frente a un montón de personas poderosas, es increíblemente fácil hacer que se sonroje. Me gusta. Siento como si fuera solo para mí. Casandra juguetea con un mechón de su pelo.

—Ya sabes que eres endiabladamente sexy. No finjas que no. Y vienes todos los días con esos trajes que te quedan como un guante... No soy de piedra. Claro que te miraba.

Analizo la expresión de su rostro. Está centrada por completo en mí ahora mismo, no piensa en ninguna de las cosas horribles que han pasado antes. Bien.

—¿Y has hecho algo más que mirar?

Se relame.

—Sería extremadamente poco profesional por mi parte tocarme en cuanto cruzo la puerta de mi casa porque me pasé dos horas en una reunión mirando el hueco de tu cuello porque te has aflojado la corbata.

Me inclino hacia delante y la agarro por las caderas para acercarla hasta que se queda sentada con las piernas abiertas sobre mí. Así mejor. Esta vez, sigo acariciándola mientras me recuesto, pasándole las manos con suavidad por las partes de fuera de sus muslos. Tiene una piel tan suave... Hace que quiera probar cada centímetro de su cuerpo.

Cada cosa en su momento.

—¿En serio has hecho eso, Casandra?

—Sí —contesta sin reparos—. Más de una vez. Y luego me sentía fatal. No quería desearte.

—¿Y ahora?

—Sigo no queriendo desearte.

No lo dice con maldad, pero aun así las palabras caen entre nosotros como piedras. Va a ser duro también para ella cuando esto se acabe. Quizá eso debería ser señal suficiente para cambiar de idea, pero lo cierto es que ya hemos llegado demasiado lejos para salir indemnes.

Ya era demasiado tarde incluso antes de besarnos por primera vez.

—¿Confías en mí, Casandra?

—Sí —responde sin dudar.

Me da un vuelco el corazón al sentir la confianza que tiene en mí esta mujer tan recelosa y fuerte. La quiero. Llevo sabiéndolo un tiempo, pero ahora, en este momento, por fin soy capaz de admitirlo, aunque sea mentalmente. Se me va a romper el corazón cuando se vaya, y no soy tan egoísta ni cruel como para confesarle cómo me siento cuando todo esto tiene una fecha límite. Sé que le importo, pero, incluso en el caso de que sintiera lo mismo, no quiero ponerla en el compromiso de tener que elegir entre su hermana y yo. Ya ha sufrido demasiado a manos de la gente con poder de Olimpo.

—Ve a la cama y acuéstate bocarriba.

Se me queda mirando y parpadea un par de veces. Me sorprendo aguantando la respiración mientras me observa. No me hace esperar mucho.

—Está bien.

Me obligo a permanecer sentado mientras ella obedece. Cuando gatea por la cama para acostarse, alcanzo a ver un atisbo de su sexo, y me fuerzo a reprimir un gruñido de placer. Paciencia. Puedo tener paciencia. Esta noche no es para mí, no importa lo que yo desee. Esta noche es para darle lo que necesita.

—¿En qué pensaste la última vez que te tocaste?

—Eh...

—Me gustaría que me lo contaras. Con todo lujo de detalles. —Me pongo en pie lentamente y me quito el saco. Los dedos me tiemblan un poco cuando me desabotono los puños y empiezo con los botones de la camisa. Me detengo después del segundo y alzo las cejas—. Estoy esperando.

Ella esboza una leve sonrisa.

—Sí que te gusta oírme hablar, ¿eh?

—Es una de mis cosas favoritas —contesto con sinceridad—. Eres la persona más inteligente que he conocido, y me encanta cómo piensas. —Sonrío—. También me encanta oír como te quedas sin aliento cuando hablas de lo que deseas.

—Lo que deseo ahora mismo es que te quites la camisa.

Jalo el tercer botón y... me paro.

Ella suelta un resoplido.

—Está bien, de acuerdo. La última vez fue después de la reunión aquella sobre Afrodita... la de antes.

Recuerdo perfectamente a cuál se refiere. A la anterior Afrodita la condenaron al exilio hace unos meses, pero no es del tipo de persona que desaparece sin hacer ruido y deja a todo el mundo en paz. Desde que se fue, ha tratado de lanzar nada menos que tres campañas de desprestigio contra Psique Dimitriou. Por órdenes de Zeus, las he descubierto todas antes de que fuera demasiado tarde y las desbaraté; no quiere que ni el más mínimo escándalo salpique a la familia de su nueva esposa.

Esa reunión en concreto se alargó bastante por una videollamada con el equipo encargado de eliminar todos los *posts* que había logrado publicar y de cancelar una entrevista particularmente insidiosa que se iba a emitir la mañana siguiente. Después, estaba tan enojado por haber tenido que pasar por lo mismo tres veces que ordené a mi equipo que encontrara la manera de meterle un virus en la computadora que lo borrara todo y que la amenazase con hacer lo mismo con su dinero si seguía por aquel camino.

—¿Qué parte de todo ese suplicio te llamó la atención? —pregunto.

—Estabas enojadísimo. —Se estremece, y a mí se me hace agua la boca. Casandra me observa con detenimiento mientras me desabrocho el tercer botón antes de continuar—. Nunca gritas cuando estás enojado. Solo te pones cada vez más serio, y me puso bastante caliente imaginarte hablándome así a mí.

—Nunca he tenido que hablarte así.

—Anoche lo hiciste. —Deja escapar una risita—. Lo estás haciendo ahora.

Me detengo en el cuarto botón.

—Continúa, Casandra. Te fuiste a casa enseguida después de la reunión.

—Claro que lo hice. Tenía los calzones empapados y estaba casi a punto de venirme antes incluso de salir por la puerta. —Aprieta los muslos con fuerza—. Te imaginé pidiéndome que me desnudara apenas entrara en la casa, un poco como acabas de hacer hace unos minutos. Y luego me toqué.

—Enséñame cómo.

Su mano baja inmediatamente a su entrepierna. Forma una V con los dedos y se aplica presión a cada lado del clítoris.

—Estaba tan cerca que creí que acabaría demasiado rápido, así que jugué un poco conmigo. —Extiende los dedos, abriéndose un poco los labios—. Quería sentir tu boca. —Inspira hondo—. Quiero sentir tu boca ahora también.

Me desabotono el resto de la camisa con torpeza y me la quito a toda prisa. Me tiemblan las manos. Necesito tocarla, saborearla, hacerla sentir bien. Doy un paso, pero me paro un segundo y logro controlarme un poco.

—Cuando te cojo en tus fantasías, ¿cómo lo hago?

Sus dedos se detienen y me mira.

—Me sujetas con firmeza, pero me siento tan cuidada incluso cuando me inmovilizas... —Se sonroja más aún—. Vas... Vas despacio y es insoportable, hasta que de repente pierdes los estribos y entonces es un poco más rudo, justo como lo necesito.

—Como pasó ayer.

Asiente con la cabeza.

—Sí, exacto.

—Esta noche no seré brusco, Casandra. No es lo que necesitas.

Frunce sus cejas oscuras y abre la boca como si quisiera discutírmelo. Espero, pero al final emite un gruñidito adorable.

—Está bien, tienes razón. No es lo que necesito esta noche.

La contemplo.

—Ábrete de piernas para mí. Quiero verte entera.

Separa los muslos y, cuando lo hace, empieza a tocarse con más descaro. Aprovecha su humedad para estimularse el clítoris dibujando círculos. Se me pone tan dura de pronto que me mareo un poco por la cantidad de sangre que me baja a la entrepierna.

—Date prisa —dice con una voz grave y jadeante—. O, si no, voy a acabar antes de que puedas llegar a la cama.

—No, Casandra. —Cuando su mano se detiene, niego bruscamente con la cabeza—. No pares.

Rodeo la cama, pero vacilo un segundo cuando veo con el rabillo del ojo algo dorado y brillante en mi maleta que estoy seguro de que no estaba ahí cuando salí antes de la habitación. Me agacho a levantarlo y me río con incredulidad.

—Maldita seas, Hermes.

—¿Qué pasa?

Me giro hacia ella con la cuerda de *bondage* dorada en las manos.

—Tu ex nos dejó un regalito.

—Es muy considerada, ya ves. —No ha parado de tocarse—. Probablemente lo haya hecho para molestarte.

—Sin duda —contesto. Pero, por primera vez desde que supe que estuvieron juntas, ya no siento esa punzada de celos. Puede que solo sea durante un rato, pero Casandra está desnuda y retorciéndose de placer en mi cama. Me está dejando cuidar de ella, encargarme de sus necesidades.

Compruebo la longitud de la cuerda. Es distinta de las que he usado en el pasado, suave en lugar de recia.

—Casandra...

—Sí, puedes atarme. —Dice la frase tan deprisa que las palabras se agolpan—. Me gustaría mucho. Y sí, confío en ti; y sí, prometo usar la palabra de seguridad si no estoy cómoda y hacerte saber si siento que algo me está cortando la circulación. Por favor, Apolo.

Me gusta que ya se esté anticipando a las cosas que harían que me parara, que se comunique conmigo con tanta facilidad. Ambos nos encontramos en la misma página.

—Siéntate y junta las manos delante de ti como si estuvieras rezando.

Me obedece de inmediato. Respira con dificultad, pero se las arregla para alzar una ceja mientras me mira y dice:

—¿Voy a venerar a alguien esta noche?

—No, querida. Vas a ser tú la venerada.

CASANDRA

Tal vez, con el tiempo, acabaría acostumbrándome a la manera en la que la voz de Apolo se vuelve grave y severa cuando está caliente y me mira como si fuera un bufet dispuesto para su disfrute personal. Tal vez.

Con independencia de lo que haya pasado, ahora mismo no estoy pensando en nada más que en él y en qué hará ahora. Es un alivio temporal que necesito desesperadamente; me está dando justo lo que le he pedido.

Vuelve hacia la cómoda y toma una liga para el cabello que he dejado ahí. Eso me da la oportunidad para apreciar lo endemoniadamente atractivo que es. Tiene el tipo de cuerpo que se ve en las estatuas clásicas, musculado pero sin pasarse. Es evidente que hace ejercicio (y yo ya lo sabía, pues suele aprovechar las pausas de comer para hacerlo), pero ver su piel tersa expuesta me deja sin fuerzas. Quiero saborearlo y tocarlo, y juntar la mayor parte de mi cuerpo con la mayor parte del suyo posible.

Me hace sentir segura, como si no pudiera pasarme nada malo cuando él está a mi lado. A decir verdad, lleva bastante tiempo haciéndome sentir así, a salvo.

Cuando se gira, distingo contra sus pantalones de vestir una erección con pinta de ser bastante incómoda. Trago saliva.

—Deberías quitarte los pantalones.

—Cuando esté listo.

Niego con la cabeza.

—Quiero que tú también te lo pases bien, Apolo. No puede ser todo para mí.

Abre mucho los ojos y luego los entrecierra.

—Casandra. —Dioses, me encanta el tono hosco que adopta cuando he hecho algo para ponerlo a prueba—. Esta noche voy a estar muy ocupado tocando tu cuerpo desnudo. Y me lo voy a pasar de miedo. —Sonríe cuando se sube a la cama, y mi cerebro no es capaz de procesar la visión de Apolo gateando hacia mí con esa expresión en su precioso rostro.

Esperaba que se detuviera a cierta distancia, pero al parecer esa parte ya se ha acabado. Me junta las piernas y se coloca de rodillas con las piernas abiertas sobre ellas. El contacto de sus fornidos muslos contra los míos hace que me dé un escalofrío.

Entonces alarga los brazos tras de mí y me recoge el cabello con delicadeza. Le lleva unos segundos formar lo que parece un moño despeinado y luego me pasa las manos por el cuello, los hombros y la parte alta de la espalda, comprobando que no se le haya escapado ningún pelo que se pueda quedar enganchado con la cuerda. Sentirme así de cuidada hace que me entren ganas de ronronear, pero me contengo. Cuando por fin parece satisfecho con su trabajo, vuelve a su sitio y comienza a recorrer la soga con las manos.

Ya había visto a dominantes hacer este ritual de comprobar la cuerda antes de atar a sus sumisos, pero esta vez me resulta diferente. Apolo le pone un grado de intención al proceso que me es novedosa y peculiar. Me hace sentir bien.

El frufrú de la soga suave contra sus palmas me calma al mismo tiempo que hace que aumente la tensión en mi interior. No entiendo cómo pueden darse dos cosas tan distintas a la vez, pero, como ya dije, este hombre parece ser la excepción a toda regla.

Apolo llega al final de la cuerda y emite un sonidito de aprobación.

—Hermes cuida bien sus juguetes.

Trago con dificultad. En su tono ya no se percibe la tensión que había antes, pero eso no cambia el hecho de que...

—No quiero hablar de ella.

Sus labios se curvan hacia arriba.

—De acuerdo.

Repasa la cuerda hasta más o menos la mitad y me la coloca por la nuca. Me observa y se relame.

—Si sientes algo... —Sacude la cabeza—. Deberías no tar un agarre firme, pero no apretado. Si empiezas a sentir un hormigueo en alguna parte, dímelo de inmediato.

—Está bien. —Como veo que duda, añado—: Te lo prometo.

Al fin, Apolo asiente y se pone manos a la obra.

Es un trabajo lento, sensual. Con cada roce de sus nudillos y cada jalón de la cuerda mientras me amarra con meticulosidad me siento más cuidada. La cuerda se entrecruza justo delante del hueco de mi cuello, y baja para agarrarme los codos en una postura bastante cómoda que me permite apoyarlos en la suave soga. Después, se entrecruza de nuevo formando un patrón distinto entre mis pechos para acabar atándome las manos juntas, palma contra palma, en la posición de rezo. Esta manera en la que me coloca los brazos me alza los pechos, pues hace que queden pegados contra los antebrazos.

Se echa para atrás y me estudia.

—Perfecto. —Apolo me rodea para situarse a mi espalda y me agarra la barbilla con una mano firme para girarme la cara hacia el espejo que hay encima de la cómoda—. Contempla lo preciosa que eres, Casandra.

Cuando miro en el espejo, no es mi reflejo lo que busco, sino el suyo, cómo me está mirando. Me pasa las manos por los brazos con suavidad y me roza la parte inferior de los pechos con los pulgares.

—¿Te aprieta demasiado por alguna parte?

No hay oxígeno suficiente en la habitación. Me está tentando, y puede que me muera si no me toca pronto.

—Está perfecto.

—Mmm. —Traza pequeños círculos con los dedos sobre mis pezones. Ya están duros, pero sus caricias hacen que se pongan como una piedra.

Suelto un quejidito y me echo para atrás instintivamente, tratando de alejarme de ese placer tan agudo que se siente como dolor.

Solo que no tengo adónde ir. Detrás de mí está su cuerpo robusto, y él me sigue tocando sin piedad por mucho que me retuerza.

—Apolo, por favor.

—Voy a darte todo lo que necesitas, amor. —Casi suena como una amenaza.

No logro asimilar el hecho de que me haya llamado «amor». Mi mente parece no registrar la palabra, que sale de sus labios en ese tono firme y grave.

—Pero... —trato de replicar.

Él me pellizca los pezones y me saca un gemido de los labios.

—Puedes protestar todo lo que quieras, pero haré lo que me plazca.

Aprieto los muslos, pero nada mitiga la necesidad que siento en la entrepierna.

—Espero de veras que eso incluya orgasmos, y rápido.

Su risita me hace sentir mariposas en el estómago. Una parte de mí aún no cree que esto esté pasando, incluso cuando retoma su posición delante de mí y me recuesta sobre la cama. Me toca con el cuidado y la firmeza propios de él, y me pasa las manos por el vientre y por las caderas como si me estuviera venerando.

Como me ha prometido.

Me insta a abrir las piernas y suelta una exhalación temblorosa.

—Ahora por fin puedo verte como los dioses mandan.

—Apolo...

—Calla.

Levanto la cabeza y lo miro con incredulidad.

—¿Acabas de mandarme callar?

No responde con palabras. En su lugar, me pasa los pulgares por la parte exterior de la vulva, separándome, y me regala otra de esas exhalaciones temblorosas tan excitantes. Me muerdo el labio inferior.

—Supongo que no me importa si sigues haciendo eso.

—Valoro tu obediencia —contesta como distraído. Me introduce dos dedos poco a poco y sale del fondo de su pecho un sonido que es casi un gruñido—. ¿Todo esto es para mí? —Mete y saca los dedos despacio, explorándome. Es parecido a lo de anoche pero al mismo tiempo totalmente distinto—. Estás tan mojada que vas a arruinar las sábanas.

Empiezo a elaborar una respuesta sarcástica, pero me estimula el punto G con las puntas de los dedos y pierdo toda capacidad de razonamiento, por lo que solo puedo contestar con la pura verdad.

—Es para ti —jadeo—. Es todo para ti.

—Buena chica.

Sus palabras graves, su aprobación, me llevan al límite. Me vengo con un grito que debe de oírse por toda la casa. Pero Apolo no para. Comienza a acariciarme el clítoris con la otra mano, observándome la cara mientras me mantiene en un orgasmo que no se acaba.

—Otra vez, amor. Tú puedes.

Como si tuviera elección.

Se inclina y me da un beso en la rodilla mientras me provoca aún más, mientras me lleva al cielo. Dioses, cómo me mira. Es como si el corazón le asomara a los ojos y me lo estuviera ofreciendo, aunque haya adoptado el rol dominante. Cada caricia, cada repaso a mi cuerpo... es reverencial, pero incluso va más allá. No solo está feliz de estar cogiéndose a alguien en general.

Apolo me ve. Tal y como soy.

Me doy cuenta de eso mientras se inclina más aún y me da un beso largo en la entrepierna. Sigue metiéndome los dedos, pero de repente me estimula el clítoris con la lengua. Alargo las manos hacia él sin pensar y me encuentro con que la cuerda me lo impide, ya que me sujeta las manos juntas y mantiene mis brazos doblados.

—Quiero... —Brego con las ataduras, lo cual no hace sino aumentar mi urgencia—. Deseo...

Él levanta la cabeza lo justo para decir:

—Cuando haya terminado podrás pedirme lo que quieras.

Me le quedo mirando, parpadeando.

—Cuando hayas terminado.

—Sí. Me has pedido que cuide de ti. Voy a hacerlo a mi manera. —Me da un mordisquito en el muslo—. Si tengo las noches contigo contadas, no pienso apresurarme. —Una sombra recorre sus ojos oscuros y desaparece antes de que mi cerebro inundado de deseo pueda identificarla.

Algo se rompe y sucumbe en mi pecho. Para mi espanto, me tiembla el labio inferior. Susurro:

—Apolo.

Una única palabra tan cargada de significado... «Me importas. Es posible que el sentimiento vaya más allá que eso, pero no puedo admitirlo, porque entonces no me iré. Y no puedo quedarme.»

—Casandra. —Su respuesta tiene las mismas capas de significado. Lo conozco lo suficiente para captar algunas de ellas, o tal vez todas: «Tú también me importas. No voy a pedirte que te quedes».

El momento se alarga, y tengo todas las cosas que no puedo decir en la punta de la lengua. No me esperaba sentirme tan dividida. No me esperaba... nada de esto. Pero eso no cambia las circunstancias, y los dos lo sabemos.

Aunque no tuviera ya pensado huir de la ciudad para poner a salvo a mi hermana, los eventos de esta tarde han sido un recordatorio bastante desagradable de lo peligroso que es estar cerca de los Trece. No han atacado a Afrodita, a Hefesto o a Dionisio, sino a Pan. Podría haber sido yo perfectamente. Si me quedara, podría ser yo la próxima vez.

¿Y qué pasará con Alejandra si yo resulto herida?

¿Si muero?

Apolo me besa antes de que arruine el momento con emociones complejas y una situación imposible que ninguno puede resolver sin que alguno de los dos salga malparado. Aunque mejor salir malparado y no las personas que dependen de nosotros.

De nuevo intento tocarle y, de nuevo también, la cuerda me lo impide.

Esta vez no me deja frustrada. Sigue besándome mientras empieza a desatarme. El problema con las formas más elaboradas de *bondage* es que lleva casi tanto tiempo quitar la cuerda como ponerla, pero, con él, no resulta una tarea pesada. Es más bien otro tipo de preliminares.

La soga se cae y él termina de soltarme por completo.

Intento tocarlo, pero me sujeta las muñecas con un agarre dócil pero firme.

—No. —Me muerde el labio inferior—. Esta noche solo importas tú.

—Bueno, pero es que quiero tocarte.

Se aparta lo justo para dedicarme una sonrisa pesarosa.

—Más tarde. Te lo prometo.

—Apolo... —Algo semejante a un plañido aflora en mi voz—. Por favor.

La sonrisa se le borra del rostro.

—Antes de empezar me has dicho lo que querías, y pienso dártelo. —Toma la cuerda de nuevo—. Pero antes quiero tener mejor acceso a tus pechos. Las manos. —No es una orden como tal, pero se parece mucho.

Extiendo los brazos lentamente y lo observo mientras me ata las muñecas. Se le da bien. La soga da varias vueltas por mis antebrazos y rodea los meticulosos nudos, asegurándose de que no me aprieta demasiado por ninguna parte.

Lo prueba.

—¿Demasiado ajustado?

Me gustaría quejarme de nuevo por que me haya arrebatado la posibilidad de tocarlo, pero no consigo adoptar la actitud respondona.

—No —contesto con sinceridad.

—Bien. —Me empuja con cuidado para que me recueste y pasa el extremo de la cuerda por detrás del cabecero para sacarlo por la parte de arriba. El muy cabrón me pone el cabo en las manos—. Confío en que te portes bien, amor. Sujétame esto.

«Sujétame esto.»

Es decir, que me mantenga cautiva a mí misma. No puedo hacer como que es él quien me está atando para que no pueda escapar (salvo haciendo uso de la palabra de seguridad, claro). No, se está asegurando de que participe en esto por voluntad propia porque él es así.

Es de locos. Una parte de mí quiere soltarse solo para llevarle la contraria, para ver cómo reaccionaría. El resto solo quiere complacerle, y esta última parte es la que gana. Me envuelvo la mano con la cuerda y la agarro con fuerza.

—Está bien.

—Buena chica —dice de nuevo. Se sienta en cuclillas y se limita a observarme.

Una vez más, no puedo evitar sentir que me ve. No solo mi cuerpo, sin fijarse en mi mente. No solo mi mente, sin fijarse en mi cuerpo. Me ve a mí. Entera.

Apolo se relame.

—Ahora ya podemos empezar.

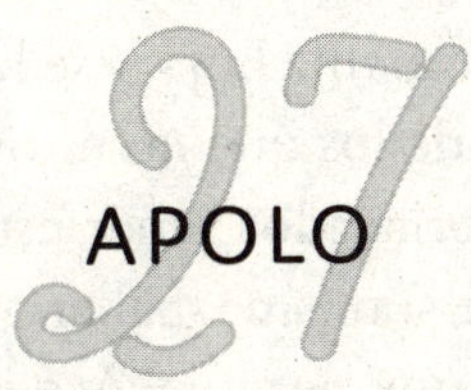

APOLO

En el pasado me he tomado el sexo como una compleja coreografía entre mis parejas y yo. Una coreografía de consentimiento, de intercambio de poderes y de descubrir exactamente qué es lo que le vuelve loca a la otra parte para darle todo el placer posible. Todos esos impulsos aparecen también aquí con Casandra. Al fin y al cabo, soy como soy. Pero se ven desbancados por una necesidad pura e implacable.

Mi parte lógica está en modo suspensión: solo hay deseo. Tengo que esforzarme con todas mis fuerzas para no perder el control ahora que está desnuda y abierta para mí, mirándome como si yo tuviera la solución a todos sus problemas. Quiero ser eso para Casandra; lo anhelo con todo mi ser. Como no puedo dárselo todo, al menos voy a darle placer. Evasión. Consuelo.

Le aparto el pelo de la cara y le doy un beso en la frente, en la punta de la nariz, en los labios. Ella intenta arquearse para profundizar en el beso, pero sigo moviéndome antes de que tenga la oportunidad. Aun así, me cuesta mantener la delicadeza. Paso por la curva de su hombro, por la suavidad de su piel justo donde la cuerda la tiene amarrada; después repito el proceso en el otro brazo.

Ella tiembla como una hoja, y se le escapan gemiditos de entre los labios de los que no estoy seguro de que sea consciente. Es embriagador tener este efecto sobre una mujer tan dueña de sí misma. Saber que confía en mí, en que voy a darle lo que necesita. Me regodeo en el sentimiento y me esfuerzo por grabármelo en la mente mientras paso a sus pechos.

Los colmo de atenciones, juntándolos con las manos para ir alternando entre sus pezones. No me canso. Dioses, apenas puedo creer que esto esté pasando de verdad. Es como una fantasía extremadamente vívida, como si en cualquier momento fuera a abrir los ojos y a encontrarme solo en la cama, con el puño rodeándome la verga.

Sigo jugando con ella hasta que sus estremecimientos dan paso a temblores con todas las letras. Cada respiración es un jadeo que me pide más, y una capa de deseo le nubla los ojos oscuros. Solo entonces bajo por su cuerpo, dedicándole el mismo cuidado a su vientre y sus caderas. Es tan preciosa que me cuesta respirar.

Por muy tentadora que sea la idea de hacer que termine de nuevo, le prometí cumplir su fantasía, y eso es justo lo que pretendo hacer. Nos privo a ambos de lo que anhelamos ahora, pasando por alto su sexo para venerar primero una de sus piernas hasta el tobillo y luego la otra.

Cuando por fin me arrodillo entre sus muslos, estamos los dos jadeando, y ella está tan mojada que brilla. Le paso el nudillo por la entrada.

—Perfecto.

—No paras de usar esa palabra —dice con la voz áspera y entrecortada.

—Porque es verdad. —Le observo la cara mientras le meto dos dedos. Está más mojada aún que antes, su cuerpo preparado más que de sobra para el mío—. Eres atrevida y lista y atenta, Casandra. Es un privilegio poder cuidar de ti esta noche, y me alegro de que confíes en mí.

Ella sonríe, aunque le tiemblan un poco las comisuras de la boca.

—Me estás poniendo difícil protegerme el corazón.

«No tienes que protegerte el corazón de mí.»

Le acaricio los muslos y le separo las piernas. Ella entrecierra los ojos cuando agarro un condón y rompo el envoltorio. No es difícil de poner, pero me fuerzo por ir más despacio que de costumbre para asegurarme de colocarlo bien. Con lo cerca que estoy del paraíso, no pienso hacer nada para arruinar la experiencia.

Ahora que el momento ha llegado, me parece un sueño. Me apoyo con una mano en la cama para aguantar mi peso y me introduzco en ella poco a poco, con movimientos suaves. Los dos gemimos. Ella me rodea las caderas con las piernas para que profundice en mis acometidas.

—Más. Dame más.

—Qué impaciente.

—¿Por ti? Siempre.

Besarla me resulta lo más natural del mundo. No puedo creer que haya pasado cinco años sin besar a Casandra Gataki. Ella me devuelve el beso como si nunca fuera a tener suficiente, como si quisiera grabar esta experiencia en su memoria con la misma intensidad que yo.

Necesito un momento para serenarme, para sofocar el impulso de metérsela hasta el fondo. Ella me dijo bien claro lo que quiere, y de ninguna manera voy a darle nada por debajo de la perfección.

Comienzo a moverme lentamente dentro de ella, pero con cada embestida pierdo la capacidad de pensar. Me gusta demasiado tenerla entre mis brazos, con los tobillos apoyados en la parte baja de mi espalda. Me pierdo un poco más con cada oleada de placer que me asola.

El tiempo deja de tener significado. Solo existe Casandra. Los gemidos indefensos que emite. Su cuerpo moviéndose contra el mío en un ritmo ancestral. Sus ojos vidriados de placer, que se centran en mí con una intensidad que me llega a lo más hondo.

«No te vayas.»

«Te quiero.»

Palabras que jamás pronunciaré.

Lo único que puedo hacer es decírselo con mi boca, con mis manos, con mi verga. En este momento, estoy comprometido única y exclusivamente con su placer. Cambio un poco de ángulo para pasar el brazo entre nuestros cuerpos y estimularle el clítoris.

Ella suelta un grito.

—Más.

—Por ti, lo que sea. —Las palabras albergan demasiada intensidad, demasiada verdad, pero ya no puedo retirarlas.

Mantengo el ritmo que parece agradarle más y la observo mientras se desmorona bajo mi cuerpo. Nunca me cansaría de experimentar ese momento de entrega total cuando llega al orgasmo. Es asombroso saber hasta qué punto confía en mí. Haré lo que sea con tal de asegurarme de que no se arrepienta.

Bajo el ritmo y le doy tiempo para recomponerse. Me esfuerzo por tranquilizarme y dejar de estar al límite. Ella me mira con los ojos muy abiertos.

—Quiero tocarte.

Vacilo, pero ella insiste:

—Por favor, Apolo.

No puedo negarle nada. Lo cierto es que yo también quiero sentir sus manos en mí, con urgencia. Asiento bruscamente.

—Está bien. —Toqueteo la cuerda de alrededor de las muñecas con manos torpes y consigo aflojarla, soltando una maldición que le da risa.

Lo primero que hace Casandra es rodearme la cara con las manos y me jala para darme un beso apasionado. Todo se desvanece. Esta vez, cuando me muevo dentro de ella, soy menos capaz de controlarme. Es demasiado. Ella es demasiado. Lleva una mano a mi pelo y baja la otra por mi espalda hasta agarrarme el trasero..

Y con eso, de repente, pierdo la cabeza por completo. La embisto con fuerza. Necesito llegar más hondo, necesito darle más fuerte, solo siento pura necesidad. Ella gime contra mis labios. Demasiado pronto. Es demasiado pronto, pero a nuestros cuerpos no parece importarles. Casandra termina de nuevo y se contrae a mi alrededor.

La necesidad me arranca las palabras de la boca.

—Eres perfecta. Eres jodidamente perfecta.

Hundo la cara en su cuello mientras alcanzo mi propio orgasmo. Mi cuerpo sigue moviéndose incluso cuando mi cerebro se desconecta, arremetiendo contra ella de una forma salvaje que nos hace gritar de placer.

Poco a poco, muy poco a poco, el pulso desbocado que siento en los oídos comienza a remitir. Me doy cuenta de que Casandra está dibujando patrones abstractos en mi espalda. Me gusta. Me gusta mucho.

Aun así, tengo que ocuparme del condón.

Suelto un gruñido y me aparto de ella, que, por supuesto, reacciona rodeándome de nuevo la cintura con las piernas.

—Solo un poco más.

La idea de sucumbir me resulta tentadora, pero, cuanto más tiempo estemos así, más probable es que el condón no cumpla su función. Me inclino hacia ella lo justo para besarla.

—Ahora mismo vuelvo.

Dejarla en la cama e ir al baño a tirar el condón es bastante más difícil de lo que debería. Una vez hecho, me aseo un poco y vuelvo corriendo a la habitación, casi seguro de que el momento habrá pasado.

Casandra, no obstante, está igual que cuando me he ido, con el cuerpo relajado y los ojos cerrados. Los abre cuando me acerco a la cama.

—Ven aquí —me pide.

Obedezco encantado y me acomodo a su lado. Rodearla con los brazos y estrecharla contra mi cuerpo me parece lo más natural del mundo. Encajamos a la perfección, y se acurruca de una forma adorable contra mí. No está nerviosa ni enojada como antes. Le he dado justo lo que necesitaba, y saber eso me resulta reconfortante. Sé que debería ser menos posesivo con ella, pero no puedo evitar abrazarla con más fuerza para acercarla aún más a mí.

Si solo voy a poder tener esto unos pocos días más, pienso. Incluso estos pequeños momentos de intimidad. Especialmente estos pequeños momentos.

—Apolo —dice mi nombre despacio, como distraída—. Has gritado «carajo» tres veces. Debe de ser algún tipo de récord.

Se me escapa una risa. No me esperaba esto.

—En ese momento estaba... inspirado.

—Me lo voy a tomar como el mayor de los halagos. —Sonríe contra mi piel—. Creo que no puedo caminar. Las piernas me tiemblan de una forma que me preocuparía de no ser por que me he venido.... un montón de veces.

Mi corazón no es capaz de decidir si dar un vuelco o encogerse. Opto por limitarme a respirar. Con eso basta. Aquí y ahora, con eso basta y sobra.

—Te ves preciosa cuando te vienes, Casandra. ¿Cómo podría no querer presenciarlo todas las veces que sea posible? —Vacilo un segundo. Igual no es el momento para sacar el tema, pero quiero que sepa la verdad—. Me arrepiento de haberte traído aquí, de haberte expuesto a este tipo de violencia otra vez, pero no me arrepiento de lo que ha pasado entre nosotros.

—Esta tarde... —Alza la cabeza. Su expresión se torna seria, lo que hace que se me forme un nudo en el estómago—. Sé que nos movemos en mundos distintos, aunque ambos vivamos en Olimpo, pero nunca lo había visto con tanta claridad. —Traga saliva con dificultad—. Aunque yo tampoco me arrepiento de este tiempo contigo.

Ese es el tema. Si fuera una cuestión de dinero o de poder, podría convencerla de quedarse. Pero la realidad es que no puedo garantizar su seguridad si no se va... Sería pedirle demasiado. Mis sentimientos al respecto son irrelevantes.

—Casandra. —Le tomo la barbilla con suavidad y ella parpadea con el contacto—. El tiempo que nos queda juntos se cuenta en días, en horas. No pienso hacer nada que lo acorte aún más.

—Ni yo. —Apoya la cabeza en mi pecho de nuevo y se aferra más fuerte a mis costillas.

El espacio entre nosotros está plagado de todas las cosas de las que hemos acordado no hablar. La estrecho entre mis brazos y le paso una mano por el pelo. Otro momento para tatuar en mi memoria, igual de valioso que el anterior. Más, en realidad.

Aun así, como dije, no pienso perder ni un segundo del tiempo que nos queda.

Empiezo a recostarla sobre su espalda, pero ella se zafa de mi agarre. Cuando alzo las cejas, esboza una media sonrisa.

—Me encuentro un poco mejor ahora, y me parece una pena desperdiciar todas estas horas a solas contigo. —Su sonrisa se torna traviesa; me pasa las uñas por el abdomen—. ¿Puedo?

No soy capaz de negarle nada.

—Por ti, lo que sea, amor.

CASANDRA

No dormimos mucho. Cada vez que empezamos a quedarnos dormidos, es como si de repente nos volviera el frenesí y nos revolcamos de nuevo, gastando las provisiones de condones de Apolo. Cómo me mira este hombre... Incluso cuando el placer arrasa con mis pensamientos, no puedo quitarme de encima el miedo de que nunca nada vaya a ser tan increíble como ahora.

De que nunca vaya a estar con alguien que me toque como Apolo.

De que nunca encuentre a alguien que me vea como me ve él.

La tentación de quedarnos en esta habitación, ocultos del mundo, es abrumadora. Él también la siente. Se nota en cómo me busca, casi con desesperación, en cuanto se despierta, en cómo me coloca bocabajo para darme placer con la boca hasta que le suplico que me coja. Esta vez, no hay jueguitos ni preámbulos. Se detiene lo justo para ponerse otro condón, me agarra de las caderas y me coge como si necesitara estar tan cerca de mí como le sea posible.

Me encanta cada segundo, aunque no logro acallar el pensamiento de lo que vendrá después.

Ni siquiera el hecho de terminar con él dentro tantas veces que llego a perder la cuenta consigue hacer que la sensación de amenaza inminente se disipe.

O el recuerdo de lo que pasó en la biblioteca.

Esta vez, él acaba con una maldición entre dientes, embistiéndome con tanta brutalidad que vuelvo a estar al límite yo también. Gimoteo contra las sábanas. Es demasiado y al mismo tiempo me asusta que no sea nunca suficiente. Ni suficiente placer ni suficiente memoria para sobrevivir al transcurso del tiempo. Con los años, los recuerdos se van difuminando, para bien y para mal. Lo sé más que de sobra.

Jamás olvidaré a Apolo, pero ¿recordaré siempre el tacto de sus dedos en mis caderas? ¿Desdibujará el tiempo la imagen de cómo me mira, como si el sol saliera y se pusiera a mi antojo?

Me aterroriza la respuesta.

Me da un beso en la nuca y desaparece el tiempo justo para tirar el preservativo. Me envuelve entre sus brazos en cuanto regresa a la cama. Lo único que quiero es aceptar el consuelo que me brinda su presencia, su cuerpo, su control. El mundo parece estar tan lejos ahora... y una parte egoísta de mí quiere que siga así.

Pero esto no puede continuar. Tenemos que hablar de la fiesta. De Pan.

—¿Por qué atacar a Pan, de entre todos los asistentes? —pregunto—. O hacer que Atalanta se marche, si es eso realmente lo que ha ocurrido. O amenazarme a mí. ¿Por qué ir detrás de los acompañantes? Eso es lo que no alcanzo a comprender.

—Yo tampoco. Pan es muy querido, no hay motivo estratégico para atacarle. Es posible que conozca alguno que otro secreto peligroso, pero no sé qué sentido tiene hacerlo aquí, en la fiesta.

Ese es el tema. La probabilidad de que el agresor no sea uno de los invitados es prácticamente inexistente. Sería un error partir de esa base, estoy segura.

—Tiene que haber sido alguien de aquí. ¿Igual Minos quiere hacerse con la Dríade?

—Todo el mundo quiere hacerse con la Dríade. —Apolo suena tan frustrado que me dan ganas de abrazarle—. Parece un movimiento bastante torpe, pero supongo que podría tener algo que ver. Pan no tiene familia, así que, si muere sin testar, el local saldría a subasta. De todos modos, es mucho darlo por hecho, e incluso si así fuera, hay gente con más dinero en esta ciudad. Dionisio, sin ir más lejos, sería el primero en la lista y se lo puede permitir.

Pienso en la mala cara que tenía Dionisio tras el ataque. ¿No será...? Me incorporo.

—¿Crees que Minos está ofreciéndose a hacer ciertos trabajos sucios para que los invitados no tengan que mancharse las manos?

Suena rebuscado, teniendo en cuenta que los Trece son muy capaces de asesinar a quien quieran por ellos mismos, pero este Zeus no es igual que el anterior: quiere estabilidad, y en tiempos como estos la estabilidad no se consigue matando por beneficio propio.

No me gusta pensar en que Dionisio pueda haber aceptado un acuerdo así, pero es uno de los Trece. No puedo permitirme dar nada por sentado.

—Es... posible. Dioses, no me había planteado que pudiera ser una opción. —Apolo frunce el ceño, dándole vueltas al asunto—. Pero eso no explica las amenazas contra ti.

—Sí, pero tú no has venido aquí a hacer tratos con Minos, sino a investigarlo. —Cuanto más jalo el hilo, más sentido empieza a tener—. Igual piensa que, si me amenaza, logrará distraerte de tus pesquisas.

Él alza la vista al techo.

—No se equivocaba demasiado, si ese es el caso. —Se pellizca el puente de la nariz—. ¿Y Atalanta qué? Es de una familia poderosa, pero no tiene propiedades como la Dríade.

Suelto un suspiro.

—No sé. Igual tiene algo que le interesa a Artemisa, aunque no estemos al corriente. —Ese es el problema. Aun con todos los avances que hemos hecho, no sabemos lo suficiente—. Pero eso al menos explicaría por qué a ninguno de ellos le preocupa estar en el punto de mira: porque ellos mismos han traído a sus propios objetivos. —La teoría no se aplica a Caronte y Eurídice, pero ellos están aquí por el mismo motivo que nosotros. Para encontrar respuestas.

Ojalá pudiera decir lo mismo de Afrodita y Adonis, pero, por muy bien que me caiga, no deja de ser una Kasios, y su familia ha demostrado una y otra vez que no tiene problemas en pisotear a quien haga falta con tal de conseguir lo que desea. No me queda del todo claro para qué iba a querer deshacerse de Adonis, pero no puedo ignorar la posibilidad de que sea lo suficientemente despiadada como para tomar esa decisión.

Me paso los dedos por el pelo.

—Debemos volver a hablar con Hermes. De todos los que estamos aquí, es la única que parece tener una idea de lo que está pasando. No sé si me dirá la verdad, pero, de ser sincera con alguien, lo sería conmigo. —Estoy casi segura de que Tique no llegó a la fiesta siquiera. No la conozco mucho, solo sé que es la traviesa hija pequeña de una de las familias originales. No está en la línea de sucesión y le cae bien a casi todo el mundo.

Salvo a sus padres, que no ven con buenos ojos que se junte con Hermes.

Hermes no le haría daño para castigar a los padres, ¿no?

No, imposible. Hermes puede ser tan despiadada como cualquiera de los Trece, e incluso cruel cuando le conviene, pero no haría daño a un amigo para castigar a un enemigo.

¿O sí?

—Bueno, sin duda tienes más papeletas para sacarle información que yo. —Apolo hace una mueca—. Aunque, después de lo de ayer, no me gusta la idea de perderte de vista.

A mí tampoco me gusta nada deambular por la casa sin él a mi lado, la verdad.

—No me queda otra. No va a hablar con franqueza delante de ti.

De hecho, puede que tampoco lo haga si estamos a solas, pero... debo intentarlo. Lo que ocurrió ayer es prueba más que de sobra de que la advertencia de Hermes iba en serio. Aunque no entendamos por qué fue Pan el elegido, no sabemos si quien lo hizo está dispuesto a atacar de nuevo. Es decir, que Apolo también está en peligro.

Me fuerzo a recordarme que lleva nadando en las aguas infestadas de tiburones de Olimpo desde mucho antes de que yo apareciera en su vida, y nunca nadie le ha dado una puñalada. Es improbable que ocurra ahora, incluso teniendo en consideración a Minos. Apolo no necesita que yo le guarde las espaldas. El único valor real que tengo es que llevo tanto tiempo en los márgenes, analizando a los poderosos para mantenerme a salvo de su ira, que soy capaz de leer las motivaciones de la gente mucho mejor que él. En lo que concierne a cualquier tipo de pelea física, soy una inútil.

«Apolo no me necesita.» El pensamiento debería tranquilizarme, pero de alguna manera lo siento como una mentira.

—Ve con cuidado, por favor —suelto.

Él junta las cejas oscuras.

—No voy a hacer nada imprudente, pero no sé si puedo prometerte eso. Si surge la oportunidad de obtener la información que necesitamos, tengo que aprovecharla.

Lo sé. Claro que lo sé. Pero el pánico que se instala en mi pecho no atiende a razones.

—¿De veras Olimpo vale más que tu vida?

Él me acaricia el pelo. Cualquier otra persona trataría de calmarme diciendo cosas sin sentido, pero Apolo no.

Él mantiene el rostro muy serio mientras me sostiene la mirada.

—No tienes en alta estima a los Trece, y con motivo. Pero eso no cambia el hecho de que nuestro trabajo consiste en velar por el bienestar de la ciudad. —Se aclara la garganta cuando ve mi cara de suspicacia—. No todos lo cumplen, pero algunos sí. Y puede que no te guste el método, pero la gente tanto de la zona baja como de la alta está a salvo. Nadie pasa hambre. Los índices de criminalidad son más bajos que los de cualquier otra ciudad de un tamaño similar.

—No niego que esas cosas sean ciertas, pero eso no lo es todo. —Sacudo la cabeza—. Los dos sabemos que los crímenes que cometen las personas con poder se ocultan y quedan impunes.

Abre la boca para replicar, pero lo piensa mejor y finalmente asiente.

—Bien visto. No es un sistema perfecto, te mentiría si te dijera que lo es. —Suspira—. Yo no acepté el título de Apolo para hacerme con una posición de poder. Puede que sí fuera eso lo que buscaba mi familia, pero yo sabía que ser un miembro de los Trece conlleva ciertos sacrificios. Haré lo que sea necesario para mantener esta ciudad y a su gente a salvo.

La respuesta es tan propia de él... Entre toda la chusma que ostenta títulos de poder por motivos egoístas, Apolo es el único que ve su trabajo como un deber para con los ciudadanos en lugar de como un trono que lo eleva por encima del vulgo.

«Te quiero.»

Aprieto con fuerza los labios para contener las palabras. Cada vez me resulta más difícil no confesarle mis sentimientos, por muy egoísta e injusto que fuera hacerlo. Solo me queda prepararme, seguir adelante con la misión. Aunque me tienta la idea de convencerlo para que nos quedemos en la cama y hagamos como si la fiesta no existiera... es imposible.

Todo en esta situación es imposible.

—Bueno, pues voy a bañarme —digo al fin.

Él me detiene, tomándome del hombro con una mano.

—No voy a dejar que te ocurra nada.

Yo fuerzo una sonrisa.

—¿Y qué pasa contigo? —Si mi teoría es correcta, los otros invitados no corren apenas riesgos, pero no puede decirse lo mismo de Apolo. Es una amenaza, y Minos lo sabe.

Se encoge de hombros.

—Ya te lo he dicho: el riesgo formaba parte del contrato.

Podríamos quedarnos horas dando vueltas sobre lo mismo, pero no va a cambiar nada. Yo me voy y él se queda, como el noble caballero blanco que es. Por eso lo quiero, aunque ahora desearía que por una vez fuera capaz de ser egoísta, de mirar por él en lugar de velar por Olimpo. Porque, si me quedara, lo nuestro no funcionaría. A él se le da demasiado bien nadar en aguas en las que yo me ahogo.

Me dirijo al baño y me tomo mi tiempo para prepararme. Normalmente, los rituales matutinos y mi rutina de belleza me hacen sentir mejor, me ayudan a centrarme. Es el tipo de repetición mecánica que le permite a mi cerebro resolver los problemas en segundo plano, como manejar.

Esta vez, en cambio, se me pasa en un abrir y cerrar de ojos. No encuentro ningún tipo de paz. Echo un vistazo a la puerta del baño con la preocupación instalada en las entrañas. Cuando accedí a venir aquí, pensaba de veras que lo único que habría en peligro sería mi corazón. No me esperaba que pudiera suceder algo así.

Me recuerdo, pues, que estoy haciendo todo esto por mi hermana.

Sin pensarlo, tomo el teléfono y la llamo. Da tono unas cuantas veces antes de que salte el buzón de voz. Su alegre vocecita dice: «Has llamado a Alejandra Gataki. Debo de estar en clase o trabajando ahora mismo, pero deja tu mensaje y me pondré en contacto contigo en cuanto pueda. ¡Que tengas un buen día!».

Suspiro y cuelgo. Está dando todo para asegurarse un futuro mejor. No puedo hacer menos que imitarla.

Abro la puerta y me encuentro a Apolo en la cama, trabajando con la laptop. Está adorablemente desaliñado, con las sábanas alrededor de la cintura y el pelo negro casi de punta de tantas veces que le pasé los dedos por él. Me mira y sonríe como si el solo hecho de verme le alegrara el día.

«Podría ser así...»

Ignoro esa vocecilla en mi cabeza y me dispongo a vestirme. Me noto un poco inestable, como si el suelo cambiara de forma bajo mis pies, así que elijo el vestido que me estaba reservando para cuando necesitara un empujón anímico. Es uno plateado oscuro, casi negro, y me siento mejor de inmediato en cuanto me lo pongo. Aprendí hace mucho tiempo que la ropa puede cambiar la forma de ver las cosas de una persona, tanto la opinión que tienes de ti mismo como la que los demás se hacen de ti al verte. Es un tipo de armadura diferente de la que usan los soldados de Ares, pero cumple prácticamente la misma función, aunque las armas que usen los ricachones de Olimpo sean las palabras y la ambición en lugar de pistolas y puñales.

De esas dos no me va a proteger, eso es cierto.

Como siempre, Apolo se baña y se prepara enseguida. Me echa un vistazo mientras sale del baño.

—Estás tremenda.

—Gracias.

Compruebo en el espejo que tenga los labios bien pintados y me pongo los tacones. No puedo mirarlo a la cara, porque si lo hago, lo tocaré, y si lo toco, no me hago responsable de lo que ocurra a continuación. Me da el impulso de hacerlo de todas formas, de prolongar esta paz relativa en la que estamos solo nosotros dos, pero me refreno.

—¿Sigue Héctor con los emails? —le pregunto.

—Sí. Consiguió eliminar todo lo que no nos es de utilidad y ahora está repasando el resto. —Termina de abotonarse la camisa—. Lleva tiempo seguir todos los hilos de mensajes, pero debería poder decirnos algo hoy mismo.

—Bien.

Me ofrece el brazo.

—¿Vamos?

En la planta baja, la mayoría de los invitados ya están sentados a la mesa. Los únicos dos huecos que quedan están entre Hermes y Pandora. Me sorprendo cuando Apolo me coloca la mano en la parte baja de la espalda y me anima a sentarme al lado de Hermes. Aunque ¿es realmente tan sorprendente? Desde el principio lo único que ha querido es protegerme. Eso sí, a juzgar por la sonrisa radiante que le dedica Pandora mientras toma asiento a su lado, diría que tiene más papeletas de ganarse su confianza que yo.

Después me mira a mí con la misma sonrisa.

Me recuerda un poco a Perséfone Dimitriou, al menos antes de que se escapara, se enamorara de Hades y abandonara su personaje de princesita feliz. Solo que en Pandora hay... algo más. Su sonrisa es como un rayo de sol estival; lo único que soy capaz de hacer en respuesta es parpadear.

—Creo que no nos han presentado como los dioses mandan —me dice, y extiende una mano por delante de Apolo con una mueca de vergüenza adorable—. Soy Pandora.

—Casandra. —Su palma es suave y cálida—. Encantada de conocerte. —No tartamudeo, pero casi. Es absolutamente preciosa.

—El sentimiento es mutuo.

A mi otro lado, Hermes se ríe por lo bajo. Vuelvo en mí lo suficiente para girarme y fulminarla con la mirada.

—Calla.

—Siempre tan gruñona hasta que ves una cara bonita y se te olvida hasta cómo hablar. —Me da un codazo socarrón. No lo dice a malas, solo habla desde el profundo cariño que le produce nuestro pasado juntas.

Apolo, en cambio, se tensa.

—Déjala en paz, Hermes.

Ella levanta un dedo, exhibiendo sus uñas pintadas de negro mate.

—Uno: lo siento, pero ya deberías saber que yo no dejo en paz a nadie. —Saca otro dedo—. Y dos: Casandra es perfectamente capaz de defenderse ella sola si siente que lo necesita.

—Que sea capaz no quiere decir que lo vaya a hacer.

La situación es bastante rara, aunque no termino de identificar si en un sentido bueno o en un sentido malo. Sea como sea, no quiero que discutan por mí como dos perros peleándose por un hueso, por mucho que la intención de ambos sea protegerme.

—Ya basta.

Apolo abre la boca, pero parece pensarlo mejor. Asiente con un movimiento rápido y se vuelve hacia su plato. Hermes amusga los ojos como si quisiera seguir provocándole, pero intercepto su mirada y sacudo la cabeza despacio. Ella suspira.

—Está bien, me portaré bien.

La comida es una experiencia surrealista. Es tan... normal. Todo el mundo conversa alegremente como si no hubieran tratado de asesinar a un hombre en esta misma casa hace menos de veinticuatro horas. Sabía que los Trece y los suyos estaban hechos de otra manera, pero nunca me quedó tan claro como desde el ataque a Pan.

Sobre todo a la luz de mi nueva teoría de que están aquí para que Minos les haga ciertos trabajos sucios a cambio de parte de los beneficios.

¿No se dan cuenta de que le están ofreciendo en bandeja que luego pueda chantajearlos o aprovecharse de ellos? ¿O de verdad piensan que son intocables?

Tal vez planean darle una puñalada por la espalda en cuanto consigan lo que quieren de él. Así se quedarían con todo sin compartir los beneficios y sin temer extorsiones futuras.

La cantidad de posibilidades me abruma. No puedo ser la única que se da cuenta del peligro que entraña todo esto, es imposible. Pero hasta ahora han ignorado mis advertencias. De veras se creen intocables. Incluso Apolo, a su manera; está dispuesto a arriesgarse por el bien común.

Cuando se percaten de su error, será demasiado tarde.

APOLO

Pandora tiene buena conversación, y percibo cierta instrucción para la vida en sociedad en cómo es capaz de hablar de distintos temas en un tono distendido pero interesante al mismo tiempo. Sin mojarse. También elude sin problemas mis cuidadosos intentos de recabar información. Es muy vivaracha, pero en absoluto ingenua.

Aunque, claro, nadie en esta fiesta parece precisamente ingenuo. Incluso Ariadna está dejando entrever poco desde que se sentó a mi lado en la cena de anoche. Una lástima.

Cuando Minos se aclara la garganta, yo me tenso de inmediato sin poder remediarlo. Se viene otro juego de los suyos, y no nos queda otra que pasar por el aro y entretenerle, como él quiere. Ya era una lata antes, pero ahora mismo me resulta especialmente macabro.

No hay rastro de fingida preocupación en su rostro. Hoy sonríe de oreja a oreja como de costumbre, y su voz resuena por la estancia cuando comenta la calidad de la comida que acabamos de degustar. Pero hay algo... No termino de saber lo que es. Algo raro.

Casandra me da un apretón en la rodilla y se inclina hacia mí.

—No lo mires con esa cara.

Me esfuerzo por suavizar la expresión, pero me cuesta más de lo normal. ¿Qué es lo que hace que mis instintos se alteren así?

Minos abre los brazos.

—Esta semana está siendo mucho mejor de lo que me esperaba. Siento una deuda de gratitud hacia todos ustedes por haber venido y por haber dejado que los entretenga con mis juegos.

Más bien es él el que se entretiene, aunque no participe. Se limita a sentarse y mirar mientras damos vueltas como ratas en un laberinto, nunca mejor dicho. Me sorprendo apretando con fuerza la mandíbula, por lo que me centro de nuevo en relajar la expresión facial.

—¿Sabían que mi queridísima difunta esposa, Pasífae, era muy aficionada a las novelas románticas históricas?

Noto que Ariadna, al otro lado de la mesa, parece querer que se la trague la tierra. Minos continúa sin esperar una respuesta:

—Estamos jugando a estos juegos en su honor.

Alzo las cejas. Y yo que pensaba que era solo una forma de humillar a algunas de las personas más poderosas de Olimpo por pura diversión... O, si Casandra está en lo cierto, de cometer actos violentos para poder aprovecharse de esa misma gente.

Como si me leyera la mente, Casandra me da un apretón

en el muslo. No me mira, pero me basta como recordatorio de que deje de fulminarlo con la mirada. Nunca me había costado tanto controlar mi expresión, pero es que nada me ha frustrado tanto como Minos hasta ahora. Incluso con los avances que hemos hecho, sigue siendo un ejemplo de todo lo que está mal en la ciudad. El poder, la corrupción... Y, por si fuera poco, muchos de mis iguales parecen dispuestos a meterse en el fango con tal de sacar tajada.

Nuestro anfitrión continúa hablando, ignorando las miradas que intercambian los invitados en la mesa.

—Con eso en mente, a continuación participarán en su juego favorito para hacerse con su hijo favorito. Nunca lo entenderé: desde que era pequeño no ha hecho ni una sola cosa bien. Vaya desastre estás hecho, ¿eh, Ícaro? —Se ríe, pero nadie lo imita.

No es la primera vez que oigo a un padre humillar a su hijo en público, pero no deja de ser desagradable. Ícaro parece asqueado. Lleva muy callado toda la comida, con el rostro descompuesto y ojeroso.

Minos sigue, ajeno por completo al ambiente tenso que ha propiciado.

—La gallinita ciega.

—¿Qué carajo es eso? —murmura Casandra.

Es imposible que Minos la haya oído, pero aun así contesta a su pregunta.

—A un elegido de entre ustedes se le vendarán los ojos y se le desorientará para que después trate de adivinar la identidad de la persona a la que toque.

Es un juego extraño, sobre todo teniendo en cuenta

que hay que elegir a un ganador. Afrodita se reclina con ojos desafiantes. Adonis le pasa un brazo por los hombros, pero noto cierta tensión en su expresión desde los eventos de ayer. No para de tocarle casi con posesividad, y, aunque no ha mirado a Teseo ni una sola vez en toda la comida, no hay duda de que lo hace por él.

Ahora levanta la mano en un gesto sarcástico.

—Una pregunta.

La sonrisa de Minos no flaquea.

—¿Sí, Afrodita?

—El juego acaba cuando la persona que tiene los ojos vendados adivina la identidad de la persona a la que toca. ¿Cómo se va a decidir quién es el ganador del grupo?

—Ah, sí, esa es la forma tradicional de jugar. En nuestro caso, propongo un modo alternativo. —Se ríe entre dientes—. La persona con los ojos vendados recorrerá un círculo con todos los invitados y tratará de adivinar las identidades de tantas personas como le sea posible. Quien consiga más aciertos, me quitará a Ícaro de las manos. —Su risita da paso a una carcajada estentórea—. Perdonen, quería decir que ganará una cita con él. Ojalá fuera tan sencillo deshacerse de este muchacho.

—Entiendo —contesta ella despacio.

—¿Comenzamos? —Minos se gira y sale del comedor, invitándonos a hacer lo propio.

Intercambio una mirada con Casandra.

—Espera hasta el final. —No me atrevo a decir nada más con tantos testigos delante, ni siquiera susurrándole al oído. Seguro que me entiende. No tiene sentido tratar de llevar a Hermes aparte para hablar en este momento.

—Claro. —Pone los ojos en blanco, aunque no se recrea en el gesto.

De nuevo nos encontramos en una sala bastante recargada. Si bien antes no era capaz de identificar el porqué de las decisiones de Minos respecto a estos juegos, hoy queda bastante claro que su intención es humillar a Ícaro por algún motivo que desconozco. Nuestro anfitrión se sienta en el que él denomina el «lugar de honor», una silla con respaldo alto alrededor de la cual formamos reticentemente un círculo, con Ícaro a la cabeza. Igual que en la mesa, parece querer estar en cualquier lugar menos aquí.

Eso me hace preguntarme si Ícaro se encuentra tan descontento con el traslado a Olimpo como Ariadna. Si uno de los hijos está dispuesto a traicionar al padre, puede que el otro también. Luego le preguntaré a Casandra qué opina al respecto. Mis instintos a veces fallan, pero los suyos casi nunca.

—Para el primer turno... —La sonrisa de Minos se torna traviesa—. Afrodita, si eres tan amable.

Ella se pone en pie grácilmente. Hoy lleva un par de pantalones negros entallados y una blusa de seda violeta que le deja los brazos desnudos. El pelo negro le cae como una cortina por la espalda mientras se acerca a él y se gira para que le pueda poner la venda en los ojos.

—Bueno, por supuesto, no se lo pondremos demasiado fácil. Cambien de posición, por favor.

Casandra suelta una exhalación exasperada mientras la sigo al hueco cerca de la chimenea, al lado opuesto de donde estábamos. No obstante, no dice nada. Estamos demasiado ocupados observando a Minos darle vueltas a Afrodita en el sitio. Demasiadas vueltas, en mi opinión, pero no soy yo quien lleva la batuta.

En efecto, cuando la suelta, se tambalea. Nadie emite ni un sonido. Es extrañamente inquietante verla moverse hacia delante con los brazos extendidos. El primero al que encuentra es Adonis. Se queda quieto como una estatua cuando ella le pone las manos en el pecho. Desde donde estoy, puedo verla sonreír de perfil. Pasa las manos por su cuerpo hasta los hombros, por el cuello y después por la fuerte mandíbula. Él sonríe mientras le explora la cara con las puntas de los dedos.

Afrodita se ríe con ligereza.

—Reconocería esta sonrisa en cualquier lugar, Adonis. —Levanta la cara y le da un beso en los labios.

Después sigue adelante. El juego se le da mejor de lo que me habría podido imaginar. Se hace un lío con el Minotauro y Teseo, pero puede deberse a que no se la ve inclinada a tocar a ninguno de los dos. También confunde a Eurídice con Artemisa, lo cual hace que esta última la asesine con la mirada. Al resto nos reconoce sin problemas, identificándonos uno a uno en el círculo hasta llegar a Pandora, que se encuentra a mi lado opuesto.

Aunque nadie ha confirmado ni desmentido sus aciertos, tiene que saber quién le toca ahora, porque le recorre los brazos con los dedos y le rodea la cara con unas manos sorprendentemente tiernas. Afrodita esboza una sonrisa traviesa.

—Solo hay una manera de saberlo a ciencia cierta —dice, y procede a besarla.

Sin pensar, miro a Teseo. No es más que otro juego de poder entre Afrodita y él, pero no puedo evitar que me dé un escalofrío al ver la furia descarnada en sus ojos mientras las observa. No pensaba que su relación con Pandora fuera particularmente romántica, pero es evidente que existe, pues está rabiando de ver a Afrodita besándola.

Esta se aparta sonriendo.

—Hola, Pandora.

—Hola... —A Pandora, por su parte, le falta un poco el aliento.

Y así continúa el juego.

En cada turno, Minos da vueltas a la persona con los ojos vendados y el resto de los invitados nos cambiamos de posición. Dejo de intentar estar al lado de Casandra tras la segunda ronda. No hay motivo. Nunca la pierdo de vista.

El Minotauro lo hace fatal: solo acierta con Teseo, Ícaro y Pandora. Caronte y Hefesto tienen algo más de éxito, pero tampoco mucho. Dionisio parece hacerlo mal a propósito, aunque con él es imposible saber si es fingido o no. A Adonis no parece importarle en absoluto el juego; suelta nombres aleatorios en cuanto toca a una persona, por lo que falla bastante. Artemisa lo hace casi tan bien como Afrodita, y, como esta, Casandra acierta siempre menos con el Minotauro y Teseo.

Hermes, por supuesto, las clava todas. Le retuerce la barba a Teseo, le planta un beso a Dionisio en la frente, coquetea sin vergüenza alguna con todo aquel a quien toca y besa a Casandra con demasiado entusiasmo para mi gusto.

Por suerte, mis celos se han calmado bastante: no son ni por asomo como ayer. También ayuda que Casandra, sonrojada, me lance una mirada pesarosa en cuanto Hermes pasa a la siguiente persona y que no me quite el ojo de encima mientras pasamos a Eurídice, que acierta más o menos la mitad.

Luego, por fin, llega mi turno.

Mientras observaba a los demás, subestimaba lo mucho que confunde tener los ojos vendados. Aguzo el oído para tratar de discernir los movimientos de los otros, pero, con Minos dándome vueltas, resulta imposible. Cuando por fin me suelta, no tengo ni idea de dónde está nadie.

Odio este juego.

Me siento como un idiota cuando extiendo los brazos y avanzo directamente al frente. No me gusta nada tener distorsionados los sentidos, sensación que empeora cuando toqueteo a un hombre. Es delgado, y en cuanto llego a su bigote, ya sé quién es.

—Dionisio.

Me muevo despacio por el círculo. No consideraría a casi ninguna de estas personas mis amigos, ni mucho menos los tocaría así por voluntad propia. Procuro mantener las manos lo bastante arriba para no rozar accidentalmente nada que no deba, aunque eso hace que acabe topándome con la frente de Hermes en lugar de con su hombro cuando llego a ella.

—Lo siento.

Voy toqueteando uno por uno al resto de los invitados. Me tienta la idea de apresurarme, pero mi orgullo me lo impide. Trato de adivinar lo mejor que puedo, y por fin termino con Casandra. La reconozco en el momento en que agarro su hombro suave con la mano. Aun así, le recorro la piel con los dedos hasta envolverle la mandíbula y acariciarle esos labios tan característicos suyos. Sonrío.

—Hola, Casandra.

Es ella la que me quita la venda de los ojos, y me mira sonriente mientras parpadeo por el abrupto cambio de luz. No tengo tiempo de decir nada (ni tampoco sé qué diría, no es más que un juego tonto), porque Minos se levanta en el centro del círculo.

—¡Tenemos una clara ganadora! —anuncia—. Enhorabuena, Hermes.

Hermes sonríe con aires de suficiencia y le guiña un ojo a Ícaro.

—Nos lo vamos a pasar bien —le dice.

Ante su implacable alegría, incluso Ícaro esboza una sonrisa tímida.

Minos se ríe.

—Sin duda. Bueno, creo que el té ya está preparado para servirse. Voy a comprobarlo. Por favor, pónganse cómodos. —Sale por la puerta sin mirar atrás.

—Ahora a tomar el té. Por supuesto. ¿Cómo no? —Eurídice niega con la cabeza y se hunde en el sofá junto a Caronte.

Están sentados un poco en diagonal, de tal manera que sus rodillas se tocan, y la forma prudente con la que él se mantiene a una distancia respetuosa sin romper ese contacto en absoluto accidental hace que me alegre por Eurídice y que me dé pena de mi estúpido hermano.

Caronte esboza una leve sonrisa.

—Te gusta el té.

—Sí, es cierto. Pero también tengo ganas de irme a casa. Esto no era nada divertido ya antes de lo de Pan; ahora me pongo alerta con cualquier sonido. Creía que quedarse era lo correcto, pero es obvio que ha sido una mala decisión. Estamos perdiendo el tiempo.

Caronte le toma la mano y baja la cabeza para hablar entre susurros, lo que me impide oír lo que dice. Si tuviera que apostar algo, afirmaría que se habrán ido antes de la hora de la cena. Sea lo que sea lo que hayan venido a buscar, si no lo han encontrado a estas alturas, dudo que un día o dos más vaya a cambiar algo.

Hablando de lo cual...

Me giro para sugerirle a Casandra que aproveche la oportunidad para hablar con Hermes, pero no la encuentro por ninguna parte. Ni a ella ni a su ex.

CASANDRA

Hermes se escabulle por la puerta en cuanto la gente comienza a acomodarse para la hora del té, y no me detengo a pensar ni un segundo antes de seguirla. Salgo al pasillo y veo su pelo oscuro y su suéter amarillo pollo desapareciendo por la esquina.

¿Adónde va?

Se ha saltado el baño convenientemente situado a la mitad del pasillo, y no va hacia las escaleras que suben al primer piso. Frunzo el ceño y voy aprisa detrás de ella. Llego a la esquina justo a tiempo para verla meterse en lo que parece una puerta aleatoria. Qué raro.

Echo un vistazo por encima del hombro en dirección a la sala. Siento un impulso casi irresistible de volver y consultar con Apolo antes de dar ningún paso más, pero ya le he dicho que iba a hablar con Hermes. Puede que no esté yendo como lo esperaba, pero todo el mundo está en la misma estancia y dudo que nadie del personal de la casa vaya a hacerme daño. Creo.

Espero de veras que ese no fuera también el último pensamiento de Pan.

Me invade la preocupación mientras recorro rápidamente el pasillo hasta llegar a la puerta por la que entró Hermes. Me meto en la habitación y me quedo quieta.

Está vacía.

—¿Hermes? —la llamo casi susurrando, pero es que no logro levantar más la voz.

Miro a mi alrededor analizando la estancia. Es un dormitorio bastante común, ni por asomo tan elegante como los cuartos para invitados del piso de arriba. Una cama de matrimonio sencilla, como la cómoda y las mesillas de noche. Ni siquiera tiene baño privado. Tampoco hay ningún lugar donde pueda haberse escondido Hermes, a menos que esté debajo de la cama.

Me da un escalofrío, pero me obligo a acercarme y a agacharme para comprobarlo. Nada. Da igual la reputación que tenga, sigue estando hecha de carne y hueso: si no está en la estancia, debe haber otra salida. Una puerta secreta. Estoy segura.

Me incorporo y examino las paredes con más detenimiento. Es imposible que haya movido la cómoda ella sola, así que la paso por alto y me centro en el espejo que hay al otro lado de la cama. No tiene un marco tan ornamentado como el del cuarto de Ariadna, pero aun así es bastante pesado y mide algo más de dos metros, desde el suelo hasta casi llegar al techo. El tamaño perfecto para una puerta. Me siento un poco tonta por hacerlo, pero aguanto la respiración cuando toco el marco.

Se mueve bajo mis dedos.

—¿Qué carajos...? —murmuro. Echo un vistazo a la puerta, pero mi instinto me dice que este es uno de esos trenes que no pasan dos veces y, si regreso para poner al día a Apolo, se habrá ido.

Si consigo alguna respuesta, ya no tendremos por qué seguir aquí. Podremos irnos, y él estará por fin a salvo de lo que sea que tenga planeado hacer Minos con el espía de Zeus.

Eso, más que cualquier otra cosa, es lo que hace que me decida. Me quito los tacones y jalo el espejo para abrirlo del todo. Da a un pasadizo lo bastante polvoriento como para distinguir las huellas leves de unos Converse que salen de donde me encuentro yo. Por si necesitara más pruebas de que Hermes vino por aquí.

Si la sigo, yo también voy a dejar mi propio rastro, pero es una oportunidad demasiado buena para desperdiciarla. Ya lidiaré con que Hermes se entere de lo que estoy tramando más tarde. Entro por la puerta al oscuro pasadizo y cierro el espejo como puedo tras de mí. El espacio es lo bastante estrecho como para hacer que sienta un poco de claustrofobia, pero no me rozo con las paredes mientras avanzo por él.

¿Por qué se molestaría en meterse por pasadizos secretos justo ahora? La casa está prácticamente vacía, y todos los que pudieran tener curiosidad por lo que vaya a hacer están en la sala. Solo cuando giro por el pasillo y parpadeo en medio de la oscuridad se me ocurre preguntarme si Minos habrá contratado personal nuevo o si la gente que trabaja aquí ya venía con la casa cuando la compró. A ver, es lo bastante inteligente para entender que entre ellos habría gente fiel a Hermes que estaría encantada de transmitirle toda la información que pudiera ser de su interés, ¿no? A no ser que... Una sospecha brota en mi interior.

No, Hermes no haría eso.

Imposible.

Acelero el paso todo lo que me atrevo y por poco me estampo contra el final del pasillo. Me detengo en el último momento. Desde tan cerca, veo una fina franja de luz que delinea el contorno de una puerta. No era visible ni a una corta distancia. La toco con las puntas de los dedos, pero vacilo.

Irrumpir en lo que pueda o no estar ocurriendo en el otro lado es un error. Puede que en un principio haya seguido a Hermes con la intención de hablar con ella, pero en última instancia estoy aquí para obtener información, y esto tiene pinta de ser justo la situación que podría brindarnos las respuestas que Apolo está buscando.

Con eso en mente, me inclino hacia delante con cuidado y apoyo la oreja en la fría madera de la puerta. Me alegro al instante de no haberla abierto. Hay dos personas hablando, y no cabe duda de quiénes son.

Al parecer, Minos hizo una parada técnica de camino a pedir que sirvan el té.

Desearía poder verlos, pero no me atrevo a abrir ni un resquicio. En su lugar, cierro los ojos para que no me distraiga siquiera la tenue luz y me centro. Minos parece deambular de un lado a otro; reconozco los pasos de Hermes, al menos cuando permite que la oigan, y no se parecen en nada a esta pisada que casi hace que vibre el suelo bajo mis pies descalzos.

—¿Estás segura de que va a funcionar?

Noto que Hermes se encoge de hombros hasta en su tono cuando responde:

—Funcionaría si pararas de malgastar oportunidades en gente inocente. Pan no entraba dentro del trato. Ni tampoco Atalanta.

—Eso díselo al inepto de mi hijo. Le dije a Ícaro que se ocupara de Afrodita, pero de alguna manera la «confundió» con Pan. —Maldice entre dientes—. No me mires así, Hermes. Es la excusa que se inventó.

—Pues es muy buena.

—No volverá a pasar. Mis otros chicos no son ni la mitad de inútiles. —Se ríe con aspereza—. Y Atalanta está maniatada en el sótano. Se encuentra de maravilla, pero no podemos arriesgarnos a que interfiera. Ya la viste en el torneo de Ares. Es formidable.

—Sí, lo bastante formidable para casi dejarte sin uno de tus preciados hijos adoptivos.

—Tus bromas dejan mucho que desear —replica él—. ¿Estás segura de que no nos echarán de la ciudad por esto?

—Las leyes son las que son, aunque la mayoría de la gente no tenga ni idea de los secretitos de nuestra fundación que los Trece han mantenido ocultos todos estos años. Si tus hijos siguen mis instrucciones al pie de la letra, activarán la cláusula. Pero en ningún momento te he prometido que vaya a funcionar.

—Hermes. —Minos pronuncia su nombre como en un gruñido.

—¿Qué quieres que te diga? No se puede garantizar nada en esta vida. Me preguntaste cómo podías conseguir tus objetivos y yo te he proporcionado un camino —repone con un tono más severo del que le he oído nunca—. Así que deja de andarte con tonterías y dame la información que me prometiste.

Unos segundos de silencio. No tengo que verle la cara para saber que está planteándose si puede permitirse el lujo de hacer enojar a Hermes. Finalmente, maldice entre dientes.

—Muy bien, de acuerdo. La mujer a la que buscas es mi benefactora.

—¿Cómo?

—Se acercó a mí hace un año con una oferta en la que Olimpo era el premio. Eso sí, no está entre la gente a la que he traído.

—Minos... —Algo siniestro y peligroso se cuela en su tono de voz—. Llevas meses dándome largas con la promesa de información precisa sobre ella. Te di una casa, datos privilegiados y un voto para traerte a Olimpo como ciudadano legítimo. Espero sinceramente que tengas algo más con lo que pagarme.

Apenas logro asimilar lo que estoy oyendo. En todo el tiempo que conozco a Hermes, siempre ha sido una especie de enigma. Incluso cuando nos acostábamos, siempre había una parte de ella oculta, y yo lo respetaba porque yo también escondía cosas de mí. Pero en ningún momento dudé de que su objetivo principal fuera proteger la ciudad.

No sé cómo...

Cierro los ojos y trato de respirar con normalidad. No sé de quién habla ni qué ocurre, por lo que lo único que puedo hacer es seguir escuchando. Ya lo soltaré todo luego, cuando esté a salvo.

Pero...

¿Qué carajo, Hermes?

Minos se queda en silencio tanto tiempo que empiezo a pensar que no va a responder a su amenaza. Al final suspira y contesta:

—Acepté tus condiciones antes de ser consciente de que sabías más de ella que yo. —Vacila un segundo—. Puedo ponerme en contacto con ella, aunque no te puedo asegurar que vaya a servir de nada.

—¿Eso es todo?

Me estremezco, pero Minos no parece afectado por la ira glacial que exuda Hermes.

—No es muy dada a mostrarse disponible, como bien deberías saber. Es todo lo que te puedo decir.

Oigo golpecitos de un pie contra el suelo de madera.

—Estoy muy disgustada contigo, Minos. Puedes jugársela al resto de los Trece si quieres, pero ¿a mí? —Se ríe con ironía—. Te recomiendo encarecidamente que pienses en algo más, y pronto. —Una silla se arrastra por el suelo—. No le digas que la estoy buscando o no vivirás para ver tu estúpido plan hecho realidad.

—Entendido —farfulla él.

La conversación está llegando a su fin. No he escuchado lo suficiente para entender qué se trae entre manos Hermes, más allá de que busca información sobre... alguien. Pero con esto me basta. Solo pueden estar hablando de una ley: una que conozco de primera mano, gracias a la ambición de mis padres.

Minos pretende matar a un miembro de los Trece para hacerse de su puesto.

O quizá a varios.

La sola idea hace que me estremezca, que se me ponga la piel de gallina. No les tengo mucho aprecio a los Trece en general, pero Minos es un completo desconocido en muchos sentidos. Presencié la brutalidad de sus hijos adoptivos en el campo de batalla. Si llevan esa misma violencia al consejo de gobierno de la ciudad...

No estaré aquí para verlo. Y tal vez eso debería implicar que me da igual, pero lo cierto es que me importa.

Tras unos instantes tratando de pensar en cómo ocultar mis huellas, me doy cuenta de que es inútil. Hermes es demasiado espabilada como para pasarlas por alto, a menos que esté distraída con la nueva información, pero no puedo confiar en eso.

En la fracción de segundo que tardo en comprender que no hay forma de encubrir el hecho de que alguien ha estado escuchando la conversación, Hermes y Minos dan por concluida la charla. Ya es demasiado tarde.

Recorro el camino de vuelta por el pasadizo lo más rápido que puedo, incapaz de resistir echar vistazos por encima del hombro de vez en cuando. La puerta sigue cerrada cuando doblo la esquina y me apresuro hacia el espejo para salir a la habitación donde dejé los zapatos. Me miro los pies sucios. No hay nada que hacer; no puedo perder el tiempo.

La tentación de pedirle explicaciones a Hermes es irresistible. Incluso ahora que me estoy replanteando todo lo que creía saber, no dudo de que no quiere hacerme daño.

No me habría insistido en que me fuera de aquí, de esta fiesta, si no le importara lo que pueda pasarme.

De igual forma, dudo mucho que haya dejado a Dionisio en la estacada. Debe de haber negociado con Minos su seguridad por adelantado.

Pero los demás...

El pensamiento me hiela la sangre. Me pongo los tacones y salgo del cuarto con cuidado de cerrar la puerta sin hacer ruido. Me gustaría ir corriendo a la sala, tomar a Apolo y sacarlo de aquí lo antes posible, pero me fuerzo a caminar despacio hasta el baño y entrar en él. Me lavo las manos concienzudamente para tratar de tranquilizarme, pero es inútil. Mi reflejo me devuelve la mirada con aspecto demacrado y los ojos muy abiertos. No puedo parar de temblar.

Nos hemos equivocado. Nos hemos equivocado con todo. Lo de Pan fue un error; Atalanta desapareció porque era demasiado «formidable» y podría proteger a Artemisa del peligro que se cierne sobre ella. Hermes ha estado conspirando con Minos para asesinar a uno o más de nuestros líderes justo en el momento más vulnerable de la historia de la ciudad, en el que un enemigo externo amenaza con hacerse con el poder. Un ataque en el que Minos ejerce de vanguardia.

Traición.

Están planeando una traición en toda regla.

Los asesinatos van a tener lugar en la fiesta, y pronto. Ha sido un golpe de suerte que lo de Pan no haya hecho que todos se vayan corriendo. Una vez que regresen a sus vidas, será difícil asaltarlos. Nadie trajo seguridad de ningún tipo a la fiesta, lo cual me resultó extraño desde el principio.

Aunque tal vez... Tal vez no anduviera tan desencaminada como pensaba. Puede que realmente se trate de un doble engaño, solo que está ocurriendo antes de lo que nadie se imaginaba. Dionisio tenía una cara horrible después del ataque a Pan. ¿Sería el sentimiento de culpa?

Si pensaban que venían a hacer tratos siniestros con Minos, no traerían personal de seguridad para que pudiera presenciarlos. La gente habla, y si empiezas a traicionar abiertamente a tus amigos, a tus aliados, te quedas sin amigos ni aliados.

Solo los Trece son tan arrogantes como para creer que no tienen nada que temer.

Caronte, Adonis y Eurídice deberían estar a salvo, a no ser que haya más «errores». Su valor reside en las conexiones que tienen con diversos miembros de los Trece y cierto poder intrínseco a ellos, por lo que matarlos no les serviría de nada a Minos y a los suyos.

¿Quién va a ser su objetivo?

Estoy tan ofuscada dándole vueltas al problema que no oigo entrar a Hermes. No me percato de su presencia hasta que aparece a mis espaldas.

—Alguien ha estado parando la oreja.

Me sobresalto y maldigo entre dientes por la reacción. No tenía planeado pedirle explicaciones, pero está aquí y hemos vivido tanto juntas que no puedo dejarlo pasar.

—¿En qué estás pensando? ¿Minos? ¿Un asesinato? ¿Traición?

—Todo aquel que está en peligro conoce la ley. —Por

una vez, no hay sonrisa alguna en su rostro—. Y, al fin y al cabo, sabían que aceptar un título de uno de los Trece conllevaba sus riesgos. Si han decidido ignorarlo es problema suyo.

—Tú también eres parte de los Trece —replico con furia—. Podría apuñalarte por la espalda.

—Podría intentarlo, sí. —Asiente con la cabeza despacio—. Pero soy mejor que él, y lo sabe.

—Hermes... —Busco en su cara a la mujer de la que me enamoré hace tantos años—. Jamás pensé que serías capaz de perjudicar a la ciudad anteponiendo tus propias ambiciones. ¿Por qué lo haces?

—Tengo mis motivos. —Una respuesta que no lo es en absoluto.

Niego lentamente con la cabeza.

—No te vas a salir con la tuya. Ni tú ni él. Voy a decírselo a todos. Se irán y ya no tendrán oportunidad de hacerles nada. Zeus y Apolo expulsarán a Minos y a los suyos de la ciudad. Todo esto no habrá servido de nada.

—Claro, díselo si quieres. —Sonríe, aunque es una sonrisa agridulce—. Pero, querida..., no va a creerte nadie más que Apolo. Al menos hasta que sea demasiado tarde.

APOLO

Sé que algo está mal en cuanto Casandra entra por la puerta. Tiene la cara blanca casi verdosa y los ojos muy abiertos. En todos estos años desde que la conozco, nunca la he visto entrar en pánico, ni siquiera cuando encontramos a Pan herido, pero me da la sensación de que es justo lo que estoy viendo ahora.

Mi cuerpo se pone en marcha mientras mi mente procesa todos los detalles. Tiene las manos húmedas, los pies algo sucios. La alcanzo en dos zancadas y le tomo las manos.

—¿Qué sucede?

—Todo está mal —susurra.

No se me ocurre poner ninguna excusa. Simplemente le rodeo los hombros con el brazo y me la llevo de aquí. Desde tan cerca puedo notar los temblores que le recorren el cuerpo. Aprieto con fuerza los dientes mientras se me acumulan un montón de preguntas.

Estuvo fuera apenas quince minutos. Lo sé porque no he podido evitar mirar el reloj mientras hablaba con Caronte y Dionisio de la última cosecha de vino de este último.

Aún no está en distribución, y Caronte quiere negociar un acuerdo de casi exclusividad para la zona baja.

En ese tiempo, pasó algo que hace temblar así a Casandra... y yo no estaba ahí para protegerla. La estrecho contra mí mientras nos dirigimos a las escaleras.

—¿Estás herida?

—No.

Eso me basta para seguir en silencio durante el resto del trayecto hasta nuestra habitación. Cierro la puerta y ella va directa a desplomarse en el borde de la cama. Ahora que puedo mirarla bien, veo que está peor de lo que me imaginaba. Me asusta.

Me acerco a ella y me arrodillo.

—Cuéntame qué pasó.

—Nadie me va a creer. —La tristeza que irradia hace que me dé una punzada en el pecho. Haría lo que fuera por quitársela.

Le cubro las manos con las mías.

—Yo sí. Cuéntamelo —insisto con firmeza.

Ella me rehúye la mirada. Sus ojos recorren la habitación desordenadamente; el labio inferior le tiembla.

—No sé si yo lo creo y soy quien escuchó la conversación en primera persona. Es demasiado fuerte.

Me quedo pensando en esto último y ato cabos.

—Hermes y Minos —musito al fin. Tiene que ser eso. No creo que una conversación entre el personal pudiera afectarle tanto. A partir de ahí, es bastante lógico adivinar qué es lo que la asustó tanto—. Estaban hablando del motivo real de esta fiesta. Es peor de lo que nos imaginábamos, ¿no?

—Lo de Pan fue un error. —Cierra los ojos y deja caer los hombros—. Minos va a matar a uno de los Trece para hacerse de su puesto.

Imposible. No lo digo en voz alta, pero ella de alguna manera intuye lo que estoy pensando. Abre los ojos y me mira.

—Sé que es difícil de asimilar. Créeme, yo también he pasado por la fase de negación, pero eso no cambia el hecho de que Minos pretende usar la misma cláusula que intentaron aprovechar mis padres para alzarse como miembros de los Trece. —Suelta una risita amarga—. Sin duda tiene dónde elegir en esta fiesta.

Una vez más estoy a punto de contradecirla. Le agarro las manos con más fuerza.

—¿Cómo puede haberse enterado de la existencia de la cláusula? —Me encuentro tan confuso que no logro entenderlo—. La mayoría de la ciudad la desconoce. El intento de tus padres se mantuvo en secreto, y a nadie le interesa que todas las personas de Olimpo con cierta ambición se pongan a afilar los cuchillos.

Nadie ha logrado echar a un miembro de los Trece de esta manera desde hace muchas generaciones, mucho antes de que estuviéramos envueltos en la cultura de las redes sociales, revistas de chismes y *fanfics*.

—Por Hermes —contesta sin preámbulos, y me parece tan obvio que sacudo la cabeza para intentar despejarme—. No conozco los detalles, pero está conspirando con Minos a cambio de cierta información sobre su benefactora, la amenaza real de Olimpo. No te equivocabas al sospechar que se estaba guardando información, pero a

Hermes le interesa por sus propios motivos. Me lo ha admitido ella misma después.

Me tenso.

—¿Has hablado con ella? ¿Sabe que los escuchaste?

—Sí.

Por los dioses... Hermes podría haberla matado. Habría sido el movimiento más inteligente para asegurarse de mantener en secreto su plan con Minos. O, al menos, podría haberla encerrado en algún lugar y fingido que se había ido. Igual yo no me lo tragaba, pero al resto de los invitados no les importaría lo suficiente como para sospechar nada.

—¿Por qué dejó que te fueras así como así?

—No lo sé.

Se ve tan destrozada que solo quiero abrazarla. Sin embargo, si lo que dice es verdad (y, por mucho que yo me niegue a creerlo, debe serlo), tenemos que ponernos en marcha. Ya.

—Si lleva a cabo el plan, va a poner a todo el mundo en peligro —murmuro—. No puedo creer que Hermes le haya proporcionado una información tan comprometida. También ella podría acabar saliendo perjudicada.

Tal vez, y es mucho suponer, podríamos ocultarlo todo de nuevo, pero Minos es ahora mismo el centro de atención de la ciudad. Zeus se aseguró de eso cuando les otorgó a él y a su familia la ciudadanía en una ceremonia pública. Por ende, si logra su propósito, va a desestabilizar por completo Olimpo. El matrimonio, el politiqueo y todas las formas normales de conseguir poder van a quedar en un segundo plano con respecto al asesinato. Me da un escalofrío.

—Tenemos que hacer algo ahora mismo, antes de que la gente se disperse. Hay que avisarlos.

—No van a creerte porque la información proviene de mí.

—Haré que me crean. —Me pongo en pie y levanto a Casandra conmigo—. Cámbiate los zapatos, ponte algo con lo que te resulte más fácil moverte. Corre.

—Apolo...

Aun con la urgencia que siento en todo el cuerpo, no puedo ignorar su expresión abatida. La envuelvo entre mis brazos y la estrecho con fuerza.

—Yo te creo, amor. Y al resto les importan demasiado sus vidas como para ignorar una amenaza a su integridad física. Confía en mí, lo sé.

Ella asiente contra mi pecho.

—Está bien. —Otra pausa—. Bien. —Se aleja de mí—. Vamos.

Espero a que se cambie los zapatos mientras pienso en lo que nos espera ahora. Con independencia de lo que le acabe de decir a Casandra, sí que habrá resistencia por parte de algunos invitados. Está en la naturaleza conflictiva de los Trece; si digo que el cielo es azul, algunos de ellos afirmarán que es verde. Espero que su instinto de supervivencia se encuentre por encima del deseo instintivo de llevarme la contraria, pero lidiaré con lo que sea que ocurra cuando bajemos.

Casandra se pone un par de zapatos planos y va a toda prisa hacia la puerta. Yo le piso los talones. Me sigue el paso sin problemas mientras recorremos el pasillo, pero aun así procuro mantener un ritmo que se acomode a sus piernas, más cortas. Ella resopla.

—Ve tú delante, vamos.

Bajo ningún concepto pienso dejarla sola. Hermes no le ha hecho nada; no obstante, si Minos se entera de que está al tanto de su plan, no tendrá la misma piedad.

—No, vamos juntos.

Otro resoplido, aunque este suena casi afectuoso. Casandra frunce el ceño en cuanto llegamos a las escaleras.

—¿Qué va a pasarle a Hermes?

—Probablemente nada. No ha quebrantado ninguna ley.

Aunque en mi opinión invitar a un enemigo a entrar en la ciudad es traición con todas las letras, técnicamente no es ilegal. Lo más imperdonable de todo a mis ojos es que ha puesto a Casandra en peligro, pero eso no lo puedo decir en voz alta. A ella no le gusta que me ponga tan protector y Hermes no sabía que iba a traerla conmigo.

Lo cual me hace preguntarme… ¿Planeaba Hermes que yo fuera una de las víctimas?

Bajamos corriendo las escaleras y nos apresuramos por los pasillos hasta llegar a la sala. Consigo a duras penas contenerme de irrumpir por la puerta. Lo que veo al entrar hace que se me caiga el alma a los pies.

La estancia está medio vacía. Faltan cinco personas: Minos, Teseo, el Minotauro… y Artemisa y Hefesto.

—No —suelto. Me giro para fulminar a Hermes con la mirada. Está recostada en el sofá, sosteniéndose la cabeza con una mano y jalando un hilo suelto del almohadón—. ¿Dónde están? —le pregunto.

—¿Cómo quieres que lo sepa? —Se encoge de un hombro—. No soy la niñera de nadie.

—Hermes. —Casandra se detiene junto a mí—. Por favor...

Afrodita se levanta y nos mira alternativamente con los ojos oscuros amusgados.

—¿Qué está pasando?

Es demasiado tarde para andar con rodeos.

—Minos pretende aprovecharse de la cláusula de asesinato.

Afrodita se encoge de miedo; la dorada piel se le torna pálida. A su favor debo decir que reacciona enseguida. Se vuelve hacia donde están apiñados Ariadna, Ícaro y Pandora, enfrente de Hermes.

—¿Es eso cierto?

Ariadna no mira a nadie a los ojos, pero Ícaro alza la barbilla.

—Pregúntaselo a nuestro padre. Es él el que lo planea todo.

—Uy, claro que se lo voy a preguntar —responde mordazmente.

Se gira hacia la puerta, pero se topa con Adonis, quien es más rápido de lo que me esperaba. La agarra del brazo. Ella trata de zafarse de él.

—Suéltame.

—Nos vamos ahora mismo.

Ella parpadea, perpleja.

—¿Perdona?

Adonis me mira un segundo antes de centrarse en ella.

—No estamos a salvo aquí, Eris. Ya pedirás la cabeza de Minos luego si quieres, pero ahora mismo la prioridad es llevarte a un lugar seguro.

Ella le devuelve una mirada asesina. Por un momento, creo que va a discutírselo, pero al final asiente.

—Vámonos. —Y salen corriendo de la habitación.

Aunque no soy muy partidario de que el grupo se divida aún más, Adonis ha recibido entrenamiento de Atenea. Puede que ya no siga en las fuerzas especiales, pero es capaz más que de sobra de proteger a Afrodita. Menos mal. Si le pasara algo a la hermana de Zeus, no respondo por sus actos. Su padre no dejaba que algo tan nimio como el asesinato de alguien de la familia se interpusiera en el camino de sus ambiciones, pero Perseo, el nuevo Zeus, es un hombre muy diferente. Más severo, sí, pero con un profundo cariño por sus hermanos. Estaría dispuesto a arrasar toda la ciudad con tal de dar con el responsable de herir a su familia.

Me giro y me encuentro a Caronte ayudando a Eurídice a levantarse.

—Ustedes están suficientemente a salvo —le digo.

—«Suficientemente» no basta. —Caronte comienza a guiarla hacia la puerta—. Además, Hades y Perséfone necesitan un informe de todo lo que ha pasado aquí, aunque no sepamos cómo acaba. Buena suerte. —Y sin más, abandonan la estancia.

Solo quedan Dionisio y Hermes. Los miro fijamente.

—¿Adónde han ido Artemisa y Hefesto?

Hermes jala de nuevo el hilo del sofá, sacando otros

pocos centímetros. Yo cierro los puños con fuerza. Si no nos lo dice, vamos a estar en una posición muy desventajosa, pero no podemos permitirnos esperar mucho más. Por fin, levanta la cabeza, aunque no se dirige a mí.

—El Minotauro se ha ofrecido a enseñarle a Artemisa el estanque de patos. Hefesto ha ido al garaje con Teseo —le dice a Casandra.

—Gracias —susurra ella.

Nadie se mueve, lo cual quiere decir que nadie piensa ayudarnos a impedir lo que está a punto de pasar. A lo mejor me equivoco y Minos pretende esperar y no atacar en este preciso momento. Pero no puedo estar seguro.

Salgo corriendo de la sala y Casandra me sigue. ¿Adónde vamos? Las dos ubicaciones están demasiado lejos la una de la otra para poder llegar a ambas a tiempo. Tengo que elegir. Me paso la mano por el pelo.

—Esto es una mierda.

—Nos separamos.

Me giro para mirarla. Tiene los ojos muy abiertos, pero se ve decidida.

—Es la única manera de poder avisar a los dos. Tú ve con Hefesto, yo me ocupo de Artemisa.

Tiene razón, por supuesto. Aun así, de todos modos, no hay garantías de que vayamos a lograrlo. Si envío a Casandra a alertar a uno de ellos y llega tarde, el Minotauro puede decidir que es mejor no dejar ningún cabo suelto. No se me olvida lo enorme y amenazante que parecía a su lado aquella noche en el jardín. Podría decir que fue un accidente. ¿No pensé lo mismo entonces?

—No.

Ella me agarra el brazo.

—Apolo, no hay otra opción.

—No —repito con severidad.

—Si uno de ellos se convierte en uno de los Trece...

—¡Me da igual! —Freno en seco y bajo la voz—. No me importa una mierda, Casandra. No pienso arriesgarme a perderte. —Ni por Olimpo, ni por nada—. Te quiero, y prefiero dejar que la ciudad arda en llamas antes que ponerte en peligro por voluntad propia. Vamos por Artemisa primero. Juntos. —Es la que más cerca está, y aunque es feroz y muy capaz, no estoy del todo seguro de que pueda hacerle frente al Minotauro.

Casandra se queda boquiabierta.

—Apolo... —Niega con la cabeza—. Está bien. De acuerdo. Artemisa.

Salimos corriendo por la puerta trasera y recorremos a toda prisa el sendero que lleva al estanque. Dejo de prestarle atención a mi velocidad, pero Casandra me mantiene el ritmo bastante bien mientras dejamos atrás el laberinto. No es hasta que doblamos la esquina cuando me doy cuenta de que no tenemos nada parecido a un arma. Vamos a tener que confiar en la ventaja numérica.

El sendero se abre y vemos al fin el estanque. Artemisa está inclinada sobre el agua, mirando algo que le señala el Minotauro. No ve la enorme mano que se dirige a ella a sus espaldas. Cuando le rodee el cuello con esos dedos tan fuertes...

—¡Artemisa, corre!

Demasiado lejos. Mierda.

El Minotauro se abalanza hacia ella con las manos

extendidas, pero gracias a los dioses Artemisa ya se está moviendo. Apenas le roza el pelo largo con los dedos cuando se agacha. Pero es rápido: es justo su rapidez lo que lo llevó tan lejos en el torneo de Ares. Ella apenas tiene tiempo de retroceder cuando la ataca de nuevo, hundiéndole un puño gigantesco en el estómago. Artemisa se desploma.

—¡No! —grita Casandra.

El Minotauro nos mira. Es una pausa muy breve, pero Artemisa no es una civil indefensa precisamente. Se hizo con el título a través de una violenta cacería, y se nota a leguas que ha mantenido sus habilidades en plena forma durante estos años. Puede que no entienda del todo el alcance de lo que está sucediendo, pero tiene herramientas para defenderse.

Arremete con los dos pies. El golpe parece dirigido a la rodilla del Minotauro. Él retrocede un paso, pero ella se lo esperaba, así que le hace un barrido con las piernas desde atrás. Era una finta.

El Minotauro cae al suelo con un impacto tremendo, y Artemisa no vacila ni un segundo. Se pone en pie de un salto y se lanza al estanque. Cae al agua dos metros más allá de la orilla y continúa buceando. Es tan rápida que al Minotauro le sería imposible alcanzarla, y lo bastante lista como para saber esconderse en el campo en cuanto alcance la ribera opuesta.

Está a salvo, por ahora.

Me detengo a unos cuantos metros y extiendo el brazo para evitar que Casandra siga avanzando. El Minotauro se incorpora y observa como su presa se le escapa.

—Justo a tiempo —murmura.

Me resulta imposible discernir si está enojado o decepcionado por que le hayamos interrumpido. Su rostro y su voz no revelan nada.

—No vas a volver a tener otra oportunidad. Yo mismo me aseguraré de ello.

—Hoy no. —Lentamente esboza una sonrisa salvaje—. Pero ¿serás capaz de detener a mi hermano? Lo dudo mucho. —Suelta una risita áspera y seca—. Ya hemos ganado.

Eso es justo lo que me temo.

CASANDRA

Estoy retrasando a Apolo.

Tengo una buena salud, pero no soy ni nunca seré una buena corredora. Desde luego no como él, no como necesita que sea en este momento. Estamos en la casa, a medio camino del garaje, y me arden los pulmones y siento un pinchazo en el costado que me mata de dolor con cada jadeo. Empiezo a bajar el ritmo, y eso que no es que fuera demasiado rápido en primer lugar.

Apolo también aminora la marcha. Suelto una maldición entre resuellos.

—Sigue tú, no me va a pasar nada.

Él niega bruscamente con la cabeza.

—No.

Ya estamos tardando demasiado. Para activar la cláusula, el futuro asesino tiene que matar a su objetivo con sus propias manos en un combate cuerpo a cuerpo. A juzgar por lo intocable que se cree, Hefesto no va a estar alerta... y Teseo ha tenido tiempo más que de sobra para arrinconar a su presa. Para cuando le encontremos, será un milagro que Hefesto siga vivo.

—¡Apolo, por favor!

—No pienso abandonarte. —La vehemencia con la que lo afirma casi hace que me tropiece. Es semejante a como me habló antes, cuando dijo que no nos íbamos a separar. Cuando dijo que dejaría que la ciudad ardiera en llamas con tal de mantenerme a salvo. Cuando dijo que me quería.

Si no va a dejarme atrás, no me queda otra que seguir como sea. Inhalo hondo a pesar del dolor y hago todo lo posible por ir más deprisa. Atravesamos la casa y salimos por la puerta principal. No me permito detenerme, porque, si lo hago, no voy a poder arrancar de nuevo.

Me fijé en el garaje cuando llegamos el primer día, y me dirijo hacia donde está con Apolo a mi lado. Al muy cabrón apenas le falta el aire; pienso odiarle por eso más tarde. Alarga un brazo por delante de mí cuando llegamos a nuestro destino.

—Déjame entrar primero.

Me invade el impulso de discutírselo, pero aprieto los labios con fuerza y me limito a asentir. Abre la puerta de un empujón y entra. Yo lo sigo de cerca. No tengo intención alguna de perderlo de vista.

El garaje, independiente de la casa, es tan enorme que me hace preguntarme qué metería Hermes aquí antes de que vendiera la propiedad. Desde luego coches no. Tiene uno, que ya es uno más de los que tengo o necesito yo, pero no es de esas personas que llenarían el garaje de vehículos que no van a manejar nunca. Minos, en cambio, guarda ni más ni menos que cinco. Aparte del descapotable rojo con pinta de ser muy caro, los demás son coches poco llamativos y limusinas negras como las que tienen todas las familias ricas de Olimpo.

Al otro lado de la fila de vehículos hay unas estanterías repletas de los típicos objetos que parece haber en todos los garajes. Por lo visto a los ricos también les gusta amontonar neumáticos viejos y herramientas como a la gente normal. Sí, son igualitos a nosotros. Contengo una risita histérica que está a punto de escapárseme de puro agotamiento y estrés.

Apolo reduce la velocidad y echa un vistazo a su alrededor. La iluminación es bastante tenue, solo hay unos pequeños ventanucos en el techo, pero vemos lo suficiente para saber que estamos solos. Me mira y esboza un gesto con la barbilla para ordenarme que no me aleje.

No tiene por qué preocuparse. Puede que antes propusiera que nos separáramos para avisar a los que podían estar en peligro, pero no soy precisamente una heroína. No tengo ningún interés en morir por un miembro de los Trece que ni siquiera me mearía encima si estuviera quemándome viva.

De repente se oye un golpe seco amortiguado en algún lugar cerca de aquí. Apolo sale corriendo en la dirección del sonido, y yo hago lo que puedo por seguirle el paso. Cuando rodeo la esquina del último coche de la fila, desearía no haberlo hecho.

Teseo está sentado sobre el pecho de Hefesto y deja caer sus puños a un ritmo constante sobre el otro hombre. Le está dando una golpiza. No sé si Hefesto sigue vivo, pero no se está defendiendo. Y hay... muchísima sangre. Me llevo una mano a la boca y retrocedo un paso.

Apolo no duda ni un instante. Se abalanza sobre Teseo y lo tumba de un solo movimiento. Una persona normal reaccionaría a un asalto con sorpresa o se quedaría paralizado. Teseo no. No sé nada sobre combate, pero da la sensación de que simplemente sigue con la inercia de pegar puñetazos solo que ahora dirigiéndolos hacia otro cuerpo. Siento el impacto de su puño contra las costillas de Apolo desde aquí.

Estoy casi segura de que oí que se rompía algo. No, tienen que ser imaginaciones mías. Por favor. Me quedo ahí parada como pasmada mientras ellos se muelen a golpes. Durante unos cuantos segundos, parece que vaya a ganar Apolo. Está fuerte, bien entrenado y lo bastante enojado como para ponerse por delante enseguida.

Pero los puñetazos de Teseo son muy duros.

Cada vez que lo alcanza, Apolo se dobla un poco más. Desde aquí veo la precisión de los golpes que recibe: se centran en las costillas y el costado. Cuando vuelve a arremeter contra él, Apolo baja el brazo para interceptar el ataque.

Y entonces Teseo se ceba con su cara. Se aprovecha del aturdimiento de su contrincante para rodar con él y acabar sentado sobre el pecho de Apolo igual que antes con Hefesto.

Hefesto, que aún no se mueve.

El corazón me da un vuelco cuando Teseo levanta uno de esos puños enormes.

Va a matar a Apolo. El título de Hefesto es bastante

importante, pero el de Apolo sin duda lo es más. Si Teseo los mata a los dos, podrá elegir el que quiera. La sonrisa violenta que le dedica a Apolo me deja claro que él también es consciente de ello.

En ningún momento decido moverme. En un abrir y cerrar de ojos me sorprendo mirando a mi alrededor en busca de un arma. Mis ojos se detienen en los estantes con neumáticos. Ahí tiene que haber algo seguro.

Voy corriendo hacia allí e intento tirar uno de los neumáticos al suelo. Pesa mucho más de lo que me esperaba y se me escapa de las manos de inmediato.

—¡Mierda! —maldigo, y me arriesgo a echar un vistazo por encima del hombro. Apolo sigue con los brazos en alto, protegiéndose la cara de los golpazos de Teseo, pero ve tú a saber cuánto tiempo más podrá aguantar así. Está herido y cubierto de sangre.

Me centro en los estantes de nuevo.

—Vamos, vamos, vamos.

Tiene que haber algo que pueda usar. Lo que sea.

Un resplandor metálico me llama la atención. Una llave inglesa. La tomo y de inmediato tengo que cambiar el agarre porque me sudan las manos. No me permito dudar. La vida de Apolo pende de un hilo. Actúo sin pensar.

Corro al lugar donde Teseo no para de pegarle. Sin advertencia de ningún tipo, me planto a su lado y le doy con todas mis fuerzas, pero debe de verme en el último momento, porque no le alcanzo la cabeza como pretendía. Levanta un brazo y suelta un gruñido cuando para el golpe. Apenas se inmuta.

Si no le detengo, va a matar al hombre al que amo. El miedo, el pánico, me insufla las fuerzas que necesito para arrearle de nuevo.

—¡Suéltalo!

—Para o tú serás la siguiente.

—Corre, Casandra —dice Apolo con la voz ronca.

Ni de broma. No pienso abandonarle aquí para que se muera, ni siquiera si eso implicara salvarme yo. Asesto un tercer golpe con la llave inglesa, pero no llego a darle siquiera. Teseo la agarra y me la quita de las manos con una sonrisa cruel.

—Jaque mate —gruñe.

—¡No! —Apolo se incorpora de repente y le arrebata la llave.

Teseo se dispone a pegarle con los puños, pero Apolo toma la delantera y rueda con él. Esta vez, es él el que acaba arriba y le da un puñetazo. Dos. Con el tercero, a Teseo se le ponen los ojos en blanco y se desploma contra el suelo.

Me quedo mirando al hombre inconsciente, casi convencida de que no es más que un ardid y que, en cuanto me despiste, va a atacar de nuevo.

Apolo se aparta de él y se levanta.

—¿Estás bien? —me pregunta.

—¿Yo? —Me veo obligada a apartar la vista de Teseo porque Apolo se inclina peligrosamente hacia un lado. Le tomo del brazo para mantenerlo en pie. Él hace una mueca y se lleva la mano a las costillas. Sigo su movimiento con la mirada—. ¿Te rompió algo?

—No. —Hace otro gesto de dolor—. No lo creo.

Los dos a la vez nos giramos hacia Hefesto. Aún no se mueve. No sé si es la adrenalina o qué, pero me quedo de pie donde estoy, incapaz de convencerme de acercarme a él. Esto es mucho peor que lo de ayer de Pan. Hay sangre por todas partes. Tanta violencia... No me esperaba nada de esto cuando accedí a venir.

Hefesto nunca fue amable conmigo; de hecho, fue bastante cruel en las pocas ocasiones en las que tuvimos motivos para interactuar. Pero no le deseo la muerte a nadie solo por haber sido desalmado. Nadie se merece morir así, solo y con tanto dolor.

Apolo se libera de mi agarre con delicadeza.

—Quédate aquí.

—No...

Él se agacha para tomar la llave inglesa tirada en el suelo y me la pone en la mano.

—Vigila a Teseo.

Es una tarea falsa y los dos lo sabemos, pero aun así se lo agradezco profundamente. Este hombre sigue protegiéndome lo mejor que puede. Asiento con la cabeza, incapaz de contener el ardor que siento en los ojos.

—Está bien.

—Casandra. —Me toma la barbilla durante un segundo—. Gracias. Si no hubieras intervenido...

Una gotita en la comisura del ojo me delata. No puedo hacer que el labio inferior pare de temblarme. «Podrías haber muerto.» Apenas soy capaz de pensarlo, mucho menos de decirlo. No alcanzo a comprender un mundo sin Apolo.

—Mira a ver cómo está —digo al fin.

Él vacila ahora.

—¿Estás bien?

—No. Ni por asomo. —La llave inglesa se me resbala en las manos sudadas; la agarro con más fuerza—. Pero tenemos que saberlo. Tenemos que acabar con esto.

Después de unos segundos, asiente. Lo observo con atención mientras se dirige hacia Hefesto. Apolo está cubierto de sangre y se sujeta las costillas de una forma que me asusta. Pero él tiene que saber si se las rompió, ¿no? Aunque ¿acaso me lo diría si así fuera? La respuesta es un no rotundo. No puedo fiarme de lo que dice cuando cree que estoy en peligro. Es capaz de desatenderse por completo.

—Apolo...

—Mierda —farfulla—. Está muerto.

Se me revuelve el estómago, pero me esfuerzo por mantener a raya las náuseas que me invaden de repente. Hemos llegado demasiado tarde y ahora hay un hombre muerto.

—Lo siento. Si no hubiera...

—No es culpa tuya —me interrumpe. Se pone en pie, tambaleándose un poco, y se gira hacia mí. Tiene un ojo tan hinchado que apenas puede abrirlo—. Debo llamar a Zeus.

Asiento con demasiada rapidez. No puedo mirar al hombre... al cadáver que hay en el suelo.

—Vale, voy a...

—Casandra —me interrumpe de nuevo—, necesito que te quedes donde pueda verte. —Se acerca a mí y me aparta del lugar—. No mires, amor. Pero no te vayas a ninguna parte. No es seguro.

Teniendo en cuenta que uno de los responsables de este desastre se encuentra quejándose débilmente a unos metros de mí, no sé si estoy a salvo aquí tampoco. Al menos no estoy sola ni indefensa. Agarro con más fuerza la llave inglesa y asiento con la cabeza.

—Está bien.

—No tardaré. Vi que hay un teléfono cerca de la entrada. Me mantendré a la vista.

Se desplaza en esa dirección y me deja con el cadáver y el asesino. ¿A hacer guardia? ¿O porque así está él entre la entrada y yo? No lo sé, pero es más fácil centrarse en eso que en la imagen que hay a mis espaldas. Todavía no asimilo lo que ha ocurrido. Es...

Escucho mientras Apolo hace las llamadas pertinentes. Primero a Zeus, para explicarle la situación. Va todo lo bien que se podía esperar. Después de un informe rápido, un montón de murmullos y disculpas. Me da muchísima rabia. Apolo vino aquí con la misión de buscar información. No podía haber sabido lo que iba a pasar. Nadie sabía lo que iba a pasar.

Salvo Hermes.

No puedo pararme a pensar en eso ahora. Siempre he sabido de lo que es capaz Hermes, pero una cosa es la teoría y otra verla puesta en práctica. Intentó protegerme a su manera, sí, pero no sé si eso es mejor o peor.

Solo habrá una oportunidad de ocultar lo que ha pasado, y aun así no estoy segura de que sea posible. Esto no es como lo de mis padres. En su caso, fueron solo ellos dos quienes planearon el asesinato, los únicos que trataron de llevarlo a cabo. No tenían a uno de los Trece de su lado.

Pese a ello, van a tratar de encubrirlo todo. Lo cual quiere decir que correrá más sangre. Quizá un incendio, esta vez, en lugar de un accidente de coche.

Se me escapa una risa amarga. Supongo que ya tengo la respuesta a qué habría hecho Apolo si hubiera estado en el cargo cuando mis padres trataron de asesinar a Atenea. Teseo ha llegado mucho más lejos que mis padres, pero no lo logró tampoco. No completó el ritual requerido para activar la cláusula.

Mientras pienso en esto, un quejido leve hace que me gire a mi pesar. No creo que Teseo esté en condiciones de hacer ningún tipo de daño en el futuro próximo, pero, con el que ha armado ya, no puedo dar nada por hecho.

—Quédate ahí —le digo.

No está ni por asomo tan ensangrentado como Apolo. Me quedo mirándolo con el estómago revuelto y la cabeza a mil por la adrenalina. De repente abre un ojo oscuro y me devuelve la mirada. Me tenso.

—No digas ni una palabra —le advierto.

Teseo empieza a hablar con un hilo de voz rasposo:

—Yo reclamo el título de Hefesto según la ley del más fuerte y la legislación establecida en la fundación de Olimpo.

—No —susurro. Sé qué es lo que viene ahora. Mis padres ensayaron las palabras una y otra vez antes del intento de asesinato fallido—. No —repito más alto.

Él me ignora.

—Casandra... —Respira de nuevo con dificultad—. Tú eres mi testigo.

La llave inglesa se me cae de los dedos exánimes.

APOLO

La pesadilla no hace más que empeorar a medida que pasa el tiempo. Zeus manda a Ares. En los treinta minutos que tarda en llegar (debe de haber estado esperando cerca, porque es imposible recorrer esta distancia desde el centro de la ciudad en media hora), Minos y su familia han intentado por todos los medios entrar en el garaje. Aguantar la puerta cerrada cuando ya solo mantenerme en pie me cuesta horrores... Bueno, cuanto menos diga sobre esto, mejor.

Tres coches negros de idéntica marca y modelo que los que hay detrás de mí en el garaje aparecen por el camino de acceso. Se detienen con un rechinido tan cerca del lugar que el Minotauro tiene que dar unos cuantos pasos rápidos para evitar que le dé uno de ellos con el parachoques delantero.

Ares sale de uno de los vehículos, su hermoso rostro está endurecido por una expresión adusta. Lleva un traje pantalón hecho a medida que casaría sin problemas en una sala de juntas de no ser por la funda sobaquera que se ve cuando levanta el brazo para hacer un gesto a los ocupantes de los otros dos coches.

Reconozco a uno de sus compañeros sentimentales, Patroclo. Es uno de los mejores estrategas de la ciudad, un hombre blanco alto con el pelo corto moreno y lentes de armazón cuadrado que prefiere ir con *jeans* y camiseta en lugar de con los trajes que suelen elegir los otros subalternos de Ares. Acabó muy malherido en el torneo, pero por lo visto ya se recuperó por completo. Durante tal competición hubo rumores de que Helena tenía algo con Patroclo y Aquiles, pero los rumores se quedaron en nada cuando hicieron público que estaban en una relación poliamorosa unas semanas después de que ella se convirtiera en Ares.

A Zeus no le hizo ninguna gracia, pero no había nada que pudiera hacer. Su hermana lo había rebasado por la derecha. Con todo Olimpo fascinado con el chisme que les habían brindado en bandeja, no podía permitirse intervenir sin poner en riesgo su ya precaria reputación.

Ares va directamente con Minos.

—Tú. Apártate de mi camino.

—Con todos los respetos...

Ella alza las cejas. No le gustaría un pelo la comparación, pero nunca me ha recordado tanto a su padre como en este momento, encarándose al jactancioso de Minos y obligándole a retroceder sin decir ni una sola palabra más. Le dedica una última mirada burlona y se gira hacia mí.

—¿Dónde está? —pregunta.

—Por aquí.

Casandra no se ha movido de mi campo visual y yo no

me he atrevido a dejar la puerta sin custodiar, pero me muero de ganas de estar a su lado, de llevármela lejos de esta pesadilla. No le habría pedido que viniera si hubiera sabido que se llegaría a estos extremos de violencia.

—Patroclo —le reclama Ares.

—Yo me encargo de la puerta —afirma este, y se planta detrás de ella, impidiéndoles el paso a Minos y su familia. Dos de los suyos se quedan con él y otros dos nos siguen por el garaje.

—¿Qué carajos...? —murmura Ares viendo el caos.

—Ya. —No hay nada más que decir—. Teseo estaba inconsciente cuando salió, así que con suerte no habrá...

Me interrumpo cuando veo la cara de Casandra. Tiene los labios muy apretados y está más pálida aún que de costumbre. Sigo su mirada adonde Teseo se arrastró para apoyarse en el neumático de uno de los vehículos.

Me dedica una sonrisa feroz.

—Demasiado tarde.

—Ha reclamado el título según la ley del más fuerte —susurra Casandra—. Yo soy su testigo.

—Mierda. —Ares cierra los ojos unos cuantos segundos—. Imagino que no podemos matarlo y fingir que nos hemos encontrado a los dos así, ¿verdad?

No suelo abogar por el asesinato, pero no sé cómo podremos explicar la sustitución de Hefesto sin revelar la cláusula de asesinato. Si el resto de la ciudad se entera de lo relativamente fácil que es hacerse con un título de los Trece...

—Ares. —Uno de los suyos que se habían quedado en la puerta se acerca a toda prisa, con el rostro pálido y contraído—. La prensa está aquí.

—Me lleva la... —Se gira hacia la puerta, pero la detengo extendiendo un brazo delante de ella.

—Tenemos que limpiar esto. Ya. Es demasiado tarde para arreglarlo, pero al menos podemos tratar de hacer control de daños. —No sé cómo gestionarlo, pero es nuestra única oportunidad de adelantarnos a lo que nos espera.

Ella se presiona las sienes con los dedos.

—De acuerdo. Yo me encargaré de la prensa y haré que la cucaracha esa se largue de una vez. Patroclo te ayudará con todo esto. —Fulmina con la mirada a Teseo—. Disfruta de tu tiempo como Hefesto. No durará mucho.

Él sonríe con suficiencia.

—De todas formas, este puesto me queda mejor que el de Ares.

—Convéncete de lo que quieras. Al menos yo me gané el título como los dioses mandan.

Teseo se encoge de hombros.

—Yo no escribí las leyes de Olimpo. Quéjate con los fundadores, no conmigo.

—Hijo de...

—Ares —la interrumpo—. No hay tiempo para esto.

Ella se gira sobre sus talones y se encamina hacia la puerta sin decir una sola palabra más. Yo tomo a Casandra por el codo y me interno en el garaje con ella.

—Lo siento —digo al fin.

—No paras de decir eso. —Su voz suena rara: cansada y vacía—. Hemos presenciado un asesinato, Pan casi muere y a ti te dieron una golpiza de muerte. ¿Así es tu vida, Apolo? No pareces ni un poco afectado.

No hay nada que quiera más que llevármela de aquí,

pero Teseo se aseguró de que eso sea imposible. Al hacer de Casandra su testigo, la ató a Olimpo hasta que todo esto se resuelva.

—A veces ser uno de los Trece significa encontrarte en situaciones violentas y hacer cosas de las que no estás orgulloso. Lo sabía cuando acepté el título. Siento haberte arrastrado a todo esto.

—Se te da demasiado bien nadar en aguas en las que yo me ahogo... —murmura para sí, y me toca la mandíbula con los dedos—. Realmente somos personas muy distintas.

Odio que me lo recuerde. Odio que esté temblando y que no pueda hacer nada para volver atrás en el tiempo y ahorrarle todo esto.

—Soy yo quien te traje aquí. Sé que pedir perdón no sirve de nada, pero no puedo parar de hacerlo.

—No, yo decidí venir. —Niega con la cabeza, y los ojos se le despejan un poco—. Deja de culparte por algo que es cosa mía, Apolo. Ahora mismo siento que me estoy ahogando, pero me metí en esto sabiendo que existía esta posibilidad.

—No voy a dejar que te ahogues, amor. —Tiro de ella hacia mí y ella se deja envolver en mi abrazo. Siento como si respirara con más facilidad en cuanto la rodeo, aunque las costillas me estén matando—. Te pones demasiado peso a las espaldas. Nunca pides ayuda. Y yo quiero ayudarte a cargar con ello, Casandra. No porque lo sienta como una obligación, sino porque eso implica estar a tu lado, y no hay ningún otro lugar donde quiera estar.

Ella hunde la cara en mi pecho y suelta una risa descompuesta.

—Solo tú podrías ponerte romántico a unos metros de la escena de un crimen.

Tiene razón. No es el momento, pero es que nunca parece ser el momento adecuado para nosotros. Si no la hubiera contratado nunca, si no la hubiera traído aquí, si no hubiera sabido jamás lo increíble que podría ser lo nuestro... Yo me muevo en un mundo del que ella no quiere saber nada. No puedo irme y ella no puede quedarse.

—Si no lo digo ahora, puede que no tenga otra oportunidad.

Casandra se aferra con más fuerza a mi cintura. Cuando habla, su voz suena amortiguada contra mi camisa.

—No debería ser así.

—Lo sé.

Ella alza la cabeza.

—Te quiero —dice, y se le escapa una risa triste—. Dioses, soy tan patética... Ahora voy a tener que pedir perdón yo también. Lo...

Le cubro los labios con los dedos.

—No. No lo retires. —Me inclino hacia ella y apoyo la frente en la suya—. Yo también te quiero. Desde hace tiempo.

—Somos un desastre.

—De acuerdo.

—No puedo quedarme.

Me da un vuelco el corazón.

—Lo sé.

Ella suelta una exhalación temblorosa.

—Es que... No es el momento. Estoy aquí atrapada

hasta que sea el tribunal de los Trece. —Se tensa—. ¡Dioses, Atalanta! Me había olvidado de ella.

—¿Qué pasa con Atalanta?

Me mira a los ojos.

—Minos la tiene maniatada en el sótano. No quería que se interpusiera cuando... —Le da un escalofrío—. Cuando hiciera lo que hizo.

—Patroclo —le llamo, y le transmito la información que me dio Casandra.

Él asiente, pero sus ojos se quedan fijos en la escena que hay ante nosotros.

—De acuerdo. Mandaré a alguien para que la rescaten.

Casandra se gira para echar un vistazo al cadáver, pero se lo impido.

—No lo hagas. Te sentará peor.

Enseguida se acaba todo. Patroclo le ordena a la gente de Ares que traslade el cadáver a la parte de atrás de uno de los vehículos. Se llevarán a Hefesto al centro de la ciudad, donde examinarán el cuerpo, y después se lo entregarán a la familia.

Ya veo venir que Artemisa no va a perdonarme que no lograra salvar a su primo.

No sé si me lo perdonaré yo mismo.

Todo ocurre muy deprisa a partir de entonces. Patroclo manda a dos personas por Atalanta y a otras dos a asegurarse de que Pan llegó sin problemas al hospital. A otro par se le encarga la tarea de transportar el cuerpo de Hefesto. Luego se acerca a nosotros.

—Es hora de irse. Los llevaré personalmente.

Hago el amago de protestar, pero él levanta una mano.

—No puedes salir ante las cámaras con ese aspecto sin dar pie a preguntas para las que no estamos preparados.

Tiene razón. Lo odio, pero la tiene. No puedo hacer casi nada para arreglar la situación ahora mismo, o tal vez nunca, pero sí que puedo empeorarla de muchas maneras. Si la prensa cree que tuve algo que ver con el cambio de Hefesto, será como echar carne a los lobos. Se desatará la histeria.

Me vuelvo hacia la puerta. Ares lo tiene todo controlado, pero...

—También fueron por Artemisa. Por muy competente que sea, no deberíamos dejar a Ares sola con Minos y los suyos.

Patroclo tensa la mandíbula.

—Aquiles llegará en breve, aunque Ares puede valerse por sí misma. La única razón por la que pudieron atacar a Artemisa es porque no lo vio venir. —Mira de reojo la puerta y nos hace un gesto para que nos metamos en el coche.

Si estuviéramos solos, se lo discutiría, pero necesito que Casandra se vaya de aquí, y no se irá sin mí. Lo veo en sus ojos.

—De acuerdo. —Abro la puerta trasera para que pase ella y luego me subo yo.

Patroclo tampoco pierde un segundo en sentarse ante el volante. Pulsa el botón de la puerta del garaje y apenas espera a que se suba del todo antes de dar marcha atrás. Los otros coches lo siguen. Veo varias camionetas en el camino de acceso, un grupo de gente y cámaras alrededor de Ares mientras salimos a una velocidad razonable. Nuestra partida hace que se giren algunas cabezas, pero Ares sonríe y dice algo que reclama de nuevo su atención.

Se le da bien el trabajo. Ese puesto nunca había causado tanta admiración como ahora, y tener a Aquiles y Patroclo como manos derechas hace que no tenga puntos débiles, por así decirlo. Un movimiento muy astuto.

Resulta más fácil pensar en eso que en lo que está por venir. Le aprieto la mano a Casandra.

—Necesito que sepas...

—Voy a tener que plantarme delante del tribunal y testificar que Teseo llevó a cabo con éxito la cláusula de asesinato. Lo mató con sus propias manos y dijo las palabras pertinentes delante de un testigo. —Tiene la cara girada y mira por la ventana—. Estoy al tanto de los pasos.

Ojalá pudiera ahorrarle todo esto. No debe de ser una experiencia agradable para nadie. Carraspeo.

—Me aseguraré de que Zeus cumpla con su parte del trato.

Por fin se vuelve hacia mí. Hay un rastro de lágrimas bajo sus ojos y se ve más agotada que nunca.

—Lo sé.

—Casandra. —Echo un vistazo a Patroclo, que finge que no nos oye, y luego me centro en ella—. Por favor, ven a casa conmigo. Al menos hasta que se arregle todo.

Parece como si quisiera discutírmelo, pero al final asiente con la cabeza.

—Está bien.

No volvemos a hablar hasta que Patroclo detiene el coche en la banqueta justo delante de mi portal, y ella apenas levanta la vista del suelo mientras recorremos el vestíbulo y tomamos el elevador hasta el piso más alto.

Todos los Trece que residimos en el centro de la ciudad (Zeus y Hera, Ares, Atenea y yo) tenemos viviendas designadas. El título de Apolo viene con este edificio entero, incluyendo el lujoso ático. Estoy tan acostumbrado a verlo que intento mirarlo a través de los ojos de Casandra... pero estoy muy cansado para conseguirlo.

Es demasiado. Se podría resumir en eso. Demasiado brillo, demasiado mármol, demasiado dinero malgastado en cosas que no sirven para nada más allá del aspecto estético. Pero es todo lo segura que puede ser una casa en Olimpo, así que es mi hogar.

Después de que el elevador se abre, cruzamos la puerta principal y no nos detenemos en el espacio diáfano que se encuentran la sala y la cocina, sino que la guío con la mano en la parte baja de su espalda por el pasillo hacia donde están mi dormitorio y el despacho. Se queda de pie en silencio mientras espero a que el agua de la regadera salga caliente, pero me aparta las manos cuando las llevo al cierre de su vestido.

—Puedo hacerlo yo sola.

—Casandra, deja que te cuide. —Espero unos segundos—. Por favor.

Ella vacila, pero finalmente asiente.

—Solo si me prometes que me dejarás vendarte en cuanto nos aseemos.

A decir verdad, dudo mucho que tenga algo que vendar. Tengo el ojo hinchado y ese lado de la cara me palpita con cada latido de mi corazón. Teseo me golpeó varias veces en las costillas, y debo de tener la piel amoratada por todo el pecho, pero me muevo sin demasiados problemas, así que no creo que se me haya roto nada. Aunque, si va a servir para que se sienta mejor, no me pienso negar.

—Está bien.

Le quito la ropa despacio, y su sola presencia va calmando el miedo que todavía me recorre todo el cuerpo. Está a salvo. La situación es trágica, pero ella está a salvo. Nunca en mi vida, ni una sola vez, había antepuesto mis sentimientos o mis relaciones personales a la ciudad.

Hasta hoy.

Ahora no me queda otra que vivir con esa culpa. No sé si habría cambiado algo de no haber sido así, pero tampoco puedo afirmar lo contrario.

Casandra se quita los calzones y se gira hacia mí.

—No podrías haber hecho nada.

—¿Ahora sabes leer mentes? —Trato de esbozar una sonrisa, pero me rindo a medio camino.

—No. —Me mira con los ojos serios—. Pero te conozco. Hemos tomado las decisiones a partir de la información que teníamos en el momento. Si no hubiera sido porque Hermes prácticamente me invitó a escuchar la conversación con Minos, no habríamos podido salvar a Artemisa tampoco. Aun con el ataque a Pan y nuestras teorías, nos faltaban piezas del rompecabezas.

Si lo racionalizo, sé que tiene razón, pero me resulta casi imposible verle el lado bueno a algo ahora mismo.

—Un hombre murió porque fracasé en mi misión.

—Un hombre murió porque Minos orquestó un plan

para juntar a varios miembros de los Trece en un mismo lugar de manera que sus hijos asesinaran a tres de ellos. —Me mira con el ceño fruncido—. Échale la culpa a quien le corresponde, Apolo. —Me desabotona la camisa despacio y después me la quita con cuidado. Suelta una exhalación temblorosa cuando ve las magulladuras en mi piel—. Prométeme que no crees que sean nada más que contusiones o te llevo al hospital ahora mismo.

Le cubro las manos con las mías.

—No es nada más grave que eso. Mañana me dolerá un montón, pero no noto ningún dolor agudo ni dificultades para respirar.

Me observa unos cuantos segundos y al fin asiente.

—Ahora solo quiero lavarme un poco y luego...

Espero a que siga, pero no lo hace. Le tomo la barbilla con delicadeza para que me mire a los ojos.

—¿Y luego?

—¿Te parece bien abrazarme un rato? —Le tiembla un poco el labio inferior y se esfuerza visiblemente por mantenerlo quieto—. Creo que no estoy tan bien como aparento estar.

Siento una punzada en el pecho. Haría lo que fuera para que no hubiera tenido que vivir esto, para que no hubiera sido testigo del propio acto que le arruinó la vida hace doce años.

—Claro, amor. Por ti, lo que sea.

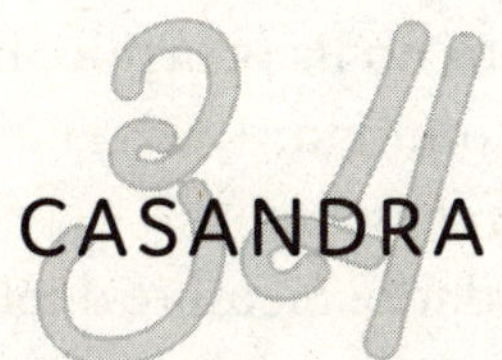

CASANDRA

Apenas puedo mirar el cuerpo de Apolo sin que asome el miedo a lo que podría haber sucedido, la idea de un mundo sin él, tan frío y oscuro, hace que no pueda parar de temblar. Él piensa que estoy así por haber presenciado un asesinato, y no voy a fingir que no me encuentro ni remotamente bien con eso, ni con el recordatorio de que nada de esto se le antoja inusual. ¿Cómo puede vivir así? ¿Cómo pueden vivir así los Trece?

Recibir una golpiza fue como un incidente sin importancia para él; de inmediato pasó a preocuparse por el bien de Olimpo. A mí también debería importarme la ciudad: un montón de gente inocente vive aquí. Pero es lo cerca que estuve de perderle lo que me tiene acurrucada contra su cuerpo bajo estas sábanas absurdamente caras. No estoy segura de no hacerle daño tocándolo, pero él me estrecha con firmeza de todos modos y yo no me quejo.

Necesito esto.

Creo que los dos lo necesitamos.

Durante un buen rato, nos quedamos aquí acostados sin más. Dejo que su respiración lenta y el ritmo constante de su corazón me calmen. Podría haber salido muy malparado hoy, pero no ha ocurrido. Eso es lo importante. Está aquí. Está conmigo.

«Solo unos días más.»

Me duele recordarlo. Siempre duele, pero la punzada de pesar me resulta especialmente intensa y penetrante. Llevamos horas aquí y nadie ha venido a ver cómo está Apolo. Bueno, su familia no va a enterarse de lo que pasó a menos que él decida contárselo, pero ni siquiera Zeus se ha molestado en llamar. Ya debe de haber recibido un informe preliminar de Ares sobre la situación y las lesiones de Apolo. Por lo visto, no merecen ni siquiera una llamada.

Quiero suplicarle que venga conmigo, que se vaya de esta ciudad a la que no le importa lo más mínimo su bienestar antes de que le ocurra algo de lo que no se pueda recuperar. Perder a un Apolo no es más que un inconveniente para Olimpo, pero para mí lo es todo.

Solo que sé que no se va a ir. Este es su mundo, lo ha sido desde que nació, y se siente responsable de todos los habitantes de esta ciudad. Su preocupación genuina por el bienestar de la gente es parte del motivo por el que le quiero, pero no puedo evitar que la inquietud invada mi cuerpo y arraigue en mis entrañas.

No sé quién se mueve primero, si yo me acerco a él o él me jala. Tal vez las dos cosas. Pero echo la cabeza hacia atrás y su boca se encuentra con la mía.

Esta vez, no hay delicadeza alguna, ni jueguitos sensuales ni dinámicas de poder. Solo un profundo ardor que arrasa con todo, dejando tras de sí solo la necesidad de estar cerca. Me empuja un poco para ponerme de espaldas y hace un gesto de dolor. Es todo lo que necesito para apartarme.

—Estás demasiado herido para esto.

—Casandra. —Me hunde una mano en el pelo y me jala para darme un beso apasionado—. Te necesito. —Como todavía dudo, maldice entre dientes—. Te prometo que te aviso si me duele demasiado.

Los dos sabemos que no es verdad, pero no soy capaz de ordenar los pensamientos más allá del deseo de consolarme con el hecho de que estamos los dos aquí, vivos, a salvo. «Por ahora.» Trago saliva con dificultad.

—Vale —respondo al fin.

Trata de besarme de nuevo, pero ya estoy bajando por su cuerpo. Me agarra con más fuerza del pelo.

—No tienes por qué hacerlo.

—Apolo. —Lo miro a los ojos—. ¿En qué momento te he dado alguna muestra de que vaya a hacer algo, sexual o no, que no me apetezca hacer? —No le doy tiempo a responder, sigo bajando por su pecho dejando un reguero de besos. Al menos por aquí no está herido.

—Nunca —dice casi con vacilación.

Dioses, amo a este hombre. Le quiero tanto que una parte de mí quiere sacarme el sentimiento del corazón y prenderle fuego para exorcizarlo, porque es complicado y lioso, y ahora mismo no soporto pensar en todas las implicaciones. Le lamo el pezón con la punta de la lengua.

—Me muero de ganas de volver a chupártela. ¿Me dejas, por favor?

Su risa suena rasposa y cansada.

—Por supuesto, amor. Por mí no te limites.

Evito tocarle las costillas mientras desciendo por su cuerpo. A la tenue luz del atardecer, los moretones tienen peor aspecto que antes en la regadera. Será un milagro si es capaz de moverse siquiera mañana.

Él abre un poco las piernas para que pueda arrodillarme entre ellas. Me tomo unos segundos para grabarme en la memoria cada detalle de este momento. De este hombre, que lleva años exasperándome, desconcertándome y alegrándome el día. Un miembro del grupo de personas al que más debería odiar en el mundo. La mejor persona que he conocido en mi vida.

El hombre que tiene mi corazón en sus manos tiernas y hechas polvo.

—Te quiero. —Ya se lo he dicho antes, pero esta vez suena diferente. No cambia nada, no puede cambiar nada, pero necesito que sepa que es verdad, que para mí esto no es solo algo tan mundano como el sexo—. Creo que llevo mucho tiempo queriéndote, aunque preferiría tirarme de lo alto de la torre Dodona antes que admitirlo delante de alguien, incluso de mí misma.

Él esboza una sonrisa agridulce.

—Yo me di cuenta de que te quería el día aquel de la impresora.

Sé a cuál se está refiriendo al instante. No era un buen día. Era el aniversario de la muerte de mis padres, y mi hermana y yo discutimos cuando salí a comer con ella.

Tenía las emociones a flor de piel, emociones muy feas, espantosas. Cuando la impresora esa del siglo pasado se descompuso, perdí los estribos por completo. Pero eso quiere decir...

—Estás bromeando.

—No, no lo estoy.

—Apolo, eso fue hace cuatro años. —Me le quedo mirando—. No puedes llevar queriéndome tanto tiempo.

—Eras mi empleada, y habías dejado tu opinión sobre los Trece y sobre Olimpo bien clara desde el principio. —Se encoge de hombros y hace una mueca de dolor—. No quería ser otra persona egoísta en tu vida que antepusiera sus necesidades y deseos a los tuyos.

Las lágrimas se amontonan en las comisuras de mis ojos sin que pueda hacer nada para evitarlo.

—Le lancé una silla a la impresora aquel día. Cualquier otra persona me habría despedido.

—Era una impresora muy vieja. Llevaba tiempo pensando en cambiarla, tú solo me diste el empujón que necesitaba.

—Apolo...

Su sonrisa se desvanece.

—Hasta ese día, habías andado siempre con pies de plomo conmigo. Después de eso, dejaste de tomarte la molestia. Me enseñaste cómo eras de verdad. —Me pasa los dedos por la mejilla—. Una persona preciosa, complicada, la más inteligente que he conocido. ¿Cómo iba a no quererte?

Si seguimos hablando así, voy a echarme a llorar... pero me niego: si solo me quedan unos días con él, pienso llenarlos de recuerdos bonitos. Giro la cabeza y le planto un beso en la palma de la mano.

—Ahora acuéstate y sé un buen paciente. —Esbozo una sonrisa traviesa un poco temblorosa—. La enfermera Casandra va a hacer que te sientas mejor.

Se la agarro con la mano y me inclino para poder metérmela en la boca. Su exhalación entre dientes hace que le mire la cara, pero nada en su expresión revela dolor. Solo placer. Bien. Me entrego a lamerlo, provocarlo y llenarme de él para luego pasarle la lengua por toda su extensión. Voy preparándolo, haciendo que se olvide de todo.

Nos doy el descanso que nos merecemos de los recuerdos tan horribles que nos asolan. Del inevitable dolor del futuro.

En algún momento, me pasa los dedos por el pelo para apartármelo de la cara, pero no intenta guiarme. Me deja hacerlo a mi manera.

Me deja cuidar de él.

Cada vez que alzo la vista, lo encuentro mirándome con intensidad y excitación, los mismos sentimientos que se agitan en mi pecho. Saber que nos queremos pero que lo nuestro está condenado a ser temporal es el elefante en la habitación que no somos capaces de ignorar.

—Ven aquí.

Lo observo unos segundos.

—Pero las costillas...

—Me quedaré muy quieto —dice con una sonrisa sorprendentemente tierna—. Te lo prometo.

Vacilo un poco, pero lo cierto es que yo también lo deseo. Entrecierro los ojos.

—Avísame si te duele.

—Sí, tranquila. —Señala la mesita de noche—. Los condones.

Tomo uno del cajón y me tomo mi tiempo abriéndolo y colocándoselo poco a poco en la erección. Le doy una sacudida lenta.

—Apolo...

—Ven aquí —repite.

Tiene razón. No hay nada más que decir. Solo queda esto. Me arrodillo con cuidado sobre sus caderas y bajo el cuerpo para buscarle. Aun con lo caliente que estoy, me cuesta un poco adaptarme a su tamaño. Me encanta. Me vuelve endemoniadamente loca. Le tomo las manos y me las llevo a las caderas mientras me deslizo otro centímetro.

—Me siento tan tuya cuando estamos así... —Me balanceo un poco sobre él—. Como si estuvieras reclamando lo que te pertenece.

—No. —Me agarra con más fuerza y me empuja abajo para terminar de sellar nuestros cuerpos por completo—. Tú estás reclamando lo que te pertenece.

Pasa una mano por la parte alta de mi muslo y comienza a estimularme el clítoris mientras lo monto. El único sonido en la habitación es el de nuestros jadeos y el del roce de nuestros cuerpos contra las sábanas. Quiero que dure para siempre. Que nos quedemos aquí el tiempo que haga falta, aislados, felices, a salvo.

Pero nada dura eternamente.

El orgasmo me llega por sorpresa. En un abrir y cerrar

de ojos paso de estar disfrutando del placer que se va acumulando entre nosotros a venirme directamente. Apolo sigue moviéndome encima de él mientras me deshago y grito su nombre. Me las arreglo para no desplomarme sobre su torso herido, pero da igual. Él se incorpora y me besa sin parar de guiarme con las manos. Me empuja hacia él para metérmela entera y noto otra oleada de placer recorriendo mi cuerpo. No me separo cuando termino de nuevo, y él llega al límite justo después de mí susurrando mi nombre.

Es demasiado. Demasiado bueno. Demasiado perfecto.

Me aparto de encima de él para que pueda ir al baño a deshacerse del condón. Suena el teléfono justo cuando vuelve a la cama. Intercambiamos una mirada. Nada dura para siempre, pero esto no ha estado siquiera cerca de durar lo suficiente. No estoy preparada para que se acabe. No estoy preparada para irme de su lado.

No sé si nunca lo estaré.

Toma el teléfono y suspira.

—Voy a la sala a hablar.

Estoy a punto de decir que no hace falta, pero entonces oigo el tono de mi celular en el bolso. Me asusto tanto que me quedo mirándolo sin hacer nada, como si se me hubiera desconectado el cerebro. Es Apolo el que va hacia el bolso, saca el teléfono y me lo pasa antes de salir por la puerta para responder a su llamada.

Me invade un sentimiento de culpa apenas veo el nombre de mi hermana en la pantalla. No se me había ni pasado por la cabeza ponerla al día, pero ¿por qué iba a hacerlo? Procuro mantener todas las partes desagradables de mi vida al margen de ella. Hasta ahora, esas partes consistían en lo idiotas que son conmigo todas las personas con un poquito de poder, el estrés de pagar las facturas y el rencor que siento hacia mis padres por ponernos en esta posición de mierda con su egoísmo sumado a la pena de perderlos.

Esto es diferente.

Respiro hondo y trato de eliminar todo rastro de agotamiento de mi voz.

—¡Hola, Alejandra!

—¿Qué pasó?

Parpadeo perpleja.

—¿Cómo que qué pasó?

—Casandra. —Su exasperación es palpable a través de la línea—. Sale en todas las revistas de chismes. Hefesto ha muerto, y estaba en la misma fiesta a la que ibas esta semana con Apolo. ¿Qué está pasando?

Abro la boca para decirle que no tiene que preocuparse por mí, solo por la universidad, pero me quedo callada. No quiero involucrarla en esto, pero ignorar su pregunta no es una opción.

—Hubo algunos incidentes, pero es mejor que no te metas. Yo estoy bien, no quiero que te preocupes de cosas que están fuera de tu control.

—Casandra, te quiero, pero no dices más que tonterías.

—¿Perdona?

No suena enojada, más bien exhausta. Lo cual es casi peor.

—Ya no soy una niña. No tienes que protegerme de las cosas malas que ocurren en el mundo: soy consciente de que existen. —Una pausa cargada de significado—. Sé sincera conmigo, por una vez.

Tiene razón... Ya es una persona adulta. La obsesión con protegerla de todo lo malo es más por mí que por ella, y no es justo. Suspiro.

—Es como lo de nuestros padres. ¿Sabes de la nueva familia? ¿Los Vitalis? Teseo mató a Hefesto y se ha atenido a la ley del más fuerte.

—¡¿Qué?!

—Ha... —Inhalo profundamente. La sinceridad tiene un límite; no quiero exponer a mi hermana al nivel de violencia que presencié en esa fiesta—. Da igual. Nos vamos a ir de aquí. Tengo dinero de sobra para que empecemos una nueva vida juntas fuera de Olimpo. Poseidón accedió a dejarnos salir. —Una mentira, sí, pero, con cómo está todo, es un pequeño precio que pagar. He protegido a mi hermana de tantas cosas... No puedo decirle lo que está a punto de costarme esta escapada.

—¿Qué acabas de decir?

Frunzo el ceño. Hay algo en su tono que no me gusta.

—Por fin vamos a poder irnos de esta ciudad, hacer borrón y cuenta nueva. Es lo que queríamos, Alejandra. Este lugar es un puto infierno, y te has esforzado tanto... Puedes terminar la carrera en cualquier universidad del país. Dioses, probablemente puedas ir a cualquier universidad del mundo.

—Casandra. —La voz de mi hermana suena débil—. ¿Y Apolo qué?

Me da un vuelco el corazón, y no puedo evitar que me tiemble un poco la voz.

—Lo nuestro estaba condenado al fracaso desde el principio.

—¿Por qué?

—Da igual.

Alejandra maldice entre dientes.

—No, no da igual. A mí no me da igual. Te gusta. Lleva muchísimo tiempo gustándote, y es obvio que él siente lo mismo por ti. ¿Por qué vas a desperdiciar esa oportunidad?

Me dispongo a decirle que haría cualquier cosa por ella, pero ya mentí demasiado. Ahora mismo no puedo hacerlo.

—Somos demasiado diferentes.

—Explícate.

Frunzo el ceño.

—Estás siendo un poco cretina ahora mismo —le suelto.

—Y tú estás siendo un poco victimista. Qué ganas de hacerte la mártir. —Exhala despacio—. No te culpo por querer irte de aquí. No hablas mucho de ello, pero no debe de haber sido fácil cargar con la responsabilidad de cuidarme después de que lo perdiéramos todo. Entiendo que odies esta ciudad y a la gente con poder, pero... yo no, Cass. Tengo amigos. Me encanta mi carrera y, bueno, te lo iba a contar la semana que viene cuando nos viéramos para comer, pero me han aceptado unas prácticas en la empresa de Deméter. Cass, mi vida está aquí. Pero no estamos hablando de mí ahora mismo; estamos hablando de ti.

Siento como si el mundo se hubiera puesto al revés y

me hubiera caído al techo de cabeza. Me quedo mirando las sábanas revueltas de la cama de Apolo.

—¿Qué quieres decir?

—Quiero decir que incluso si yo deseara irme de la ciudad, daría igual. Ya renunciaste a demasiado. No renuncies a él también.

—No es tan fácil. —La verdad emerge, todos los miedos que he estado reprimiendo desde que me di cuenta de cuánto había en juego—. Es otra vez como cuando lo de nuestros padres. No tenían ningún problema con asesinar a alguien para conseguir lo que querían. Conocían los riesgos y les dio igual, y murieron por culpa de su ambición. Ese es el mundo en el que se movían. Es el mundo en el que se mueve Apolo. Él está cómodo aquí, pero yo nunca lo estaré.

—Cass... —Alejandra vacila unos segundos—. Si necesitas irte de Olimpo, no te lo echaré en cara. Pero asegúrate de que te vas por las razones adecuadas. Por mucho que digas que no te sientes cómoda en el mundo en el que se mueve Apolo, llevas siendo su mano derecha cinco años. Tú también te mueves en ese mundo.

—Es distinto.

—¿Lo es? Estás todo el día en contacto con los Trece, con las familias originales. ¿Qué cambiaría si Apolo y tú siguieran juntos? ¿Si se casaran?

La sola idea de casarme con Apolo hace que me maree un poco. Tengo que cerrar los ojos y tragar saliva.

—Me ahogaría, Álex. Son aguas demasiado profundas.

—Pues aprende a nadar. Eres la persona más inteligente que conozco. Si alguien puede hacerlo eres tú.

No sé qué responder. Se me hace demasiado grande, y demasiado fácil, cuando nada de esto es fácil en absoluto. La violencia que hemos presenciado en la fiesta de Minos me impactó profundamente... pero, incluso en lo peor, Apolo estaba a mi lado. Se negaba a abandonarme. Me protegía. Me permitía hacer lo mismo por él.

—Tengo miedo.

La voz de Alejandra se vuelve más amable.

—¿Y cuándo te ha impedido eso hacer algo que te importa?

Es cierto: llevo mucho tiempo con miedo. Con miedo de fallar, de dejar que el legado de nuestros padres nos hunda, de permitir que nadie se acerque demasiado. Se me forma un nudo en la garganta, pero me lo trago.

—¿Desde cuándo eres tan lista?

—Mi hermana mayor ha sido un gran ejemplo a seguir. Todo el mérito es suyo.

Dioses, ahora sí que voy a llorar. Parpadeo unas cuantas veces.

—Si cambias de idea sobre lo de irte...

—Pues será decisión mía —contesta con suavidad—. Y me ocuparé yo de organizarlo, sin que tengas que hacer más sacrificios por mí. Es hora de que empiece a valerme por mí misma, Cass. Tú me enseñaste a hacerlo. Confía en mí.

—Está bien. —Me seco las lágrimas. No sé muy bien cómo procesar este cambio de planes, pero no tengo tiempo. Ahora mismo no. La crisis que se ha desatado en la fiesta no ha terminado. Ni por asomo—. ¿Qué más dicen en las revistas de chismes?

Otra pausa, esta vez más larga.

—Que mataron a Hefesto por una ley de la que nadie ha oído hablar. Que ya se designó a un nuevo Hefesto, aunque nadie sabe que es Teseo Vitalis. Se les está pasando la mano con las especulaciones, y se están centrando en la propia cláusula. De algún modo alguien sabía exactamente dónde buscar la ley y es de lo que más habla la gente.

Lo saben.

La ciudad entera sabe el secreto que los Trece les han estado ocultando durante generaciones.

Ahora me hace gracia que Apolo se preocupara por la amenaza que suponía Minos; después de todo, es solo un hombre. En cambio, la amenaza que supone la propia ciudad volviéndose en contra del gobierno... es imposible de abarcar. No van a poder andar por la calle sin preocuparse por si alguna de las personas con las que se crucen tiene un puñal preparado para clavárselos en el pecho.

Algunos se tomarán la amenaza más en serio que otros. Estoy segura de que Ares, Afrodita y Zeus estarán bien. Hermes es demasiado astuta para que la atrapen desprevenida. Artemisa no va a volver a cometer el error de confiarse.

Pero ¿Apolo?

¿Quién va a proteger a Apolo? A su familia se le da fatal ese tipo de cosas. Se lleva bastante bien con Ares y Atenea, pero estarán hasta arriba de trabajo tratando de contener una revuelta.

Por no mencionar que nadie asegura que Minos no vaya a intentarlo de nuevo.

Trago saliva con dificultad.

—Siento haber sido tan déspota.

—No tienes que pedir perdón por nada. Sé que hacías lo que creías que era lo mejor. Siempre lo has hecho. —Se oye una especie de crujido cuando se cambia el teléfono de oreja—. Por favor, respeta lo que decida. Y mira por ti por una vez, Cass. Te lo mereces.

—Lo haré. Cuídate.

—Y tú.

Cuelgo y me desplomo en el borde de la cama. Demasiada información en muy poco tiempo. No sé cómo no me di cuenta de que Alejandra era feliz en Olimpo. Lo atribuía a su personalidad alegre y proyectaba mis problemas personales en ella. Estoy tan acostumbrada a cuidarla que me resulta extraño verme en la posición contraria. A lo mejor tiene razón. Igual es hora de dar un salto de fe y aprender a volar de camino al suelo. Por la gente que me importa.

Alejandra. Apolo.

Podría fingir que son las únicas dos personas en todo Olimpo a las que pondría a salvo si pudiera, pero ahora, en este momento, me permito admitir que no es del todo cierto. Con independencia de lo que haya hecho, Hermes me sigue importando. Por no hablar de Dionisio y Helena (Ares), que siempre han sido muy amables conmigo, o Psique y Calisto (Hera). Incluso Eris (Afrodita), con lo víbora que es, ha sido una amiga a su manera.

¿De verdad estoy dispuesta a abandonar a la gente que me importa en una ciudad sumida en la violencia? ¿De verdad estoy dispuesta a dejar que se enfrenten solos a la potencial amenaza externa que acecha tras una barrera que se está desmoronando?

El caos no va a llegar de inmediato. El impacto de la noticia hará que mucha gente desconfíe de su credibilidad. Pero con el tiempo alguien probará suerte. Las revistas de chismes informarán al detalle de todo cuanto ocurra, lo cual animará a otros a seguir su ejemplo.

Si yo fuera el enemigo aguardando a las puertas, dejaría que la ciudad sucumba a la violencia. Entonces entraría con todo y orquestaría un golpe de Estado que, dadas las luchas internas y los ataques externos a los Trece, tendría el éxito prácticamente garantizado. Así me aseguraría la victoria.

No sé qué puedo hacer para evitarlo. No estoy segura de que haya algo que pueda hacerse. Pero, si me voy ahora, esta ciudad tan querida por mi hermana y por Apolo arderá en llamas.

Si me voy ahora, el hombre al que quiero se quedará solo y vulnerable, sin una sola persona en la que apoyarse.

Tengo... tengo que quedarme.

Tengo que aprender a nadar en estas aguas.

35 APOLO

Me encuentro a Casandra sentada en el borde de la cama, como desorientada. Odio saber que voy a incrementar su estrés. Dejo el teléfono en la cómoda y suspiro.

—Me encantaría poder ofrecerte una noche de descanso reparador, pero Zeus nos ha convocado. El tribunal para resolver oficialmente lo de Teseo va a tener lugar esta noche.

Ella me mira parpadeando, desconcertada.

—Resolver lo de Teseo —repite.

—Sí.

Zeus no ha levantado la voz al teléfono, pero se le notaba la ira de todas formas. Hasta la fecha nunca me ha costado adivinar por dónde iría la cosa con él, pero, si soy sincero, no tengo ni idea de qué va a hacer ahora. El asesinato, salvo por la maldita cláusula esa, no deja de ser un crimen, pero si dispara a Teseo en una habitación donde solo estamos los otros miembros de los Trece, ¿quién declararía en su contra?

—No tengo claro qué pretende hacer —admito.

Ella baja la mirada a su celular.

—Es demasiado tarde. Las revistas de chismes ya tienen la información y la están difundiendo. Da igual que tire a Teseo desde lo alto de un edificio; el secreto que los Trece se han esforzado tanto por ocultar ha salido a la luz. Ninguno de ustedes están a salvo.

Tomo el teléfono y abro *Las Musas de Hoy*. Han sido una bendición y una maldición a partes iguales durante mi tiempo como Apolo, y el titular sensacionalista que sale en primera plana los sitúa sin atisbo de duda en el terreno de «maldición» en esta ocasión.

¡TESEO VITALIS SE HACE UN HUECO
EN EL CORAZÓN DE LOS TRECE A PUNTA DE PISTOLA!

—Mierda —farfullo.

—Tiene muy mala pinta.

El anterior Apolo tuvo que mover cielo y tierra para mantener oculta la información sobre el intento de asesinato de los padres de Casandra, pero la rapidez de las noticias esta vez es altamente sospechosa.

—Debe de haberlo filtrado el propio Minos —concluyo.

—Sin duda. —Se pone en pie y toma el vestido que se había quitado—. ¿Tenemos tiempo para pasar por mi casa para que pueda cambiarme?

Estoy a punto de decirle que sí, pero entonces caigo en la cuenta.

—Puedo dejarte allí si quieres, pero, ahora que esta información ya es pública, el tribunal es bastante prescindible. No hay motivo para que pases por eso si no quieres. Si Teseo desaparece, Minos se asegurará de que los ciudadanos se pongan en contra de Zeus. Tenemos que proclamarle Hefesto. Ya no nos queda otra.

—¿Y por qué no matan a Teseo y al resto de su familia alegando traición? Pueden hacer como si la cláusula de asesinato no existiera.

Lo propone con tanta indecisión que voy hacia ella para abrazarla.

—Incluso si estuviéramos dispuestos a hacer eso, que no lo estamos, ya es tarde, amor. La ley existe, por mucho que nos empeñemos en encubrirla. Si la gente sabe dónde buscarla, la encontrará. La información ya ha salido a la luz, no podemos hacer nada al respecto.

—Me lo imaginaba. Supongo que no pasaba nada por preguntar. —Deja caer los hombros—. No me gusta nada lo horrible que es la situación. No me gusta nada que ahora estés en peligro por culpa de lo que han hecho. —Levanta la cabeza y me mira a los ojos—. Pero no creo que Ariadna tenga mucho que ver con todo el complot. Y trató de ayudarnos.

Sí, pero podríamos haber evitado toda esta pesadilla si hubiera hablado abiertamente. No dijo nada, con lo cual es culpable de encubrimiento.

O al menos así lo verán los Trece.

Le retiro el pelo de la cara a Casandra.

—Después de la reunión, me aseguraré de que Zeus cumpla su parte del trato. Tendrás el dinero en la cuenta mañana mismo y podrás salir de la ciudad cuando estés preparada. —Duele decirlo. Cada palabra es como arrancar pedazos de mí mismo con mis propias manos—. Conseguirás todo lo que querías, Casandra. Confía en mí.

Ella abre la boca como si fuera a rebatírmelo, pero suena el teléfono de nuevo. Le doy un beso en la frente y la suelto.

—Vístete, hay que ponerse en marcha. —Respondo la llamada mientras me dirijo al clóset. ¿Cómo?

—Artemisa acaba de llegar a la torre Dodona. Pide la cabeza de Teseo, y no veo motivo por el que no dársela.

Me pongo los pantalones como puedo, sosteniendo el teléfono entre el hombro y la oreja.

—Demasiado tarde. Minos ha filtrado la información a *Las Musas de Hoy*. Estamos en el punto de mira de toda la ciudad ahora mismo.

—Mierda. —Por primera vez desde que empezó todo, Zeus alza la voz—. ¡Carajo! Esto lo cambia por completo.

—Sí. —Los únicos títulos inmunes a esta cláusula en concreto son Hades, Zeus, Poseidón y Hera, por ser la esposa de Zeus. Pero eso no garantiza que no estén en peligro—. Voy enseguida. Antes tengo que dejar a Casandra en su departamento.

Una pausa.

—Cumpliré con mi parte del trato, pero ahora mismo eso está muy abajo en mi lista de prioridades, así que, por favor, que espere sentada hasta que hayamos solucionado todo.

Me pongo como puedo una camisa y me la abotono.

—Vas a transferirle el dinero ahora mismo, Zeus. No es culpa suya que esto haya salido así, y no voy a permitir que reciba un castigo por ello.

—De acuerdo. —Maldice entre dientes—. Lo tendrá en la cuenta en cuanto hayas llegado. Vamos, date prisa.

Para cuando termino de vestirme, el teléfono se ilumina con notificaciones. Paso por alto varios mensajes, pero me detengo cuando veo uno de Héctor.

Héctor: He visto la noticia. Siento no haber encontrado la información a tiempo. ¿Cass y tú están bien?

Yo: Sí. No lo sientas, habría dado igual. Las cosas ya se habían puesto en marcha.

Yo: ¿Algún avance con los *emails*?

Héctor: Algo, sí. Te mandé lo que he encontrado hasta ahora al correo.

Yo: Gracias. Ahora vete a dormir. Mañana por la mañana nos reunimos y ponemos a todo el mundo al día.

En un vistazo rápido encuentro un hilo de mensajes entre Minos y Hermes, confirmando lo que Casandra oyó. Han estado hablando desde meses antes de que él viniera a Olimpo. Aunque no veo información nueva en su intercambio. Él fue quien se puso en contacto con ella, pero ella no le dio la espalda.

Da igual lo que crea Héctor, aquí no había suficiente información para poder haber adivinado los planes de Minos.

Casandra vuelve a tener la ropa puesta. La idea de convencerla para que se quede es tentadora, pero cuanto más tiempo pase conmigo, más difícil será dejarla ir. Y voy a dejarla ir. Es lo que quiere, es lo que le prometí al principio de todo esto. No pienso faltar a mi palabra, por mucho que la idea de un futuro sin ella me resulte insoportable.

—¿Estás lista?

—Sí.

El trayecto a su departamento se me hace demasiado corto. Ella está sumida en sus pensamientos, y solo regresa al presente cuando el coche se detiene frente a su portal. Miro de reojo la acera vacía.

—¿Quieres que te acompañe?

—No, no hace falta. —Alarga el brazo y me aprieta la mano—. Ten cuidado, por favor.

Casandra entiende mejor que nadie las implicaciones de lo que está por venir. Es imposible predecir la magnitud de la reacción pública. No espero que pase de la noche a la mañana, pero la ambición es un sentimiento muy arraigado en Olimpo, y habrá quienes vean esta nueva información como una forma de saltarse la fatigosa tarea de ascender por la escala social para llegar a la cima.

Por no hablar de la persona que le esté suministrando el dinero a Minos. Sin duda ha allanado el camino para desestabilizarnos y dejar la ciudad a punto de caramelo para cuando la barrera se desmorone del todo.

Atenea y Ares van a estar hasta el tope de trabajo.

Todos vamos a estar hasta el tope de trabajo.

—Sí, tendré cuidado. Te lo prometo. —Intento esbozar una sonrisa—. Haré que recuperen tus pertenencias de la casa de Minos y te las traigan aquí mañana.

Ella asiente una vez y se baja del coche, yéndose de mi vida sin mirar atrás. Me quedo un rato parado después de que desaparezca por esa desvencijada entrada. Puede que no vaya a seguir mucho tiempo en este lugar, pero me hago una nota mental de localizar al dueño y exigirle que cambie la puerta para que el próximo inquilino no tenga que pasar por lo que Casandra ha pasado.

Me dirijo a la torre Dodona. Es un poco tarde, así que apenas hay tráfico y llego bien. Hace apenas una semana desde la última vez que estuve aquí, pero se me hace raro salir del elevador al corredor repleto de puertas que lleva al salón de baile. No es allí adonde voy hoy, sino a la sala de juntas apenas usada hasta hace poco. El último Zeus prefería mantener a los Trece lo más separados posible, pero el actual tiene una visión diferente, más global, del grupo.

Soy el último en llegar; los demás están ya sentados a la mesa. Todos salvo Hefesto. Siento una punzada de culpa en el pecho. No me caía demasiado bien; era un obstáculo constante en los intentos de nuestro actual Zeus de unir a los Trece en una alianza equilibrada. Pero eso no significa que se mereciera morir.

Me dejo caer en el asiento entre Ares y Poseidón, un hombre blanco enorme con el pelo y la barba rojos y una expresión iracunda permanente en la adusta cara. Odia estas reuniones más que nadie; prefiere quedarse en el astillero gestionando las importaciones y exportaciones de Olimpo.

Zeus está a la cabecera de la mesa, con Afrodita a su izquierda y Atenea a su derecha. Esta última es una mujer negra preciosa, con el pelo oscuro rizado bastante corto por los lados y más largo por arriba, y un porte que hace que todos se fijen en ella cuando atraviesa cualquier puerta. Es brillante y despiadada a partes iguales. Me hace un repaso rápido con la mirada y se centra en mi cara amoratada.

—Veo que has tenido que ensuciarte las manos, Apolo.

—Podría decirse así.

Deméter está sentada al otro lado de Poseidón. Se parece a sus tres hijas mayores, una mujer blanca en la cincuentena que proyecta la imagen de figura materna de cualquiera que se cruce en su camino. Solo un necio la subestimaría.

Dionisio, para variar, está completamente sobrio, y ha apartado un poco su silla de la de Hermes. A ella no parece importarle, eso sí. Se balancea sobre las patas traseras de su silla con las manos detrás de la cabeza y la vista fija en el techo. Personalmente, si Artemisa me estuviera mirando a mí con esa cara, yo no estaría tan relajado.

Hades y Hera ocupan el otro extremo de la mesa. Estos dos son otro dolor de cabeza de Zeus, aunque suelen ser bastante sutiles en su manera de empecinarse y ponerse en su contra. Hades es un hombre blanco taciturno con el pelo oscuro y una barba bien recortada que suele ir vestido de negro de pies a cabeza, como hoy. Sus rostros no revelan nada.

Zeus carraspea.

—Tenía la esperanza de adelantarme a lo que ha pasado, pero ya no se le puede hacer nada. Teseo asesinó a Hefesto y se ha atenido a la ley del más fuerte. El puesto es suyo.

—Y una mierda. —Artemisa se levanta bruscamente—. Ser un miembro de los Trece no lo vuelve intocable. Lo mataré con mis propias manos por lo que le hizo a mi primo.

—No vas a hacer nada. —Zeus no levanta la voz, pero su tono mordaz no da lugar a discusión, así que Artemisa se desploma de nuevo en su silla—. La prensa ya se hizo eco de la noticia.

—Qué raro —murmura Hermes.

Daba por sentado que Minos estaba detrás de la filtración, pero...

—¿Tenemos que darte las gracias también por eso?

—¿A quién, a mí? —Endereza la silla y se me queda mirando unos segundos—. Todo lo que hago lo hago por Olimpo.

—Me cuesta creerlo —escupe Artemisa. Está tan enojada que prácticamente tiembla—. Sé que le contaste al cabrón ese lo de la cláusula de asesinato. ¿De qué manera ayuda eso a Olimpo?

Hermes mira uno por uno a todos los reunidos.

—Minos no vino sin ayuda. Está bajo las órdenes de una persona más poderosa.

Zeus hace el amago de llevarse las manos a la cabeza, pero se contiene.

—Esa información habría sido bastante útil hace unas

semanas. ¿Por qué no nos lo has dicho antes de que le diéramos la ciudadanía olímpica? ¿Para qué le has ayudado a que su hijo se infiltre en el órgano de poder más importante de la ciudad? —Su voz suena tan fría que hasta parece bajar unos grados la temperatura de la sala.

—Mantén a tus amigos cerca y a tus enemigos aún más cerca.

—Qué estupidez. —Ares se gira para fulminarla con la mirada—. Con un solo movimiento ha desestabilizado la ciudad entera, Hermes.

—Eso está por ver. —Ella se encoge de hombros—. Igual hay que romper algunos huevos para hacer una tortilla.

—Hermes. —Esta vez quien habla es Hades. Su voz es grave y un poco rasposa. No suele intervenir en las reuniones, pero he visto cómo gobierna su territorio. Es un buen líder. Podría llegar a decirse que los ciudadanos de la zona baja viven bastante mejor que los de la nuestra en términos de bienestar—. Sabes que no tengo en alta estima al resto de los Trece —confiesa mirando alrededor de la mesa—. Pero esto es impulsivo, incluso para ti.

—Si tú lo dices.

Zeus se reclina despacio y reclama nuestra atención.

—No se ha quebrantado ninguna ley, así que no hay posibilidad de recurrir. Tenemos que seguir adelante con esto porque no nos queda otra, pero debemos atar en corto al nuevo Hefesto y hacer control de daños. Si le damos a la ciudad otra cosa de la que hablar, tal vez consigamos evitar que se empiece a especular sobre cuál es la mejor manera de asesinar a todos los aquí presentes.

Artemisa sigue temblando.

—¿Y cómo pretendes hacer eso, si se puede saber?

—Estoy abierto a sugerencias.

—Una boda —propone Afrodita—. Ya lo hemos visto antes: nada distrae tanto a la buena gente de Olimpo como un matrimonio escandaloso.

Ares se endereza de inmediato.

—No, esto otra vez no. Ya gané el torneo; no pienso casarme con ese maldito asesino.

—Tú no. —Afrodita esboza una sonrisita, aunque sus ojos son dos trozos de hielo—. Yo.

CASANDRA

Me tomo mi tiempo haciendo el equipaje. No hay ninguna prisa, aunque no pretendo quedarme en mi departamento una noche más. Se me hace raro estar de nuevo aquí después de pasar los últimos días rodeada de ostentación sin sentido, meter en la maleta mi ropa bonita y práctica en lugar de las prendas de lujo que me he estado poniendo.

Si sigo adelante, mi vida va a cambiar drásticamente.

Siempre he sabido que iba a ser así, pero esto no formaba parte del plan. Me había preparado para descubrir cómo funcionan las cosas fuera de Olimpo y estar para Alejandra al mismo tiempo.

Quedarme significa aprender a moverme en los círculos de los que siempre me he alejado. Significa aprender a nadar entre ellos en lugar de observarlos desde fuera. Significa abrirme a la posibilidad de más dolor.

Pero merece la pena.

Cuando termino, llevo la maleta a la puerta maldiciendo entre dientes la rueda rota. Tengo que pedir un taxi antes de bajar. A Apolo se desmayaría si se enterara de que he estado esperando en la banqueta sola con mis cosas. El barrio es bastante seguro, pero aun así se preocupa mucho. Sonrío levemente.

Estoy tan distraída que por poco no me doy cuenta de que no estoy sola. Por poco.

Me enderezo y miro a mi ex.

—¿Qué haces aquí?

—La reunión terminó antes de lo previsto con un bombazo. —Hermes se pasea por mi diminuta cocina, toqueteándolo todo—. Apolo va a tardar un siglo en volver a casa, no te preocupes. Zeus los convocó a él, Afrodita, Atenea y Ares a un pequeño consejo de guerra. Vaya dramas.

—Hermes.

Ella exhala despacio.

—Lo siento. Debería haber previsto que Apolo dejaría de lado esa superioridad moral a la que se aferra con tanto cariño y te llevaría con él si lo invitaban a la fiesta. No fui capaz de anticiparme a esa posibilidad y has acabado herida. En ningún momento quise que eso ocurriera, Casandra.

—No acabé herida. —Incluso mientras lo digo suena a mentira.

Me dedica una mirada cargada de significado.

—Has presenciado un homicidio, querida. Y dos intentos de asesinato. Eso pasa factura. Si te digo la verdad, pensé que si me oías hablar con Minos de todos los detalles escabrosos te irías. No me esperaba que te fuera a dar por hacerte la salvadora. —Pone una mueca—. Se te está pegando su forma de ser.

Me paso las manos por la cara. Han sido los días más largos de mi vida y no estoy en mi mejor momento ahora mismo. En otra época no me habría importado un pimiento este tipo de cosas, pero después de las últimas veinticuatro horas...

—¿Cómo pudiste? Un hombre murió por culpa de la información que tú proporcionaste.

Ella se apoya en la encimera y se cruza de brazos.

—Si supieras todo lo que yo sé, entenderías que era el único rumbo posible.

—Pues cuéntame lo que sabes. —Mientras lo digo sé que no lo va a hacer.

Confirma mis sospechas negando con la cabeza.

—Si todo sale bien, dará igual, porque habremos cortado el problema de raíz.

No entiendo lo que dice. ¿Cómo va a ser esto el mal menor? Pero no lo pregunto; sé bien que no va a contestarme.

—Van a odiarte por esto.

—Tal vez. —Se encoge de hombros—. O puede que acaben dándome las gracias al final. —Se dirige a la puerta, aunque se detiene un segundo para darme un apretón en el brazo—. Me alegro por ti, Casandra. Apolo es el mejor de entre nosotros, y te tratará como te mereces que te traten. Como a una reina.

Trago saliva.

—No he dicho que vaya a irme con él.

—Ah, ¿no? —Esboza una sonrisa agridulce—. Intenta no odiarme demasiado. Me daría mucha pena no estar invitada a la boda.

—Ni de broma dije nada de que me vaya a casar.

—Ah, pero lo harás. Y vivirán felices, comiendo perdices, y tendrán una manada de niños. Anda, claro, me encantaría ser madrina de alguno. —Hermes llega a la entrada—. Ay, por cierto, te pedí un taxi. Debe de estar ya abajo. La ciudad ya no va a ser tan segura como antes, al menos durante un tiempo.

No espero ni un segundo después de que la puerta se cierre tras ella para ir corriendo a abrirla con un millón de preguntas en la punta de la lengua. Por supuesto, no encuentro a Hermes por ningún lado.

—Odio cuando hace eso —murmuro.

Sus palabras resuenan en mi cabeza y amenazan con distraerme, pero no hay nada que pueda hacer ahora respecto al gran problema de Olimpo. Lo que sí puedo hacer, en cambio, es enfilarme al camino que lleva a la felicidad que me he negado por miedo durante tanto tiempo.

Como dijo, un coche me espera justo delante de casa. Cuando me subo a la parte de atrás y le doy las señas del edificio de Apolo me pregunto si no será algún tipo de trampa, pero el trayecto transcurre con normalidad. Eso confirma mi firme creencia de que Hermes nunca quiso hacerme daño a mí, y no hace sino echar leña a mis sentimientos encontrados.

Recorro el elegante vestíbulo y espero a que alguien me diga que no tengo permitido el acceso, pero nadie me detiene. Apenas me dirigen una mirada.

Arriba, uso la llave que Apolo me dio hace años para acceder a su lujoso ático. Después de pensarlo un poco, me cambio y me pongo una camiseta extragrande tan gastada que no se distingue el dibujo de la parte delantera, guardo la maleta en el armario y me meto en la cama. Pretendía quedarme despierta hasta que Apolo llegara a casa, pero mi cuerpo tiene otros planes.

Me despierto de repente cuando noto un movimiento en el colchón, como si alguien se hubiera sentado a mi lado. Abro los ojos y me encuentro a Apolo mirándome como si acabara de ver el regalo que quería debajo del árbol de Navidad pero tuviera miedo de que no sea para él.

Extiende el brazo hacia mí, se detiene sin tocarme y baja la mano a su regazo de nuevo.

—¿Qué estás haciendo aquí, Casandra? —Su voz no es severa, más bien... esperanzada.

—No deberías darle tus llaves a la gente así porque sí. La ciudad va a ser un peligro durante algún tiempo, y puede que al llegar a casa te encuentres con una desconocida en la cama.

—No eres ninguna desconocida. —Me acaricia la cadera sin poder evitarlo—. Has vuelto.

—Te quiero. —Ya, no es una respuesta, los dos lo sabemos. Me incorporo y me recuesto contra la cabecera—. Apolo, yo... —Dioses, esto es más difícil de lo que debería—. Cuando mis padres murieron por culpa de su codicia, me juré no ser como ellos. Nunca tendría ambiciones de poder ni de prestigio ni de nada más que mantener a mi hermana a salvo y salir de esta ciudad corriendo en cuanto pudiera. Me cerré a todo. Y, bueno, empecé a odiar a todo el mundo. Menos a ti, y mira que me esforcé por hacerlo.

Me observa con ojos serios.

—¿Y ahora?

—Ahora, con cómo está cambiando todo, he comenzado a ver las cosas más claras. Y... —Inspiro hondo antes de continuar hablando—. Y tengo a mi alrededor gente a la que le importo, aunque no me haya portado especialmente bien con ellos. Mi hermana es feliz aquí, pero estaba tan obcecada en mis planes que no me di cuenta hasta hoy.

—Casandra...

—No he terminado. —Tomo aire de nuevo con dificultad—. Las cosas se van a poner muy feas en esta ciudad. Los dos lo sabemos. No voy a dejar que mi orgullo tome las decisiones por mí, no voy a irme solo porque antes me pareciera que era la única opción. No lo es. Puedo ayudar, Apolo. Tú lo has dicho. Soy un buen recurso, y vas a necesitar a toda la gente que sea posible de tu lado.

Él se queda hecho piedra.

—Y por eso elegiste quedarte —concluye.

—Bueno, en parte. —Alargo el brazo y le cubro la mano con la mía—. También llevo años enamorada hasta las entrañas de mi jefe y se ha portado muy bien conmigo, es el mejor hombre que he conocido. Sería una estupidez alejarme de su lado. —Le aprieto la mano—. Quiero una vida contigo. Soy consciente de que soy enojona y de que mi presencia puede levantar ampollas en los círculos en los que te mueves incluso cuando haya aprendido a moverme por ellos yo también, pero...

Apolo me cubre los labios con los dedos.

—Quiero estar contigo, Casandra. Las opiniones de la gente de las altas esferas nunca me han importado demasiado, y desde luego nunca me han importado tanto como tu opinión. Te quiero. Si pensara que hubiera una mínima oportunidad de que me dijeras que sí, te pediría que te casaras conmigo ahora mismo.

Sonrío contra sus dedos.

—Pídemelo dentro de unos meses.

Ya sé lo que contestaré, pero, aun conociendo a Apolo y habiendo trabajado codo con codo con él desde hace cinco años, seguramente surgirán cosas que ir arreglando mientras salgamos juntos, antes de plantear la posibilidad de casarnos.

—Lo haré. —Baja la mano—. No había nada que quisiera más que pedirte que te quedaras, pero no me parecía justo. Me cuesta mucho creer que realmente estés aquí. —Sonríe—. Me eliges a mí.

—Te elijo a ti —musito. Me inclino hacia él y le doy un suave beso en los labios—. Ven a la cama, Apolo. Nuestro final feliz comienza ahora.

AGRADECIMIENTOS

Nunca jamás en la vida dejaré de asombrarme y sentirme agradecida por el inmenso apoyo que le han brindado los lectores a esta serie. No habríamos llegado a la cuarta entrega de no ser por ustedes, y espero que hayan disfrutado de esta historia ligeramente más tranquila de Olimpo. Sobra decir que en el próximo libro las cosas se van a poner mucho más delicadas.

El mayor de mis agradecimientos va a las librerías y las bibliotecas que han ayudado a impulsar esta serie desde el principio.

Este libro no sería lo que es sin los comentarios editoriales de Mary Altman y Christa Désir. Me han ayudado a pulir el texto (¡y a mejorarlo!) y el libro tiene un ritmo mucho mejor gracias a ustedes.

Desde la portada y el diseño hasta la parte de ventas y producción, pasando por todos los demás pasos, gracias al equipo de Sourcebooks por todo el apoyo y el esfuerzo que han invertido en esta serie, en concreto a Dominique Raccah y Todd Stocke; Rachel Gilmer, Jocelyn Travis y Susie Benton; Pam Jaffee y Katie Stutz; Heather Hall; Stephanie Gafron y Dawn Adams; Brian Grogan, Sean Murray y Elizabeth Otte.

Tengo a las mejores personas del mundo a mi lado, así que vayan todo mi amor y gratitud a Jenny Nordbak, Nisha Sharma, Andie J. Christopher, Piper J. Drake, Asa Maria Bradley y R. M. Virtues.

Por último, pero no por ello menos importante, a Tim, mi profundo y duradero amor. Eres el viento que impulsa mis alas y el pilar que me mantiene firme. No sería capaz de hacer ni la mitad de las locuras que hago si no estuvieras a mi lado. Y un agradecimiento especial a mis hijos, tan pacientes siempre, que me acompañan en todas mis aventuras.